Béatrice de Lavalette

Trois jours en baie

Aubane
EDITIONS

Du même auteur

N° 218 – *La dernière marée*

N° 272 – *Ne t'approche pas du vide*

Aubane Éditions
21, allée des Peupliers
62280 SAINT-MARTIN-BOULOGNE
aubane.editions@gmail.com
www.aubane-editions.fr

Composition : Nord Compo, Villeneuve-d'Ascq
Imprimé en France
Achevé d'imprimer en mars 2021
Dépôt légal : mars 2021
ISBN : 978-2-492738-09-8
EAN : 978-2492738098

« La baie de Somme, humide encore, mire sombrement un ciel égyptien, framboise, turquoise et cendre verte. »

COLETTE

« Une fois la tempête passée, tu te demanderas comment tu as fait pour la traverser, comment tu as fait pour survivre. Tu ne seras pas très sûr, en fait, qu'elle soit vraiment achevée. Mais sois certain d'une chose : une fois que tu auras essuyer cette tempête, tu ne seras plus le même. Tel est le sens de cette tempête. »

HARUKI MURAKAMI, *Kafka sur le rivage*

À Anne et Fabrice.

Préface

La rue est étroite. Les roses trémières sont accrochées aux murs de pierres. Si la maison n'a pas de jardin, du salon la vue est dégagée sur la baie avec son enchevêtrement de vasières envahies par les goélands et les bécasseaux. Un désert humide et plat. Le noir du sable mouillé et l'or du quartz séché. Guide dans la réserve du Marquenterre, Thomas s'est installé dans une petite maison sur les hauteurs de Saint-Valery-sur-Somme, à deux minutes à pied de la porte Jeanne-d'Arc, un quartier moins fréquenté par les touristes, surtout le soir. Un lieu accueillant, une impression d'espace dans la grande pièce, des canapés et des fauteuils profonds recouverts de plaids. À chacun de leurs séjours, Maxime et Bedia squattent une chambre chez Thomas. Quand il fait beau, ils dînent à la buvette de la plage, les pieds dans le sable, face à la baie. Maxime éprouve le besoin de grand air. Depuis qu'ils ont quitté Paris, le monde est au-dehors. Avant que Thomas ne parte travailler, les deux garçons vont courir sur le quai Blavet jusqu'au cap Hornu et la chapelle des marins ou font du vélo sur le chemin de halage qui longe la Somme jusqu'à petit port. Natifs du coin, quelque chose de profond les lie aux paysages.

Après avoir pris le vent dans les dunes de Brighton à travers le mélange touffu d'argousiers et de tamaris, sillonné les rues du Courgain, le quartier des pêcheurs et les rues empierrées du vieux Saint-Valery, Maxime s'écroule le soir. Seuls le vent salé et l'iode peuvent donner ce sentiment d'ivresse.

Les cartes et les dés sont sur la table basse, un plateau et des verres, un guide de la côte, un manuel de pêche, trois livres de recettes. Thomas aime cuisiner. Les bouteilles de bière, des brunes et des rousses ambrées aux saveurs fruitées, légèrement caramélisées, une Kriek à la cerise plus sucrée, une bouteille de vin blanc, sont toujours au frais. Ils jouent au rami ou au tarot, écoutent Coldplay ou Rachmaninoff, le nouvel album de Khatia Buniatishvili, une Géorgienne, pop-star du classique à l'énergie animale. Tous deux aiment Natalie Portman pour sa prestation dans *Black Swan* et son élégance, lisent le magazine *Society* pour sa mise en pages et ses articles déjantés. Maxime mâche une gomme à la nicotine. Il essaye de moins fumer et refuse d'acheter une cigarette électronique. Nerveux, il pianote sur son portable, jette un coup d'œil sur ses messages.

En fin de journée, l'un des deux garçons craque une allumette. Bedia aime les surprendre. Un mug fumant à la main, les jambes repliées sous elle, elle s'assoit dans le grand fauteuil en velours rouge, devant la cheminée. Elle se glisse entre eux, reste à les observer, les regarder jouer, écouter les silences et leurs conversations. Leurs rires sont francs. Ils la rassurent. Elle oublie la guerre, Sarajevo, dont elle ne parle jamais. Quand elle rit, son corps se détend, une ride légère apparaît au coin de sa bouche. Elle se ronge un ongle, écrit des bouts de phrases quand un souvenir lui revient. Elle veut raconter son histoire, son chaos intérieur.

Les garçons ont le projet de pratiquer le kitesurf, d'avoir un bateau pour sortir en mer, pêcher le maquereau ou le bar à la ligne. Amis dès l'enfance, des années plus tard colocataires d'un deux pièces proche de l'université, ils ne se sont jamais perdus de vue. Thomas (31 ans, épris de nature, une gueule sympa sur un corps sec, une maigreur d'adolescent et un visage poupin qui suscite l'affection des femmes, les cheveux en désordre décolorés par le soleil, la tenue faussement négligée) a passé beaucoup de temps à soigner son style alternant entre cheap et chic, a gardé le goût des joints. Maxime (30 ans, grand, costaud, yeux bleus, cheveux bruns, un look *hipster*) a expérimenté la vie parisienne avant de revenir au pays. Paris ne lui vaut rien. Il aime dire qu'il est un rescapé de la vie de la nuit, un jeune vieux con qui aime les femmes. Trop peut-être. Soucieux des questions environnementales, Thomas défend l'écomobilité en baie de Somme.

Il leur arrive de s'engueuler, de rire comme des gamins, de se bourrer la gueule. Les derniers verres du soir, forcément. Une génération qui refuse de se comporter en adulte et de vieillir. Vieillir, ils en ont vaguement entendu parler, une chose réservée aux parents qui ne les concerne pas. Bedia observe, s'empare de leur enthousiasme, rit. Comme un voyageur, le front appuyé sur la fenêtre d'un train, elle voit défiler leur vie à une vitesse frénétique. Pour ne plus sentir la mélancolie qui s'est emparée d'elle, elle esquisse un sourire.

Une soudaine tristesse. Elle ne sait pas faire semblant. Elle lutte pour rester debout. Maxime lit en elle comme dans un livre ouvert. Des choses de son histoire passée, des obsessions reviennent, une odeur, une lumière, des fantômes. Inquiet, Thomas ne montre rien.

Ils sont arrivés jeudi à Saint-Valery. Dans huit jours, Bedia et Maxime s'installeront chez eux, dans leur maison du Crotoy, encore en travaux. Le grand saut.

Plusieurs sentiments s'entremêlent. De la joie de voir aboutir leur projet, ils n'avaient jamais eu un plan aussi concret, une pointe d'euphorie, une appréhension, sûrement.

Doivent-ils se fier à une personne et la croire ?
Le doute s'est insinué dans leur relation.
Leur version de l'histoire n'est pas la même.
Il y a des moments dans la vie qui changent tout.
Le monde bascule.
La journée est différente des autres.
Vient la nuit…
Les nuages vont crever et lâcher toute leur eau…

I

Maxime

10 h 05.

Le rendez-vous était fixé à 9 h 45.

Trois messages laissés sur sa boîte vocale, deux SMS.

Bedia reste injoignable.

Son esprit toujours en alerte, sa façon de lui parler, ses yeux qui ne le voient pas ou qui partent vers d'autres horizons, Maxime soupçonne Bedia d'avoir arrêté son traitement. La veille, le flacon de Laroxyl n'était pas sur la table de nuit. Ni flacon ni verre. Juste un livre et son portable qu'elle ne quitte jamais, posés à côté de la lampe de chevet. Au pied du lit, une bouteille d'eau. Il l'a vue boire au goulot avant de se coucher. Il veut lui faire confiance mais quelque chose l'a poussé à regarder à l'intérieur du meuble. En le refermant, le tiroir a couiné. Elle est sortie de la salle de bains. Si elle a entendu quelque chose, elle n'a rien dit. « J'ai perdu mon marque-page », a dit Maxime alors que Bedia le voit chaque soir corner la page de son livre avant de le fermer. Elle lui en fait souvent le reproche. « Un livre a besoin de douceur. » Même si on s'applique, les mensonges sonnent faux. Dès lors qu'on dissimule, la promiscuité physique ne pardonne pas. Dans la minute, un malaise naît. Parler d'un cachet pour son mal de tête ou d'un stylo pour noter une chose importante qu'il pourrait oublier pendant la nuit aurait été plus crédible. Il s'est vite couché pour éteindre la lumière. C'est la première fois qu'il lui mentait. Le bras de Bedia s'est tendu vers lui, sa main a caressé son dos. Il n'est pas arrivé à savoir si elle soupçonnait quelque chose. Dans le silence de la chambre, il s'est senti minable. Au lieu de fouiller dans ses affaires et essayer de la piéger, il aurait dû lui poser la question qu'un adulte responsable ou un mari attentionné poserait à sa femme.

« As-tu pris tes gouttes ? »

« L'air marin, la nature lui feront le plus grand bien, avait affirmé le psychiatre de l'avenue Victor-Hugo en apprenant qu'ils quittaient Paris pour s'installer en baie de Somme. Évitez le stress. Faites de grandes marches et du sport qui libère des endorphines bonnes pour le moral, une douce sensation de bien-être… de la dopamine, l'hormone du plaisir et de la vigilance… »

La main moite, la voix nicotinée, l'homme en costume-cravate au visage grêlé avait suivi Bedia pendant plusieurs semaines avant de rédiger une ordonnance prescrivant des anxiolytiques. Le chagrin, un choc peuvent affecter les gens de différentes manières. Souffrant d'un dysfonctionnement d'ordre post-traumatique, une névrose de guerre, Bedia présentait tous les symptômes de l'ESPT (synesthésies, palpitations, hallucinations auditives). Des moments de confusion qui la remplissaient d'une terreur glaçante. Il était urgent de faire quelque chose. À chaque consultation, Maxime patientait dans la salle d'attente avec ses tableaux modernes accrochés aux murs, son mobilier design et les objets posés sur une console. Ça puait le fric. Dès l'entrée, une odeur de café. La secrétaire lui proposait un expresso et un verre d'eau. Confortablement installé dans un canapé en cuir, il feuilletait les magazines posés sur un guéridon, *Marie Claire*, un vieux *Paris Match*. Sur la couverture, la famille princière de Monaco posait pour le Nouvel An. Il n'avait jamais acheté ce genre de revues. Il les avait lus trois ou quatre fois quand il n'était pas sur son iPhone.

Le psychiatre avait-il abordé le sujet du deuil, de la séparation ? Allongée sur le divan, qu'avait pu dire Bedia qu'il ne sait déjà ? Des moments secrets, enfiévrés, peut-être. Et si elle lui cachait quelque chose ? Jaloux, il la voyait sourire au médecin avant d'entrer dans son cabinet. Avait-il eu envie d'elle pendant ces séances ? Sa silhouette incitait la plupart des hommes à la dévorer des yeux. Il est difficile de rester insensible à sa beauté. Ce jour-là, elle portait un jean serré qui lui faisait de jolies fesses. Il y pensait comme une intrigue digne d'une mauvaise série télé. Aux deux derniers rendez-vous, ils s'étaient serré longuement la main, ne cachant pas leur complicité. Un étranger devenu familier.

Transfert : report inconscient de sentiments sur le thérapeute.

Dans sa poitrine, quelque chose l'avait pincé, une douleur instantanée et indescriptible. La peur qu'elle lui échappe ?

D'où lui vient la certitude qu'il fait partie des hommes qu'on quitte ? La séparation de ses parents, sûrement.

Il a 12 ans quand il comprend qu'ils vont se séparer. Plus rien ne sera comme avant. C'est un mercredi. Au petit déjeuner, l'ambiance est lourde.

– Je sais que papa n'est pas facile en ce moment. Tu t'ennuies tout seul. Il est fatigué..., a dit sa mère en ouvrant la porte du micro-ondes.

Une minute plus tard, elle verse le lait chaud sur ses corn-flakes en le regardant bizarrement. Ça crépite dans son bol. Comme pour se libérer d'une corvée, la mine froissée, Françoise a une hémorragie de mots. Elle n'est plus la même.

– Ça va aller, ajoute-t-elle en beurrant une tartine.

Dans la soirée, après son cours de tennis, il est passé dans la cuisine prendre un paquet de gâteaux et boire un verre de coca. Ses parents sont assis chacun à une extrémité de la table, la télévision allumée dans le salon. Ça n'est jamais arrivé à cette heure de la journée et son père ne devrait pas se trouver là un mercredi, à 6 heures du soir. Sa mère veut cacher ses yeux rouges mais il voit bien qu'elle a pleuré. Elle lui demande de monter tout de suite dans sa chambre. En colère, son père claque la porte derrière lui. Ils restent longtemps à discuter. Vêtue d'un peignoir rose, une serviette enroulée sur ses cheveux mouillés, il fait nuit quand elle entre dans sa chambre pour l'embrasser. Mal à l'aise, elle parle vite, sa voix se tord entre les graves et les aigus, sa lèvre supérieure tremble, ses mots sont hachés. Un enfant ne devrait jamais voir sa mère dans cet état. C'est flippant. Il écoute ce qu'elle a à lui dire. Ils se sont rendus malheureux trop longtemps, a dit Françoise en le bordant dans son lit alors qu'il n'a pas dîné. Il trouve l'expression curieuse. Comment peut-on se rendre malheureux si on ne veut pas l'être ? Comment se tromper à ce point ? L'ont-ils seulement désiré ? Il n'est là que par un caprice de ses parents. Il n'a pas demandé à naître.

En voulant y mettre la forme, ses parents le traumatisent. Pourquoi ne pas dire simplement qu'ils ne s'aiment plus ? Il voit bien qu'ils ne s'embrassent plus, ne se touchent plus, ne s'écoutent plus, ne parlent plus à voix basse en se regardant dans les yeux. Un truc qu'il déteste, surtout à table. Ça met mal à l'aise. Quand l'un cesse de sourire, l'autre ne sourit plus non plus. Depuis longtemps, ils ne parlent plus d'avoir un autre enfant, ne se couchent plus aux mêmes heures, font chambre à part. Il aime surveiller le bruit de leurs pas dans la maison et sur le palier. Pour faire un enfant, il faut être deux. À 10 ans, il sait ça.

Il n'enfouit pas son visage dans les longs cheveux de sa mère comme les autres soirs mais jette un regard circulaire dans la chambre. Ses yeux s'arrêtent sur l'affiche punaisée au mur, Zinedine Zidane recevant le Ballon d'or en 1998. Par la porte laissée entrouverte, il voit son père mettre sa brosse à dents et son rasoir dans une trousse de toilette avant de passer avec un grand sac en toile dans le couloir. La porte claque derrière lui. Pour s'assurer qu'on ne l'abandonne pas, il reste éveillé la nuit. Son monde vient de se fendre en deux. Pendant des mois, s'endormir sans garder une veilleuse allumée dans sa chambre est impossible. Il fait un rêve récurrent et se réveille en sursaut, baigné de sueur.

Huit jours avant les vacances scolaires, ses parents lui envoient par la poste leur nouvelle adresse. Il arrive en bus devant l'immeuble, laisse passer les passagers qui veulent descendre. La porte de l'appartement est fermée. Un voisin l'attend pour le prévenir qu'ils viennent de déménager. L'homme lui tend une enveloppe avec une autre adresse. Il remonte l'avenue de Wagram, court jusqu'au métro Villiers. Quand il s'en approche, l'odeur de ses parents redevient vivace, le parfum des croissants chauds et du pain frais, le dimanche matin. Il arrive une nouvelle fois trop tard, ses parents viennent de partir. Il remonte dans le bus. À la quatrième adresse, le chauffeur annonce qu'il n'a plus d'essence et qu'il ne peut plus le suivre. Il est seul, sans argent, s'effondre en pleurs sur le trottoir. Les passants essayent de ne pas le montrer mais il voit bien qu'il gêne. La rumeur familière de la rue s'éteint, les magasins ferment. Il lui reste une enveloppe scellée dans la poche avec la dernière adresse. Il n'arrive pas à la décacheter. Une décharge d'adrénaline lui traverse le corps. Trois secondes et l'enveloppe sera détruite… sa mémoire aussi. Il lui reste la photo d'une famille qu'il ne reconnaît pas.

Jusqu'où se souvient-on de son enfance ?

Grande consommatrice d'antidépresseurs, sa mère réussit à trouver un travail, prof de français au lycée Carnot, et ça lui convient. Quelques jours plus tard, mal rasé, la chemise froissée, défoncé, un verre de whisky à la main, son père lui annonce son départ pour la pension. Il y est passé comme beaucoup de jeunes de son âge et il n'en est pas mort. Ce sont ses meilleures années dans ce putain de monde qui ne lui a pas fait de cadeaux. Maxime n'a pas envie qu'on s'occupe de lui, encore moins qu'on s'inquiète pour lui. Il n'a tout simplement pas envie d'écouter ce qu'on a à lui dire. Comment son père avait-il pu partir en les laissant seuls et ne pas tenter d'effleurer la moindre excuse ?

Heureusement il y a le tennis. Plus il joue et mieux il joue. Il participe à des tournois. Son père l'encourage depuis des années. En quelques semaines, il connaît un glissement progressif du plaisir. Il décroche, squatte l'ordinateur de la famille. Jusqu'à son départ en pension, allongé sur le canapé, il s'empiffre de cacahuètes, fait des jeux débiles sur Internet, regarde des DVD le lundi, le mardi, et tous les jours de la semaine. Quand sa mère lui demande d'aller prendre son bain et de faire ses devoirs, il fait la sourde oreille. Un analyste parlera du syndrome d'abandon, une faille intime tracée dans son enfance. Même étouffée, l'émotion reste présente. Pour certains, la crainte d'être rejeté à nouveau pousse à multiplier le nombre des relations, ce qui explique ses dérives des années plus tard. Il commence par s'occuper de sa voisine de palier. Elle était là, un effleurement de peau, un signe d'acquiescement et la voilà prête à s'offrir au premier venu, répond-il quand on lui demande ce qu'il lui est passé par la tête. Cette fille n'arrêtait pas de le coller. Elle l'attendait dans l'escalier. Il ne l'avait pas forcée. En réalité, elle était l'occasion de s'émanciper. Une source de fierté narcissique. La suivante, il l'avait connue à la kermesse de l'école. Une petite blonde avec des taches de rousseur. Carrée sans être grosse. Elle l'avait vite exaspéré.

« Adolescence difficile. Une jeunesse sans repère », avait dit Mme Bosco, l'institutrice, en croisant sa mère sur le marché.

10 h 20.

Adossé au capot d'une voiture, il rappelle Bedia avant d'envoyer un SMS. Est-ce qu'il lui est déjà arrivé de perdre son sang-froid ? Il ne doit pas montrer qu'il a peur mais tout son corps se raidit. Une appréhension irrationnelle le saisit. La nuit dernière, elle s'est levée trois ou quatre fois, a gémi dans son sommeil et grincé des dents. Dans le noir de la chambre, elle était morte d'angoisse. Il lui avait conseillé d'écrire. Transposer en mots ce qui l'effraie, tout ce qu'elle se cache. Ramener à la lumière les ombres. Écrire ce qu'elle garde au fond d'elle et qu'elle ne veut pas dire. La psychanalyse lui paraît un chemin long et fastidieux. Il avait commencé à lui parler de séances d'hypnose. Faire circuler les souvenirs d'un hémisphère du cerveau à l'autre de façon à les appauvrir en émotivité.

Dans la nuit, un orage a éclaté. Bedia s'est plainte d'entendre des bruits dans le mur, une débandade de souris, une fouine dans le grenier, avant de le persuader que le radiateur en fonte de la chambre n'avait pas été purgé. Il l'a rassurée en lui disant que des mouettes étaient sur le toit. Il n'y avait qu'à regarder comme ils sont couverts de fientes en ville.

Inquiet, il est resté éveillé. Son obsession des bruits et des silences. Bedia plonge dans ses propres abîmes avec facilité et une rapidité hallucinante.

Enveloppée dans un plaid, pour ne pas le gêner, elle a regardé longtemps la télévision du salon qui nimbe la pièce d'un nuage bleu électrique, des chaînes d'info surtout. Après la télévision, Internet et les réseaux sociaux, le monde tourne mal. Il est difficile d'arriver à chasser toutes ces atrocités de sa tête. Quand elle s'est couchée, il était

3 heures du matin. Elle a dormi par intermittence, d'un sommeil pâteux où l'on ne perd jamais le contact avec le monde réel. Son esprit ne trouve jamais le repos. Il aimerait pouvoir lui ouvrir le crâne, dérouler son cerveau pour enlever les mauvaises pensées, en racler les bords avec une petite cuillère comme on le fait avec la moisissure dans un pot de confiture. Ne garder que le bon.

Ce matin, pour sortir du lit, il a enjambé son corps. Elle n'a pas bougé, on aurait dit un tableau. En faisant très attention de ne pas la réveiller, il a pris une douche avant de partir. Il se sentait nauséeux. En fermant la porte de la chambre, il l'a vue se tourner vers le mur.

Dormait-elle encore ?

Pourquoi l'avoir laissée seule alors qu'il la sait fragile ? La culpabilité est une sensation physique.

Son cœur se met à battre plus vite.

Des scénarios défilent dans sa tête.

Certain de la voir arriver très vite sur le chantier, il n'a pas verrouillé la porte derrière lui. Un accident ou une sortie de route entre Saint-Valery et le Crotoy ? Dans la ligne droite, les gens roulent trop vite, téléphonent au volant, sont distraits en découvrant la baie et le train à vapeur qui transporte les touristes, sans compter les engins agricoles. Ils sont nombreux à traverser la route au rond-point de Noyelles-sur-Mer. Le loueur de bicyclettes attire du monde, les gens s'arrêtent n'importe où, surtout pendant le week-end. Son imagination est débordante.

Après un nouvel appel, il part à sa rencontre.

Il marche vite, court, évite comme il peut les nids-de-poule. En traversant une flaque d'eau, ses pieds font des gerbes. Après la tempête de la nuit, des branches ont été arrachées. Le ciel est sans nuages, l'air chaud sans être étouffant. Marcher face au soleil a un effet apaisant.

Bedia va arriver.

C'est pour elle qu'ils ont décidé de changer de vie en quittant Paris. La chemise collée à la poitrine par la transpiration, il respire à petites saccades avant de sentir un point de côté. Il n'a pas de souffle, la clope, sûrement. Il devrait arrêter de fumer. Il a mal aux jambes, aux poumons avec l'impression désagréable d'étouffer. Ça cogne dans sa tête. Il serre et désserre les poings. Emporté dans une spirale de panique, il se demande s'il ne s'est pas trompé.

Comment réagira Bedia l'hiver, les jours de pluie, quand les rues du Crotoy seront vides ?

Cherchera-t-elle du travail après l'accouchement ?

Avant ça, elle devra apprendre à s'occuper du bébé.

Elle est fragile, secrète. Il devra être présent.

Il arrive sur la grande route. Les assauts de la marée poussés par de forts coups de vent ont créé une brèche dans l'édifice qui protège la station balnéaire du Crotoy. La pose d'enrochements en guise de brise-lames devient urgente. Évitant la digue Noiret après la tempête, les voitures roulent au pas. Des ondes de chaleur s'échappent du goudron et flottent dans l'air.

Un coup de klaxon le fait se retourner. Près d'un parking, un cabas à la main, une vieille femme flottant dans un imperméable beige veut traverser la rue. Le pied posé sur le bord du trottoir, elle tourne la tête à droite, à gauche, danse nerveusement d'un pied sur l'autre au risque de tomber. Un cycliste ou le camion poubelle pourraient la faucher. Maxime s'approche d'elle. Elle a dû être une belle femme. Un voile couvre ses yeux. Il comprend qu'elle vient de pleurer. Comment expliquer sinon cette lueur minérale ? Les lobes de ses oreilles sont allongés et ridés, la bouche légèrement tombante. Le fermoir de sa broche rouge, une coccinelle au dos piqué de points noirs, s'est ouvert. Il lui propose d'arranger ça. Elle pourrait se blesser.

Elle reste sur ses gardes, tient son parapluie, la pointe en avant.

– Je vais à l'hôpital. Mon mari va très mal, lui confie-t-elle, le regard vide.

Surpris, il ne sait pas comment la réconforter. Ses frêles épaules ne supporteraient pas le poids d'une caresse. Il devine ses os sous le tissu. Qu'elle tienne encore sur ses jambes est un miracle. Quelques miettes restent collées au coin de sa bouche. Il lui presse la main, s'étonne de la voir aussi perdue, lui demande si elle a de la famille. Une vieille personne ne devrait jamais être seule. Elle sort des mots qui se bousculent entre eux. A-t-elle toute sa tête ? Il propose de l'emmener mais la vieille dame fait un léger hochement de tête. À sa grimace, il comprend qu'elle n'a pas envie qu'il la plaigne, encore moins qu'on lui dise ce qu'elle doit faire. Les vieux sont susceptibles. Il ne sait plus quelle attitude avoir. Pourquoi lui avoir dit que son mari va très mal si elle n'attend rien de lui ? Pour lui faire comprendre que tout va bien, qu'il peut partir et la laisser, elle balance sa main plusieurs fois devant elle.

Fière, elle se dirige vers l'abribus.

Il est attendri, vexé aussi.

C'est très dur de vieillir.

Il pense à Françoise, disparue quelques mois avant sa rencontre avec Bedia. Une absence insupportable. Chaque soir, à l'hôpital, elle le regardait un long moment avant de bouger légèrement son bras décharné à la peau translucide posé sur le drap blanc pour qu'il se décide à partir. Il la sait condamnée. Il ne lui reste que quelques heures à vivre. Les derniers jours, elle ne souhaite plus sa présence à ses côtés. Sa réserve de mots s'appauvrissant de plus en plus, plongés tous les deux dans le silence, il veut rester auprès d'elle. Repliée sur elle-même, elle paraît minuscule. La regardant franchir seule le dernier chemin, seule comme elle n'a jamais été, il met sa main froide et endormie dans la sienne et caresse ses doigts affreusement gonflés débarrassés de ses bagues. Bras, jambes mêlés, il essaye de la retenir encore une heure ou deux, la suppliant de ne pas mourir. La cloison entre la vie et la mort est mince. On espère un dernier matin, un regard.

Sa mère serait heureuse de savoir qu'il est marié et surtout qu'il va mieux. Elle n'a jamais douté de lui ou n'a rien dit, fait aucun reproche. Si elle ne l'a pas montré, elle est sûrement partie avec un léger doute. Chef de projet dans une agence d'événementiel, comme de nombreux clubbeurs parisiens, il a squatté les quais de Seine en contrebas de la gare d'Austerlitz, le nouvel eldorado du monde de la nuit, participé à des soirées privées réservées aux happy few, de la boîte underground au palace, avant de traîner dans les bars, appuyé contre le mur des toilettes, au troisième sous-sol. L'haleine puante de whisky, comme les pochards devant les boîtes de nuit, il a été humilié, piétiné parfois quand il ingurgitait des amphétamines par poignées ou qu'il était bourré au shit. Il a touché aux jeux, de la roulette au poker. Accro, il se fait interdire l'entrée des casinos, plus tard l'*Aviation club de France* sur les Champs-Élysées. Sa mère excuse son besoin compulsif de chercher des coups, elle est la seule à lui laisser sa porte ouverte. Il débarque à n'importe quelle heure du jour et de la nuit. La seule à le voir gerber sur la moquette du salon et se traîner en pantoufles d'un canapé à un autre. Dégoûté de lui-même, les mains tremblantes dès son réveil, il perd son boulot, son appartement, sa voiture jusqu'à ses amis. On peut avoir été l'un des rois de la nuit un soir, être entouré de gens funky, acheter des drogues, liquides ambrés et champignons hallucinogènes, rendre des services pas toujours honnêtes, venir en *backstage* dans des fêtes, des brunchs, être au premier rang pour regarder défiler une amie mannequin à la Fashion Week et se retrouver seul le lendemain parce qu'on est devenu un tocard vivant dans la rue ou dans une bagnole minable. Il a été un homme plein d'assurance et fier d'avoir réussi. Un homme qui veut se donner un genre. Son langage est emprunté. Il aime dire qu'il a fait Sciences-Po, qu'il est pigiste à *Libé*, aime la poésie. La coke l'a rendu drôle et beau avant de connaître une paranoïa envahissante et un plongeon dans les maux des abîmes.

Finis, les Nike Running à plus de 200 euros pour courir dans le bois de Boulogne, les restos dans lesquels il claque son fric avec des bouteilles à 300 euros, sa collection de montres et ses chemises faites sur mesure. Un scénario de cauchemar. Le dernier hiver, il squatte une péniche, près du pont de Suresnes, avec une vue imprenable sur le quartier de la Défense jusqu'à ce qu'elle soit emmenée six mois plus tard sur le chantier naval Rousseau en Seine-et-Marne. Il organise des fêtes, voit débarquer du monde avant qu'on ne le quitte. La maladie de sa mère l'oblige à se soigner pour pouvoir s'occuper d'elle. Son père et sa sœur, Irène, refusent de le voir. Au cimetière de Montparnasse, dans un brouillard complet, alors qu'il se tient à l'écart, ils ne font pas un pas vers lui. Alignés devant la tombe, ils serrent des mains sans jamais croiser son regard. Même en costard, à côté d'eux il se sent minable. Les amis de Françoise quittent le cimetière sans lui avoir glissé un mot à l'oreille.

Après sa mort, il reprend sa vie en main. Ne pas devenir un toxico. Cette merde détruit trop de vies. Le nombre de résolutions est tout simplement effrayant, des résolutions affichées de l'année écoulée qu'il avait oubliées. Trouver autre chose que l'alcool et la drogue pour soigner son mal-être. Écouter les appels de détresse de son corps (dégoûté quand il s'est regardé nu dans une glace). Pour réparer les dégâts, il se met à la course, pratique le tennis et le vélo, quitte les endroits sinistres et laids pour retrouver les vrais, loin du monde de la nuit, essaye de ne garder aucun souvenir, aucune image, aucune sensation. Une mémoire close. Rien ne doit venir le fragiliser, les femmes ramassées dans un pub et les dettes de jeu qu'il aura fini de rembourser avant la fin de l'année.

S'il ne s'en est pas trop mal tiré, il regrette de ne pas avoir eu le temps de présenter à sa mère Bedia, une jeune Bosniaque rencontrée sur Internet. Thomas trouve curieux qu'elle se soit installée aussi rapidement chez lui, deux mois après leur rencontre. Il a un avis tranché sur le couple, la vie en général. Il l'a mis en garde. On ne sait pas grand-chose sur elle. Des zones d'ombre qu'il n'a pas osé remuer. Une grossesse précipitée, l'appartement de Paris vendu pour venir s'installer au Crotoy. Thomas reste convaincu qu'elle n'est pas la femme qu'il lui faut. Leur amour peut vite être lourd de conséquences. Ce n'est pas facile de se mettre en couple. Il est revenu vivre en baie de Somme, mais pour combien de temps ? Il a joui d'une totale liberté pendant des années. Paris va lui manquer, le bourdonnement sourd de la vie urbaine aussi. Il ne supportera pas de perdre son anonymat. Ne plus courir tous les matins dans le bois de Boulogne. Ne plus aller à son club de squash, à Roland-Garros ou à un match au Parc de Princes, à dix minutes de chez lui. Ne plus descendre de son appartement pour boire un café ou un verre de vin à une terrasse ouverte toute la nuit. Pour regonfler son ego, draguer une fille installée à la même terrasse.

– Tu vois ce que je veux dire, ajoute Thomas au milieu de blagues pourries.

La vie à Paris n'est pas facile et cette fille a quelque chose que les autres n'ont pas.

Il prend une profonde inspiration et, d'un haussement d'épaules, chasse son malaise. Bedia est jeune, complexe. Il lui faudra du temps pour assembler ce qui lui convient, s'inventer une autre vie. S'il n'a pas choisi la facilité en tombant amoureux d'une fille comme elle, il doit lui faire confiance et arrêter de s'inquiéter. Elle le guérira de ses blessures. Ce qu'elle recherche, c'est un lieu sans histoire, un lieu où on n'étale pas la violence dans les journaux, un endroit sauvage. Sous des abords un peu bougons, la baie de Somme ensorcelle. Avec son ambiance et son authenticité, Le Crotoy est la ville qu'il lui faut. En arrivant sur le chantier, Bedia découvrira son bureau et la terrasse donnant sur la baie.

Les projets distraient.

Ils distrairont Bedia.

Avec elle, le temps s'écoulera avec plus de douceur.

Après la tempête de la nuit, le ciel est bleu, comme nettoyé.

Il regarde sa montre.

10 h 35.

Presque une heure de retard. Bedia ne devrait plus tarder.

La réunion de chantier sera décalée. Les ouvriers ont l'air sympa, le patron aussi. L'entreprise est sérieuse.

Il tourne les talons pour revenir sur les lieux du rendez-vous. La vieille femme a disparu.

A-t-elle réussi à prendre le bus ?

Il pense à Françoise qui avait le don de faire sortir ce qu'il y avait de meilleur en lui. Il se souvient de cette impression de liberté dans la maison, de confort aussi. La cuisine sentait la cigarette de Françoise, le couloir, son parfum envoûtant. Ces odeurs le rassuraient. Le temps faisait une pause. Une sensation de bien-être. Si elle n'avait pas été gâtée par la vie, elle avait fait ce qu'il fallait pour ne pas en souffrir. Sa curiosité des autres et du monde l'avait sauvée, son grain de folie aussi. Cette femme avait été une bourrasque de vie.

10 h 43.

Bedia n'est pas arrivée.

Si elle n'a pas pris le temps de l'appeler, elle aurait pu envoyer un émoticône, un smiley pour le rassurer. Il ne montre rien de son inquiétude aux ouvriers. Leurs regards se veulent gentils mais il sent bien qu'ils commencent à s'impatienter. Un homme en blouson de cuir, une voix de fumeur, téléphone et regarde sa montre en faisant de grands gestes.

Ils attendent qu'il vienne vers eux mais il n'a pas d'explication à leur donner.

Il hésite à appeler les gendarmes, tourne autour de la voiture.

L'air est moite.

Ça lui pèse sur les poumons comme un enduit de plâtre.

La même moiteur que celle qu'il ressentait dans le métro.

Avant de faire un pas vers eux, il ouvre vite le col de sa chemise, essuie la sueur sur son front, respire à fond et se force à sourire, un goût de sang sur la langue.

Il regarde une nouvelle fois l'heure à sa montre.

10 h 48.

Il sait qu'elle déteste l'idée d'être joignable à tout moment. Elle aime la vie secrète et il respecte sa décision même s'il ne peut pas s'empêcher de trouver ça absurde.

Edith

Avec la tempête de la nuit, le sel s'est déposé sur les vitres. Juchée sur l'escabeau, Edith a passé la matinée à les nettoyer avec du vinaigre blanc, un chiffon microfibre de bambou anti-traces pour décoller le sable, avant de frotter avec une brosse le rebord des fenêtres. Le soleil inonde la cuisine. La lumière se reflète sur son front. Les coins des vitres ne sont pas nets. Ça la désole de voir le travail bâclé, elle a envie de pleurer, répète toujours les mêmes mots. Maniaque, elle aime le propre et tout ce qui brille. Elle travaille avec ses mains qu'elle fourre partout avec une agitation qui peut donner le vertige. Un héritage transmis par le sang. Sa mère était comme ça, le balai et une serpillière dès qu'on marchait dans le salon. La plupart du temps, Edith devait mettre des patins pour ne pas salir. Elle aimerait tant voir les choses autrement, s'en foutre complètement. Elle sait déjà qu'elle ne lâchera rien. Avec un torchon qu'elle a mouillé avec sa salive, elle frotte convulsivement jusqu'à ce que toutes les traces aient disparu. De nouvelles pluies accompagnées de bourrasques sont annoncées. On attend de nouveaux vents violents avec un coefficient de marée à 109. Les vitres seront de nouveau à nettoyer le lendemain matin. Si ça ne tenait qu'à elle, avant une nouvelle tempête, elle fermerait les volets, mais Paul refuse de vivre dans le noir et elle n'a pas envie de l'entendre râler.

Elle doit appeler Marie pour savoir si tout va bien chez elle. Avec le vent, l'un des volets d'une fenêtre s'est détaché du mur et pend dans le vide. Paul a promis de passer pour voir s'il pouvait faire quelque chose. Dans la nuit, la mer a éventré la digue du Crotoy sur plusieurs mètres. Charriant des blocs de béton arrachés aux balustrades de la promenade, l'eau est entrée dans la ville. La route risque de s'affaisser. Il faudra renforcer l'ensemble de l'ouvrage et colmater les brèches. Avec les assauts du vent, les dégâts sont importants. Les propriétaires des maisons en première ligne craignent une deuxième nuit. La météo n'annonce rien de bon. Ne pas traîner sur la digue. Des panneaux, des barrières métalliques soulevés par le vent peuvent blesser les imprudents qui veulent prendre des photos. Un jeune homme a été emporté la semaine dernière par une vague à Biarritz.

Intriguée par le bruit d'une voiture, le bruit de la vie qui surgit, et ça ne lui déplaît pas, la sienne devient moins grise, elle regarde par la fenêtre. Elle aime savoir ce que font les gens chez eux, se glisser dans leur vie, les épier et fabriquer des bribes de vies, entendre les cris des gamins, échanger quelques mots avec ses voisins. Debout entre les deux rideaux, elle se tord le cou pour mieux voir. Des points blancs frémissent sous ses yeux. Elle grimace. Entre sa maison et le chantier du voisin, une camionnette grise vient de se garer au bout du chemin. Elle a déjà croisé l'homme au volant, jeudi quand elle avait retiré de l'argent à la poste, à moins que ce soit vendredi à la poissonnerie en allant acheter des moules de bouchot et faire le plein au *Carrefour* du Crotoy pour le week-end. Début septembre, il y a encore des touristes, des Belges surtout. Une grande partie de la côte est bétonnée. Edith connaît bien Knokke-Le-Zoute et Ostende. Il y a trop de monde sur les plages. Attirés par le côté sauvage de la baie de Somme, beaucoup cherchent à acheter une résidence secondaire.

Avec tout ce monde, elle avait dû faire la queue.

Un livreur peut-être ?

Assis derrière le volant, la tête posée sur l'appuie-tête, l'homme n'a pas de cou, a un visage épais, de larges épaules. Une taille d'athlète. Il ne bouge pas. Après les derniers jours de pluie, le beau temps est là. Pourquoi ne pas sortir de la camionnette pour faire trois pas ? Le corps légèrement tourné vers l'intérieur du véhicule, il reste assis, le haut du visage caché par le pare-soleil. Quand elle se penche par la fenêtre, des nuées de moucherons se précipitent sur elle. Pour éviter une invasion dans la cuisine, elle ferme vite la fenêtre et tire les rideaux. Une mouche bourdonne au-dessus de son front.

Elle la chasse d'un revers de la main, la voit se poser sur la table, courir sur la toile cirée et se frotter les pattes et la tête. Avec la tapette, elle la frappe violemment avant de la prendre entre deux doigts pour la jeter à la poubelle.

Elle branche la cafetière, attrape une tasse, une petite cuillère dans le tiroir, un morceau de sucre. Le percolateur émet des gargouillements. Elle mangerait bien quelque chose. Après avoir fait une charlotte aux poires pour Marie, il reste des boudoirs dans le placard. Elle préférerait une crêpe mais pour ça il faudrait qu'elle laisse reposer la pâte un long moment. L'heure du déjeuner approche. Surtout ne pas prendre du retard. Elle touille son café dans la tasse. Depuis plus de deux heures, Paul est parti travailler dans son potager qui rétrécit d'année en année. Le sable grignote du terrain. Tant qu'il restera un peu de terre, il continuera à planter ses légumes, de la pomme de terre surtout, de la ratte du Touquet. Avec le terrain sableux, il a un bon rendement.

Après avoir bu son café, elle boit de l'eau, la laissant dégouliner le long de ses joues et de son cou qu'elle essuie d'un revers de manche.

10 h 42.

Elle donne un dernier coup de chiffon sur les meubles (elle aime l'odeur douceâtre de la cire), soulève l'un après l'autre les cadres posés sur le plateau de la cheminée. Elle s'arrête un instant sur la photo en noir et blanc prise le jour de leur mariage. Paul a vieilli, elle aussi. Ses joues sont remplies, les paupières hautes, le regard est vif. Elle n'a pas les rides qui barrent son front aujourd'hui, ni les pattes-d'oie autour des yeux, son cou plissé qu'elle cache l'hiver sous un col roulé ou une écharpe. Sur la photo, elle ne regarde pas son mari. Montrer ses sentiments ne se faisait pas, surtout chez ses beaux-parents, des gens effacés et tranquilles qui n'avaient pas apprécié le mariage arrivé trop tôt. Edith a un pincement dans la poitrine, repose le cadre avant d'aller fermer la fenêtre, rabat les voilages jaunis par la fumée de cigarette, donne un dernier coup de balai sur le perron. Les pots de géraniums ont légèrement bougé, découvrant une marque noire de terre. L'un d'entre eux s'est renversé. Elle le remet en place, au millimètre près, et même si elle trouve ça ridicule, elle ne peut pas s'en empêcher. C'est un rituel. Chaque jour elle fait ce geste à la même heure. Elle est attachée jusqu'à la maniaquerie aux minutes et n'est pas malheureuse de ce quotidien huilé. Elle noie son chagrin et sa culpabilité dans les travaux domestiques. Une façon pour elle d'échapper à ses pensées.

Elle doit sortir de chez elle. Le grand air lui fera du bien, un peu d'exercice aussi. Elle s'empâte et se trouve à l'étroit dans son corps. À son âge, il est très difficile d'arriver à perdre du poids. Elle sort le sac-poubelle, fait une halte au pied des escaliers avant d'aller dans la buanderie chercher le linge. Elle trie le blanc de la couleur. Il lui manque une chaussette à carreaux rouges et bleus.

Avant de descendre au jardin, son regard fait le tour de la cuisine. On pourrait manger par terre. Elle se lave les mains, les essuie avec le torchon avant de remettre en place la couverture du canapé du salon qui a glissé, tapote deux coups sur les coussins pour enlever les poils du chat. Alors qu'elle ne l'a encore jamais entendu éternuer ou se moucher, Paul se plaint d'être allergique. Ça lui chatouille les narines. Il lui demande de garder Nono dans l'entrée et de faire le ménage à fond. La poussière flotte, insupportable, transportant les poils du chat. Si cette histoire d'allergie ne tient pas debout, elle évite les contrariétés qui finissent toujours par des drames. Elle aime son chat et si ça ne tenait qu'à elle, il dormirait sur son lit. La tactique du silence n'a pas marché. Depuis longtemps, elle aurait dû s'imposer et dire ce qu'elle avait à dire.

L'orage a tout bousculé dans le jardin.

La pluie a arraché la terre descendue du talus, peigné les herbes devenues glissantes. Edith ouvre la barrière en bois, traverse l'allée pavée de briques. Sa hanche la fait souffrir. Sa jupe est remontée au-dessus de la taille. Elle la tire vers le bas mais ça la serre encore. Quand elle arrive à l'entrée du potager, Paul vient de finir de biner le carré de poireaux. La rangée est au cordeau. Malgré la tempête, il n'y a pas une mauvaise herbe dans la parcelle. Plié en deux, il coupe des feuilles d'épinards avec l'opinel offert par son père pour ses 18 ans. Il le garde toujours sur lui. Elle a demandé des jeunes pousses pour faire une salade avec du roquefort, des champignons et du lard, une recette que Marie lui a donnée. Elle garde les grosses feuilles pour les conserves. L'année dernière, elle a stérilisé une dizaine de bocaux. Comme les haricots et les tomates, ils en auront assez pour l'hiver.

– Ils sont nombreux sur le chantier, hurle-t-elle pour que Paul l'entende.

Elle s'approche encore mais le terrain est glissant.

Ça arrange Paul de faire la sourde oreille.

Taciturne et renfermé, l'arrivée des nouveaux voisins le contrarie. Visiblement agacé par cette interruption, il ne lève pas les yeux.

– Qu'est-ce que tu racontes ? Ils ne peuvent pas être nombreux sur un chantier pareil avec le temps qu'il a fait cette nuit !

Sa voix est toujours sèche.

En se redressant, ses genoux craquent. Il crache son mégot de cigarette, le recouvre de terre avec le pied. Surpris de voir Edith plantée au milieu du terrain, il fait volte-face, échange un rapide regard avec elle. Ses joues hâlées sont envahies par la couperose. Échevelé, il passe ses mains sur le dessus de sa tête, grimace en se tenant les reins avant de remonter son pantalon. Pour son mal de dos, Paul devrait porter une ceinture. La veille, il est tombé en descendant l'escalier. Son bas du dos est esquinté. Ce matin, il a eu beaucoup de mal à enfiler ses bottes. Elle lui a bien proposé de l'aider mais il n'a rien voulu savoir. Juste avant de partir au jardin, elle l'a vu prendre un cachet, ce qu'il ne fait jamais. Rien ne l'oblige à être démonstratif et à s'épancher auprès d'elle. Elle le sait. Il a sur lui son vieux tee-shirt blanc immonde. L'encolure bâille, laissant passer des poils blancs. Pour la première fois, elle lui trouve un air triste, une légère faiblesse en le voyant bouger. Il n'a rien gardé de sa jeunesse et de son élégance. Ses gestes sont lents. Sa figure est grise, l'œil creux et lointain. Cette fragilité la touche. Elle aimerait bien l'embrasser ou lui prendre la main mais il détesterait ça. Surtout ne rien lui montrer. Ça ne servirait à rien. Il se moquerait d'elle. Si on pouvait rayer tout ce qui s'est passé, elle serait la femme la plus heureuse du monde. Une lueur s'allume au fond de son regard. Elle serait prête à y croire, à faire des choses pour que ça marche.

Que cherche-t-elle ?

Les rendez-vous avec le passé sont le plus souvent stériles.

– Qu'est-ce que tu racontes, répète-t-il en élevant la voix.

– Rien. Je ne veux pas t'ennuyer. Je croyais que tu voudrais savoir. Y a une camionnette sur le chemin. Je me demande…

Elle ne termine jamais ses phrases.

Paul ne lui en laisse pas le temps.

– Arrête de te demander. Chacun reste à sa place et y aura pas d'ennuis. C'est samedi. Tous les samedis, y a une réunion de chantier !

– J'ai vu…

Il se retourne, regarde une nouvelle fois en direction de la route, lui fait signe de ne pas insister et de retourner d'où elle vient, mais elle reste là sans bouger comme une gourde.

– Tu n'as rien vu. Je te l'ai déjà dit cent fois. Ce n'est pas parce qu'on va avoir des voisins qu'on va se faire des amis. On ne sait rien d'eux. Le chien ne les aime pas. Il a aboyé toute la matinée.

– Ça a soufflé fort cette nuit.

Plusieurs fois déjà, Edith avait croisé le nouveau propriétaire et sa femme. Courtois, l'homme s'était excusé pour le dérangement et pour la boue apportée par les camions les jours de pluie. Légèrement en retrait, la femme n'avait pas ouvert la bouche. Une étrangère, sans doute ? Un physique de fille de l'Est, trop maquillée pour une région comme la baie de Somme. Edith détesterait être de ces femmes apprêtées. Très amoureux, le couple s'embrassait dans la voiture. Il n'a pas d'enfants et c'est préférable pour Paul qui les trouve bruyants.

– J'aimerais que tu me dises pourquoi ces gens te gênent. Je les ai trouvés corrects.

Paul imagine sa vie comme une énorme conspiration. On lui veut du mal.

Edith aimerait qu'il s'adoucisse un peu.

Il la regarde d'un œil torve.

– Si ce n'est pas le chien, ça m'arrangerait de savoir qui a fait un boucan pareil, ce matin. Je ne l'ai encore jamais vu comme ça.

– Je te le répète. La tempête et le chantier.

– Ils sont encombrants.

– Ça veut dire quoi ? Tu dramatises toujours tout.

– Tu sais que j'ai raison.

Elle voudrait lui dire que la violence est en lui, mais elle ne trouve pas les mots pour ça. Il pouvait très vite s'emporter.

– Les pompiers ont secouru un chasseur à la hutte entre le hameau de Morlay et Le Crotoy. Marie m'a dit ça, hier soir au téléphone. Des gens en parlaient pendant qu'elle était chez le kiné. Il a été hélitreuillé.

Il relève la tête pour émettre un rire sec.

– Qu'est-ce qu'il foutait là avec ce temps ?

– La marée. Ça pourrait t'arriver.

– Excuse-moi mais ce mec est un abruti. Aller à la hutte avec un temps pareil, il faut être con…

– Ne t'excuse pas pour ça. Tu m'énerves.

En marchant dans les allées, il arrache des mauvaises herbes et des orties à mains nues avant de revenir vers elle.

– Y a des taupes. Il faut que je remette des pièges.

Il donne un coup de pied dans une motte de terre.

– Rentre et arrête de regarder par la fenêtre. Tu vas finir par nous attirer des ennuis.

Les taupinières défigurent son jardin. Quand il ne pulvérise pas avec du purin de sureau à l'entrée des trous, il met des pièges et attrape les taupes pour venir les étaler comme des trophées devant la porte de la cuisine. Edith déteste quand il brandit sous son nez ce gros boudin noir avec ses six doigts roses et fripés et son faux pouce. Ça la met mal à l'aise. La peau ressemble à celle d'un bébé.

– J'ai la machine à laver à mettre en route. Je prépare le déjeuner. Tu viens dans trois quarts d'heure.

Paul éructe et surprend Edith.

– On verra bien quand j'ai fini. Tu ne peux pas t'empêcher de venir m'emmerder quand je suis au jardin. Si j'y vais c'est pour avoir la paix. C'est bien dommage que les jours raccourcissent.

– Ça veut dire quoi ?

Son regard est à nouveau braqué sur elle.

– Apprends à fermer ta gueule. Ce n'est pas la première fois que je te le dis.

Les facultés à blesser se renforcent avec les années. L'intimité engendre des frictions et des humiliations mais, ce matin, ces mots tombent en elle comme une pierre. Elle veut espérer qu'ils ont dépassé sa pensée et qu'il s'est laissé emporter par la colère. À l'instant où elle aurait besoin de toute son énergie pour lui répondre, quelque chose lâche en elle. Après un silence, il lui répète qu'elle a sûrement mieux à faire que de le regarder travailler. Il a marqué un point et elle s'en veut. Paul réglemente leur relation, en règle le thermostat avec économie. Elle n'aurait jamais cru être ce genre de femme à qui un mari peut dire d'aller se faire foutre. Si elle sait qu'il a du mal à canaliser sa colère, ça fait plus de trente ans qu'elle supporte ses humeurs et ses discussions fielleuses. Trente ans à ce régime auraient eu la peau de n'importe quelle femme. Après avoir crié, il lui arrive de quitter la maison. La plupart du temps, elle encaisse parce qu'elle n'a plus la force de protester mais ils vivent mal ensemble, désaccordés, essayant de s'épuiser l'un l'autre jusqu'à la chute. Paul a horreur d'attendre, d'être contrarié ou qu'on vienne le déranger. Elle lui demande bien deux ou trois choses comme d'ôter ses bottes avant d'entrer dans la cuisine. Ne pas laisser traîner ses mégots de cigarette n'importe où. Après ça, il peut bien faire ce qu'il veut. Il a ses manies. Ce matin, elle a sorti les huit bouteilles vides qu'il avait laissées dans l'escalier de la cave. Il est possible que les gens voient en elle une femme revêche et vieille qui laisse son mari décider de sa vie. Il se dit beaucoup de choses au village. Leur vérité n'est pas la sienne. Sans les événements, elle ne serait pas ce qu'elle est aujourd'hui.

À l'idée d'avoir de nouveaux voisins, depuis plusieurs jours, son homme a perdu l'appétit. Quand elle lui fait un boudin noir aux pommes ou une ficelle picarde, ses deux plats préférés, il chipote dans son assiette, a du mal à déglutir. Il a des gaz, surtout la nuit. Elle lui a conseillé de prendre une cuillère de charbon, de consulter.

– Ça passera, dit-il en changeant de sujet.

La peur des médecins, des hôpitaux, toujours la même chose. Après avoir vu une émission à la télévision sur les maladies nosocomiales, il est persuadé d'en crever ou de sortir de là avec une jambe en moins.

Avant de rentrer, elle longe la haie derrière la maison pour cueillir des dahlias, se dirige vers le carré d'herbes aromatiques qu'elle a plantées. Elle coupe quatre branches de persil et de coriandre pour le déjeuner, cueille des tomatilles, un fruit violet recouvert d'un voile qu'elle rajoute à la ratatouille pour donner du goût.

Les odeurs d'herbe du plein été ont disparu.

Elle prend le chemin couvert d'aiguilles de pins qui crissent sous ses pas avant de sentir la douceur de la mousse, vide la boîte aux lettres. Des prospectus et une facture de l'EDF. Ils vivent dans le noir, la facture ne sera pas élevée. Ce n'est pas la même histoire avec l'eau. Paul arrose trop le jardin, surtout l'été. Elle ne dit rien parce que ça l'occupe.

La camionnette est là.

Elle s'approche. L'homme remonte la fenêtre, allonge le bras vers la boîte à gants avant d'avancer le véhicule. Si c'est un étranger qui a perdu son chemin, il aurait dû descendre de voiture et venir vers elle.

Elle se souvient. Elle l'a vu prendre de l'essence à la supérette. Paul achetait le pain. Elle était restée dans la voiture. Une femme se trouvait à côté de la camionnette. Elle discutait en faisant de grands gestes avec le chauffeur qui lui tenait les poignets jusqu'à ce qu'elle lui échappe. Elle n'a pas vu son visage mais elle était jeune. Le couple avait dû s'engueuler. Ce sont des choses qui arrivent.

En descendant le chemin, elle se prend le soleil comme une claque en pleine figure. Si elle a mis de la crème sur le visage, elle a oublié ses lunettes. Elle plisse légèrement les yeux avant qu'un éclair suivi d'une détonation la surprennent. À quelques mètres d'elle, le pare-brise de la camionnette vole en éclats. Le bruit la fait sursauter comme une gosse. Elle plie les genoux, se cache derrière un buisson. Morte de trouille, elle attend. Un silence épais s'est abattu sur le jardin. Le chien n'aboie plus, les oiseaux se sont tus. Tout paraît plus lent comme quand on est sous l'eau. Elle tire sur son cou, se déplie pour regarder. L'homme derrière le volant a rentré sa tête dans les épaules. Un caillou ou une balle ? Elle connaît tous les bruits par cœur. Les chasseurs ne s'aventurent jamais à cet endroit, aussi près des maisons. L'homme n'a pas l'air blessé. Elle devrait aller le voir pour lui demander s'il a besoin d'aide mais quelque chose lui dit qu'elle ne doit pas s'en mêler. Elle regarde autour d'elle, marche à quatre pattes d'un buisson à l'autre avant de s'asseoir. Elle se sent vite ridicule, frotte ses fesses pour enlever les feuilles mortes avant de s'éloigner. Surtout ne rien dire à Paul. Il en ferait toute une histoire. En passant devant le chenil, l'aboiement du chien a repris. Ça l'exaspère. Pour faire cesser le vacarme, elle hurle jusqu'à ce qu'il s'éloigne, la queue entre les pattes. Edith n'aime pas les chiens. Les chats, oui. Nono l'apaise. Il est vieux, perclus de rhumatismes. C'est bien le seul à lui montrer de l'affection. On lui a dit que les chats s'en vont quand ils sentent que la mort arrive. Ce jour-là, elle sera seule et ça lui fait peur.

L'humidité remonte du sol. Elle sent l'odeur de la mer. Un bateau entre dans le chenal. Le soleil perdu dans le gris du ciel réapparaît. Après l'orage, le calme est menaçant. Elle reste assise sur la berge pendant quelque temps. C'est près de l'eau qu'elle se sent le plus vivante. Elle entretient avec elle un rapport presque primal mais, depuis plusieurs jours, elle s'attend à quelque chose. Quoi ? Elle n'en a aucune idée. Elle sait que ça va arriver, c'est tout, dans deux jours ou peut-être dans un mois. Un cauchemar revient et la réveille chaque nuit depuis une semaine.

Engagée sur un chemin étroit, elle traverse une forêt de sucres d'orge géants, ces sucreries de toutes les couleurs raides comme des piquets enfoncés dans la terre. À mesure qu'elle avance, le chemin rétrécit. Dans un mouvement stroboscopique, les piquets vont et viennent et se rapprochent dangereusement d'elle. Plus ils grandissent, plus sa taille diminue. Pour ne pas mourir étouffée, avec ses mains, elle les repousse jusqu'à ce qu'elle lâche. L'étau se referme sur elle.

Le chemin sinueux descend à la mer. Elle entend le ressac. Une épaisse palissade de roseaux barre le chemin jusqu'à la bande de sable qui longe la plage. La mer l'accueille avec ses scintillements, lui lance une multitude d'œillades blanches et bleues. Au loin, en direction du Marquenterre, longs et noirs, les arbres érigés vers le ciel fondent dans la mer. Sa force brutale a bousculé la côte. Quand elle était plus jeune, elle se baignait dans l'eau froide. Aujourd'hui, elle réveille ses douleurs. Elle ne sait plus ce qu'elle a fait de son maillot de bain à fleurs. Au fond d'un placard, sûrement, à moins qu'elle l'ait jeté. Elle se trouvait déjà grosse mais Paul l'aimait bien comme ça. Il préférait ça aux planches à pain. « Les femmes rondes sont des refuges », il disait quand elle se plaignait de ses kilos en trop. Le temps a passé. Depuis des années, elle vit avec un mal de dos insupportable. Son corps n'est plus qu'un bloc de courbatures. En réduisant ses activités, il finit par se gripper. Vieillir c'est se lamenter.

Elle n'aime pas se plaindre.

Elle préfère se souvenir…

Il y a des années. Combien exactement, elle ne sait plus…

Paul avait la baie de Somme dans les yeux et dans les jambes. Il connaissait la mer comme lui-même. Sa vie était calée sur le calendrier des marées. Chaussé de hautes bottes, habillé d'une vareuse jaune, il partait fourrager comme tous les hénoniers avec son râteau et sa venette pour ramasser des coques dans la baie, près de la plage de la Maye. Il faisait ça pour jouer, un peu comme au casino. Le visage penché sur le sable, les cuisses tendues, il cherchait le filon en oubliant l'heure. Plus souvent, il pêchait le bar ou plaçait ses lignes de fond sur le sable. Il y passait tous ses dimanches. Le visage tendu vers le soleil, assise à ses côtés, certains jours elle restait là à l'attendre au bas d'un épi sur la plage d'Ault au pied des falaises qui s'effritent, d'autres, elle cherchait des vers de mer aussi gros qu'un doigt pour l'amorçage des hameçons, les pieds dans l'eau glacée. Quand les pêcheurs de crevettes vident leurs filets, les mouettes fondent en piqué sur la plage, d'autres se posent sur le plat-bord d'un bateau. Les vieux évoquaient leurs prises fabuleuses du temps de leur jeunesse.

Tout ça l'excitait. Elle ne savait rien de lui. Il avait aimé ses jupes longues et vaporeuses, son ambre solaire. Elle s'enduisait les bras et les épaules nues. Une odeur de noix de coco. Les traces de sel zébraient ses jambes. Il était fou d'elle et elle se laissait faire. Si elle avait froid, par peur qu'il lui demande de rentrer, elle ne se plaignait jamais. Elle emportait des romans noirs qu'elle achetait dans les foires, un SAS ou des James Hadley Chase, un auteur anglais. Plus rarement, du papier à dessin et des crayons pour dessiner. Des scènes de plage avec des couleurs vives pour plaire aux gens. Plus tard, des marines médiocres qu'elle vendait sur le marché. Elle s'était mise dans la tête qu'elle serait une artiste, mais une fois achevé, son travail la décevait.

Ils s'étaient aimés avec un étonnement heureux. Lui plus âgé et dégourdi, elle encore gamine. Il se dégageait de lui une sorte d'animalité. Elle se montrait obéissante. Ils faisaient l'amour, le matin ou le soir, parfois les deux, ne cherchaient pas à se cacher. Cette fulgurante blessure qui donne envie de mourir, que tout s'arrête pour ne jamais connaître le dernier baiser, la dernière caresse. Quand leurs deux mains s'effleuraient, que leurs deux bouches se rapprochaient, ils n'étaient plus qu'un même souffle, elle tremblait comme dans les livres. Aujourd'hui ses souvenirs s'attachent à son rire, à ses yeux brillants de malice, à sa peau salée contre la sienne quand ils étaient allongés sur le sable, à sa joue mal rasée contre la sienne, à la lumière d'un été, aux soirées interminables sur la plage quand le rose, le bleu violacé, le mauve s'enfoncent dans les replis des dunes de la pointe de Routhiauville à celle de Saint-Quentin-en-Tourmont. Des soirées à regarder le coucher du soleil, à s'endormir sous une voûte d'étoiles, à voler des caresses sous la couverture quand il faisait froid. Ils emportaient un saucisson, des bières, des œufs durs et des chips, s'installaient le dos appuyé sur la dune. Du Picon-bière, douze centilitres de bière blonde et trois centilitres de Picon. Ça doublait le taux d'alcool. Il lui massait la nuque, le haut du dos, enveloppait ses pieds dans ses mains, les laissait traîner. Il s'égarait. La sensation était presque trop forte. Ils riaient pareil, pensaient pareil. Quand on est jeune, ces moments ont un parfum d'éternité et on ne sait pas encore combien ils sont fragiles. C'était une vie facile. Une vie pleine, voilà ce qu'on voyait dans l'éclat de ses yeux. Elle se donnait à lui avec la maladresse d'une adolescente dans un champ, en forêt, rarement dans le lit au cadre en bois qu'il avait chez lui. Il n'y avait pas de mal à ça, ce n'était pas vulgaire comme il aimait lui dire, l'endroit ne changeait pas grand-chose. Elle n'éprouvait pas le moindre sentiment de honte. Leur folie était légère.

« Ce soir, je t'ai fait un enfant », avait dit Paul.

Victime de son inconséquence, il voulait l'épouser. Elle avait hoché la tête et s'était mordu la lèvre. Elle le voulait, lui et personne d'autre. Entendre sa voix, sentir sa main caresser sa peau, servir son café chaque matin avant qu'il ne parte travailler. Elle s'était installée chez lui. Elle venait de quitter l'école d'infirmière pour continuer la peinture, jouant avec les aplats d'ombre et de lumière comme elle avait appris dans les livres. La baie de Somme s'y prête et elle aimait ça. Elle n'avait jamais regretté cette langueur du temps. Le monde dans une immobilité totale. Elle savait qu'elle pouvait se reposer sur lui. Il était aux petits soins pour elle, suivait de près sa grossesse.

Une délicieuse paresse.

La douce volupté de se laisser entraîner.

Enceinte de deux mois et demi, Paul avait tout programmé pour elle. Si elle l'avait écouté, il aurait acheté un stock de couches après avoir vu une pub à la télévision, une poussette, installé un bac à sable et une balançoire dans le jardin. On met des mois, parfois des années, à construire ce qui peut être défait en une heure. Elle croyait avoir enseveli tout ça, tiré un trait sur son passé. Elle n'avait jamais parlé, même pas à son amie Marie, de ce matin de Noël.

Il avait fait très froid dans la nuit…

Il neigeait, elle s'en souvient…

Les routes étaient verglacées…

La maison est chaude. Ça sent bon le sapin. Paul l'a choisi, transporté dans un chariot du supermarché jusqu'à sa voiture. Il l'a décoré, coiffé d'une étoile. Dans le salon sont accrochées des guirlandes qui courent jusque dans la cuisine, un bouquet de gui au-dessus de la porte d'entrée. Ça lui a pris une journée entière, et si elle ne l'avait pas freiné, il aurait ajouté trois boules de Noël au sapin. Il avance de deux pas, recule de trois pour regarder le résultat avant de décider de mettre des oranges et de remplir de confiseries une chaussette de Noël. Il claque la langue, retient sa respiration. Un dernier moment de flottement. Tout doit être parfait. Avec la peur au ventre de s'être trompé, il attend de pouvoir distribuer ses cadeaux. Elle finit de mettre le couvert du déjeuner, passe un dernier coup d'aspirateur dans le salon. Son pied se prend dans le tapis. « Ce n'est plus l'heure de faire le ménage », a dit Paul en la voyant se relever. Elle a pris un coup dans le bas du ventre et s'est fait mal à la cheville. Il la regarde approcher les chaises autour de la table. Elle s'applique pour tout. Trop peut-être. Ses beaux-parents ne vont pas tarder à arriver. Une fatigue écrasante. Elle doit encore se changer, sa robe est tachée, se coiffer. Paul n'aime pas quand elle se maquille. Pour allumer le feu dans la cheminée, il sort chercher des bûches. Le silence dans la pièce avant la douleur fulgurante dans le bas du ventre. Une déchirure. Elle file dans la salle de bains, agrippe l'émail froid du lavabo, se passe un gant de toilette sur le front, trouve le courage d'affronter son visage dans la glace. Son mascara a laissé des traces noires sur ses joues. Paul crie pour savoir où elle se cache. Il la trouve nue dans la baignoire, les mains appuyées sur ses cuisses fléchies. Entre deux spasmes, elle regarde le sang noir couler comme un filet d'eau dans un caniveau. Constater que ce liquide épais provient de son corps a quelque chose d'incongru. Effrayé, il quitte la salle de bains.

– Est-ce que ça va ? demande-t-il derrière la porte.

Ce doit être une question mais la phrase n'en a pas l'intonation. Elle prend sa fuite pour de la pudeur. Un mauvais pli marque son front. Il se contente de regarder en promettant de revenir dans un moment. Elle se sèche, s'allonge sur leur lit, le corps recroquevillé. Quand ses muscles se tendent, un gémissement sort de sa gorge. Elle l'entend comme s'il venait de quelqu'un d'autre.

Ne pas pleurer ou pleurer discrètement.

Chaque gorgée de whisky calme la peur de Paul. L'alcool le rend méchant. Il l'emmène à l'hôpital.

– L'enfant de l'amour, le plus attendu, marmonne-t-il dans la voiture.

Elle reçoit ses mots comme une gifle. Qu'il se taise. Avant de démarrer, il tire de sa poche un mouchoir, essuie son front en sueur. Elle étouffe dans l'espace exigu. Il vient d'allumer une cigarette. Par la fenêtre, elle s'évade, regarde la réverbération du soleil sur la blancheur des jardins, les volutes de givre accumulées au coin de la vitre, les maisons illuminées par des guirlandes, les gens heureux qui marchent d'un pas précipité sur les trottoirs, les bras chargés de cadeaux. Elle aimerait les rejoindre et oublier ce qui vient de se passer. Ça lui met les larmes aux yeux. Ils dépassent le hameau, passent devant le clocher d'une vieille église. Pour retenir en elle quelque chose de vivant, elle enveloppe son ventre de ses mains. Quelque chose de glissant et froid. Un dernier filet de vie coule entre ses cuisses qu'elle serre pour ne pas tout perdre, tire sur sa jupe. Parce qu'elle a 20 ans, elle a peur d'arriver sale à l'hôpital. Les couloirs rose pâle, les cris des nourrissons dans le service de pédiatrie néonatale.

Elle a peur. Quand on aime quelqu'un, on sent sa douleur.

Paul se tait, allume la radio, écrase sa cigarette dans le cendrier. Ça sent le tabac. Luttant pour ne pas vomir, elle appuie son front sur la vitre et s'efforce de ne pas penser. Le froid glacial de l'autre côté du carreau lui rappelle celui qui émane de son corps.

La désinvolture de Paul l'a humiliée.

Six mois plus tard, de nouveau enceinte, elle fait une deuxième fausse couche. Ne pas pleurer, essuyer sa morve quand elle se retrouve à l'hôpital, les jambes maintenues en l'air dans des étriers. Paul déteste les larmes. Quelque chose se casse en elle. Tout se délite en quelques heures. Un silence s'installe entre eux.

– Pourquoi tu ne dis rien, pourquoi t'écoutes rien ? demande-t-elle.

Parce qu'il n'a rien envie de dire. Le silence cache une forme larvée de dépression. Si elle s'autorise à verser des larmes, c'est le soir dans son lit quand la lumière est éteinte. Son corps pleure. Chaque millimètre de sa peau pleure. Paul rentre tard du travail, ne fait aucune allusion à ce qui s'est passé.

Un reproche muet.

De la rancœur.

Parce qu'elle veut comprendre, elle reconstruit le puzzle à l'envers, remonte le temps jusqu'au moment où tout dérape comme un accident de voiture, une perte de contrôle, une fraction de seconde. Une simple erreur et son univers a volé en éclats. Il l'a aimée, choisie pour lui donner un enfant, ce qu'elle est incapable de faire. Ses parents ont déménagé pour s'installer à Longwy où son père a trouvé du travail. Au téléphone, sa mère lui fait comprendre qu'elle doit se débrouiller sans elle, que sa vie est ailleurs et qu'ils ont bien du mal à s'en sortir avec le chômage et tout le reste. Son père n'est pas en forme. Elle-même a de la tension…

Edith ne s'était pas attendu à autre chose.

La vie a continué et aucun médecin n'a pu expliquer pourquoi elle n'avait plus été enceinte. Dans son cas, on ne pouvait pas parler d'infertilité. Marquée du soupçon de ne pas avoir voulu lui faire un enfant, elle s'est convaincue d'y être pour quelque chose. Pour la voir habillée et sortir de chez elle, il faudra attendre deux longs mois. Elle veut garder la tête haute mais les bruits et la foule l'importunent. La musique des supermarchés, les annonces au micro, les éclairages glauques, le slalom entre les poussettes, les gamins qui chialent. Une torture. Les magasins trop grands, incapable de s'y retrouver dans les rayons, le plus souvent elle rentre les mains vides. Elle ne se sent vraiment en sécurité que dans son quartier.

Il faut parler et elle n'en a pas la force.

Paul râle mais ne fait rien pour l'aider à s'en sortir. Tomber jeune. Se relever mais pas tout à fait. Être fidèle à quelque chose du passé pour ne pas le voir disparaître tout à fait. Même boiteuse, elle a continué à vivre quand Paul s'est muré dans le silence. Il ne lui parle que pour lui dire des choses sans importance. Est-ce que les hommes parlent des affaires des femmes ? Rien ne l'intéresse plus que la chasse, la pêche, le Tour de France, l'été, un tiercé de temps en temps. Il peut se laisser aller au graveleux, à l'outrance, parler de sexe quand il a bu avec des mots crus, des mots féroces qui n'existent que pour blesser ceux qui les entendent. Le silence entre eux n'est pas une gêne. Ils y sont habitués et elle préfère encore ça à toute cette merde qu'il déverse pour son plaisir avec un rire gras.

Avec un enfant, ils auraient fait comme tous les parents. Le clown, le Père Noël, des pâtés sur le sable. En pensant à ça, elle sourit. Elle sait bien que Paul aurait trouvé autre chose. Le gamin l'aurait suivi à la pêche ou à la chasse dans les marais. Il lui aurait appris à se servir d'un cerf-volant sur la plage du Crotoy et à Cayeux ou dans le Hâble d'Ault. Occupés à le voir grandir (la première fois qu'il sourit, redresse la tête, met un pied devant l'autre) il les aurait empêchés de se chercher des noises comme deux vieux cons. Une maison sans enfants n'en est pas une. Il lui manque de la légèreté, un peu de folie, les éclats de voix, les rires, les sauts des enfants en pyjama sur les lits, les traces de chocolat sur le canapé du salon, le papier déchiré dans la chambre d'enfant, les bottes et les chaussures boueuses abandonnées dans l'entrée. Il lui arrive encore de penser qu'il aurait pu être laid ou handicapé, ingrat aussi. Malgré sa différence, elle l'aurait aimé. À cette pensée, elle s'en veut de ne pas avoir pris un rendez-vous avec un spécialiste, de parler d'une adoption avant que Paul ne se décide à tourner la page. Il aime répéter qu'il y a plus grave, qu'ils ont la santé et que c'est le principal. Il n'est peut-être pas trop tard pour recevoir des enfants, l'été. Aujourd'hui, elle se sent courageuse, prête à remuer cette fichue poussière. Si ça fait déjà trente et un ans, elle imagine, surtout la nuit, la bouche accrochée à son sein et les petits bruits de succion comme quand Marie, son amie, donnait le sein à son bébé, il y a des années. La petite Valérie doit avoir 26 ans, aujourd'hui.

Il suffit de respirer pour que le temps passe. Avancer. Reprendre un boulot. Pendant douze ans, elle a été assistante maternelle. Les enfants qu'elle a vus grandir sont ses petits. Il lui arrive d'en croiser au village. Ils s'arrêtent pour lui parler ou donner des nouvelles de la famille. Elle aime savoir ce qu'ils sont devenus. S'il y a un avant et un après dans chaque vie, l'après est arrivé trop tôt. Paul n'a jamais aimé faire semblant d'être heureux. Surtout ne pas se forcer. Fuir le mensonge et cette fausse gaieté qu'on doit montrer en société. Faisant preuve d'une lucidité noire, il s'est peu à peu coupé du monde. Il a arrêté de jouer au loto, n'est plus parti faire des excursions ou des voyages avec le comité des fêtes ou des amis comme il le faisait avant. Tout a commencé il y a seize ans, peut-être plus. Elle ne sait plus très bien. Il avait prétexté des travaux à faire dans la cave. « C'est urgent », avait dit Paul et elle s'était laissé convaincre. Leurs économies y étaient passées. Cette année-là, elle voulait aller à Prague avec Marie.

Aujourd'hui, sa vie ordinaire l'épuise.

Comme un gosse, Paul passe ses journées dans la cave à ranger ses collections de soldats de plomb et de petites voitures Matchbox, ou quand il fait beau, dans le potager ou dans son hutteau[1], une boîte qu'il a fabriquée lui-même, mi-barque, mi-cercueil, pour se fondre avec la vase. Après avoir installé ses appelants ou plus souvent des blettes artificielles, choisi son emplacement sur le sable à travers l'immensité de la baie du côté de la Maye, il reste couché pour se cacher de sa proie, les yeux au ras de l'eau. La stratégie de la traque est une chose qu'elle ne peut pas partager avec lui. Elle déteste la chasse qu'elle trouve cruelle. Dans son hutteau, Paul est totalement seul et il aime ça. Il emmerde la terre entière et le fait savoir autour de lui. Elle le voit partir avec son fusil. Des dizaines de fois, inquiète de ne pas le voir revenir, elle l'attend au bord de la plage. La mer peut arriver d'un coup et le surprendre, surtout s'il a bu.

Souvent, elle monte la garde.

Bedia

10 h 46.

Trois voitures sont alignées face au chantier. Avec une heure de retard, Bedia se gare près du pick-up rouge. Recroquevillée au-dessus du volant, elle cherche ce qu'elle va lui dire jusqu'à ce qu'elle sente une tension dans sa nuque jusqu'au bas du dos. À travers la vitre, elle regarde le ciel. La lumière a un bel aspect jaune doré. Des impressions visuelles et sonores défilent en désordre dans sa tête. Des ombres apparaissent dans le coin externe de son œil. Ces jours-ci, elle pense. À la mort, surtout. Tout ce qui l'entoure est une accumulation de dangers. Elle enfonce ses ongles dans sa paume. Quand elle se décide à ouvrir la

1. Abri mobile semi-enterré pour la chasse en bord de mer.

porte de la voiture, une partie d'elle est absente. Perchée sur des chaussures à semelles compensées, les yeux rivés sur la terre d'argile creusée d'ornières par les bulldozers, elle progresse lentement. Le sol est strié de sillons profonds. Son pied droit se prend dans une racine. En sortant de son lit, avant de poser un pied sur le parquet de la chambre qu'elle a trouvé aussi froid que le carrelage de la cuisine, elle a enfilé ses chaussures sans imaginer l'état du chantier après l'orage.

Sur la table du petit déjeuner, à côté de sa tasse, Maxime avait laissé un mot avec les clés de la voiture.

« Thomas me dépose au Crotoy en allant travailler. On se retrouve là-bas. Fais attention en conduisant et en arrivant sur le chantier. Je t'aime. »

Elle vient tout juste de passer son permis. Ses démarrages brutaux et sa conduite inquiètent Maxime qui ne lui donne que rarement le volant. Ça le rend nerveux. Il faut pour ça qu'il se sente fatigué ou qu'il ait picolé. Après avoir lu son petit mot, elle a bu un thé, avalé deux tartines avant de filer dans la salle de bains pour se maquiller sans prendre le temps de changer de chaussures. Si elle se trouve petite, cela n'explique pas pourquoi elle a besoin de prendre de la hauteur avec ces chaussures hideuses. Quand le terrain est mauvais ou qu'elle marche sur des pavés, elle peut tomber. Un jour, elle se tordra la cheville.

Dépassant les autres d'une tête, un ouvrier lève une pioche avant d'attaquer le sol comme s'il en voulait à la terre gorgée d'eau. Des réseaux de veines bleutées saillent sur ses bras musclés. Le geste est violent. Le bruit sourd entraîne Bedia ailleurs, dans un pays qu'elle a fui. Maxime lui a conseillé d'écrire, de tout noter. Est-ce une chose qu'elle a volontairement refoulée ?

Dieu sait qu'elle a tout fait pour tirer un trait sur son passé. La guerre est finie depuis plus de vingt-cinq ans.

Elle arrive dans cette région avec des blessures aussi profondes qu'invisibles, enfouies dans les méandres tortueux de son esprit. Le mal est revenu d'un seul coup et ne la quitte plus. Elle s'imagine un stylo à la main. Approcher la vérité au plus près. Retranscrire ce moment qu'elle a repassé des milliers de fois dans sa tête.

Elle sent l'odeur de la terre, la puanteur des feuilles qui pourrissent. Les images se fondent les unes dans les autres.

Elle a 12 ans.

Il n'y a plus de bois pour les cercueils, plus d'outils pour creuser la terre, pas une larme pour pleurer Ülkü, sa mère. Sans arriver à trouver les mots, les silhouettes s'agitent dans le cimetière recouvert d'un matelas de nuages bas. Des gens muets dans le froid du matin. L'inhumation doit avoir lieu dans les vingt-quatre heures après le décès et avant le coucher du soleil. Étranger au chagrin, le gardien claque des dents. Il faut faire vite. Les hommes peuvent revenir à tout moment. Un simple drap entoure le corps placé entre quatre planches. Comme pour finir d'étouffer Ülkü, son père jette dans le trou noir une poignée de terre grasse à l'odeur de fumier. Sa mère, qui sentait l'herbe fraîche et aimait s'installer sur une chaise pour prendre le soleil dans l'impasse qui jouxte l'église orthodoxe, est entrée dans la nuit froide et les profondeurs de la terre, le visage tourné vers l'Orient. Pour échapper à ce trou effrayant, Bedia veut gagner quelques centimètres. Les modèles de chaussures sont rares. Elle ajoute une talonnette avant d'en rajouter une deuxième, puis une troisième qu'elle colle entre elles. Une façon de s'éloigner de la terre qui lui a pris sa mère.

Malgré son jeune âge, elle ne croit pas que l'âme existe. Où va-t-elle ? Que devient-elle ? Le diable vole-t-il les âmes ? Une cavalcade de pourquoi et de comment. La mort lui fait si peur qu'elle décide de l'ignorer et de ne plus jamais en parler.

En faisant un pas en direction du chantier, son angoisse monte d'un cran. Une odeur, une lumière, une avalanche d'images la surprend sans qu'elle puisse l'arrêter, une série de clichés en accéléré, des bruitages, de véritables stridences avant un bourdonnement continu. Elle est en retard. Maxime l'attend depuis plus d'une heure. À nouveau, elle éprouve le besoin d'écrire.

À la façon d'un hologramme, elle revoit le tableau qu'Ülkü avait accroché dans sa chambre. Un tableau que Jeroslav, son mari, s'est empressé d'enlever au retour du cimetière. Cachée dans l'encoignure de la porte, elle voit son père se signer avant de le ranger dans l'armoire. Quand on a aimé quelqu'un, on ne change rien. Quand son père est aux champs, elle replace le tableau pour quelques heures sur le mur lézardé de la chambre. La pièce est meublée d'un lit, de deux chaises et d'une armoire, accrochée au mur cette chromolithographie qu'elle a toujours connue là. Une femme frêle allongée sur une méridienne recouverte d'un tissu rouge. Ses genoux sont serrés, les jambes interminables et fines, élégamment croisées. Enfant, elle avait envie de les dénouer pour apercevoir les cuisses et la peau qu'elle devinait aussi blanche que celle d'un nouveau-né. Assise en tailleur sur le tapis qui cache la terre battue, elle fixait pendant des heures la ligne gracile du cou et le visage pâle de la jeune femme. En se couchant Ülkü ne pouvait pas manquer de la voir jusqu'à ce jour d'avril 1992 dans le village de Potocari avec le massacre de 3 166 Bosniaques. Dans la région de Srebrenica, la terre sentait la pourriture. « Un beau jour, ils arriveront de nulle part et ils me tueront. Si tu en réchappes, ne reste pas ici », l'avait suppliée Ülkü, quelques jours plus tôt. Avant même d'avoir un corps de femme, Bedia lui avait fait la promesse de quitter le pays, d'écarter les frontières.

Une promesse qu'elle s'efforce de tenir depuis vingt-six ans. Vivre ce que sa mère aurait aimé vivre. Être une femme libre, voyager, apprendre des langues, fonder une famille loin de la guerre, des tanks et des bombes…

Elle regarde sa montre.

Remettre de l'ordre dans ses idées.

Lui parler avant ce soir. Dire la vérité et arrêter de jouer la fille parfaite. C'est pesant. Comme on lui a appris à le faire à son cours de yoga, elle respire profondément. « Lâchez prise », répétait le professeur en s'adressant aux filles de son cours qu'il savait déterminées à harmoniser l'esprit et le corps.

L'esprit et le corps. C'est si abstrait. L'un commande l'autre et il est très difficile de faire la différence. Tout est lié, emmêlé comme une pelote de laine. Avec le risque de casser le fil, il ne faut surtout pas tirer d'un coup.

Reprendre mes médicaments ce soir pour éviter une nouvelle crise. Ne plus penser. Dormir.

Au fond de ses poches, elle trouve un ticket de métro et un briquet resté là depuis le jour où elle avait fumé sa dernière cigarette presque entièrement réduite à un long cylindre de cendre. Elle venait d'apprendre qu'elle était enceinte. Maxime était rentré plus tôt que prévu. Après avoir entendu la clé tourner dans la serrure, elle l'avait vite écrasée dans l'un des bacs à fleurs du balcon de leur appartement. Avec sa manie de tout contrôler, elle s'était attendue à ce qu'il lui fasse une remarque.

S'il n'avait rien vu, l'odeur ne l'avait pas quittée.

Ses oreilles sifflent. Son mal de crâne est insupportable. En apercevant deux hommes sur le chantier, légèrement en contrebas du chemin, elle essaye de se rassurer et de prendre un air dégagé. À 35 ans, elle n'a plus de temps à perdre. Elle ne peut pas lui parler maintenant. Glissant comme si elle marchait sur une savonnette, elle se rattrape à une branche. Elle aurait préféré qu'ils s'installent au printemps. Les travaux ont pris du retard. Les jours sont plus courts. L'hiver dans la région sera long mais avoir sa maison devrait changer beaucoup de choses. Pour la réunion de chantier, tous les corps de métier sont là.

En la voyant se tortiller, les bras tendus comme un équilibriste sur un fil, Maxime se précipite à sa rencontre. Il l'attrape par la main avant de la prendre dans ses bras. Il passe sans transition du drame à l'euphorie. Il lui cache son anxiété et l'embrasse. Il a envie d'elle, pense à son corps nu. Une tension dans son bas-ventre quand il imagine les aréoles roses de ses seins au-dessus de lui, la peau collée contre la sienne, ses yeux fermés et sa bouche entrouverte. Son souffle est plus court, plus fort. Tous les regards sont tournés vers elle. Si elle n'a fait aucun effort particulier pour s'habiller, elle est excitante avec sa robe ocre, légèrement transparente (un peu trop claire pour une visite de chantier), qu'il n'a jamais vue et qui lui va bien. Ses genoux ronds adorables, sa poitrine pleine. Il devine l'élastique de sa petite culotte, son string avec des papillons. Aucun bijou, les sourcils parfaitement dessinés, un peu trop de noir autour des yeux, son côté sombre, la bouche très rouge.

– C'est à la mode, se défend-elle quand il lui en fait la remarque.

Elle a coupé court ses cheveux, les a teints en brun il y a deux jours (elle aime changer sa couleur). Le carré dense et parfait lui va bien. En sortant de chez le coiffeur, elle lui avait envoyé un selfie. Une Bedia qui lui plaît autant que celle qu'il a découverte sur un site de rencontres, il y a dix-huit mois. Une femme qu'il sait fragile. Son histoire l'a ému. Sur Internet, elle est restée discrète, donnant de rares indications, parfois un souvenir sans importance, difficile d'imaginer son univers. Au premier rendez-vous, dans un café du 17e arrondissement, rue de Courcelles, près de la porte de Champerret facile d'accès (elle arrivait de la banlieue ouest), il avait été happé par son sourire mélancolique, le ton de sa voix légèrement feutré comme si la jeune femme craignait qu'on puisse l'entendre. Une voix qui lui avait mis le frisson. Une fille en pleine santé rentrant de vacances. Elle portait au-dessus de sa robe un long manteau qui ne cachait pas l'aspect longiligne de son corps, des bas bleus et des chaussures à talons. Des gants aussi qu'elle avait retirés lentement, doigt après doigt. Il n'avait pas connu de femmes portant des gants. Mangeait-elle ses ongles ? Cachait-elle une blessure ? À la main, un petit sac rouge qu'elle avait posé sur la banquette en cuir. Le tout était sage mais élégant. Une très jeune femme dans les habits d'une dame. En relevant les mèches de cheveux tombées sur son visage, leurs regards s'étaient croisés. Ne sachant pas quoi dire, éclairés par la lueur d'une bougie dans un pub bruyant et enfumé, ils s'étaient raconté leur journée, simplement, comme s'ils s'étaient quittés le matin pour aller travailler. La conversation était fluide. Aucune femme ne lui avait fait cet effet. Ils avaient fini la soirée chez lui. Après deux verres de champagne, il l'avait aidée à se déshabiller… le bruit de la fermeture éclair… un carré de peau… ses seins. Chacun de ses gestes l'avait emmené plus loin. Plus tard, les cheveux collés de sueur, ses lèvres s'étaient attendries sur un nouveau sourire et il s'était fait la réflexion qu'il n'avait jamais vu un aussi joli dos.

Avait suivi une période torride de doute et de peur. Il avait fait tout ce qu'il avait pu pour l'oublier, un long break de deux mois. Elle s'était immiscée dans ses rêves. Il la voyait partout, au bout de sa rue, au tabac, dans le train, à la sortie du métro. Il avait eu envie de mieux la connaître, de se perdre dans la vie de quelqu'un d'autre, d'embrasser une vie différente de la sienne. Elle pouvait être futée ou idiote, garce ou généreuse, calculatrice, intéressée, pilier de bar ou danseuse dans un club de strip-tease, pourquoi pas joueuse de poker, ça lui aurait plu de la découvrir autour d'une table dans son cercle de jeu, Bedia l'avait embarqué.

Il ne s'appartenait plus.

Elle ôte sa paire de lunettes de soleil pour la poser sur sa tête. La lumière est éteinte dans ses yeux. Sa main tremble. Elle paraît exténuée.

– On t'attendait. Je ne suis pas arrivé à te joindre. J'allais appeler la gendarmerie.

Bedia détourne les yeux. Elle attend des paroles de réconfort.

– Tu ne penses pas ce que tu dis ?

– J'étais inquiet.

– Je suis partie vite. J'ai… juste enfilé une robe.

– Ça n'a pas l'air d'aller ?

– Je vais bien.

– Comment peux-tu porter ces chaussures avec ce temps ? Il y a une paire de bottes dans la voiture. Je vais la chercher tout de suite.

– Les femmes ont un équilibre naturel. Tu m'as déjà vue les porter. Le temps était encore plus mauvais.

– Sur des pavés mouillés, au Quartier latin. Je m'en souviens.

Elle se passe la main dans les cheveux.

Il l'embrasse dans le cou.

– Tu sens bon.

Elle se racle la gorge.

– Comment tu te sens ? s'inquiète-t-il en la voyant accrochée à son bras.

Il espère qu'elle n'a pas pris froid, la veille.

Bedia avait voulu se baigner. Les meilleurs bains sont le soir ou quand l'eau arrive sur le sable chaud à marée montante. Elle avait palpé du pied le fond non loin du bord avant de se lancer. En marchant dans la mer à mi-cuisses, les mains croisées sur la poitrine, elle l'avait appelé pour qu'il la rejoigne. Il n'avait pas son maillot de bain sur lui. Sans sortir la tête de l'eau, elle avait plongé et nagé, s'était même autorisée à flotter quelques minutes et à battre des pieds. L'eau est son élément. Il avait couru sur la plage, l'avait cherchée des yeux un moment qui lui avait semblé une éternité. La berge lui semblait beaucoup trop loin pour qu'elle puisse revenir. Impuissant, il l'avait regardée dériver.

Bedia n'éprouve jamais le besoin d'expliquer ses actes.

En tentant de sortir de l'eau, elle avait bu la tasse. À genoux, à bout de souffle, elle grelottait. Une mèche sur le front, ses cheveux ruisselaient. Avec sa serviette de bain, il l'avait frictionnée longuement. Ses lèvres étaient bleues. Allongés côte à côte sur le sable près de la résidence *Pierres et vacances*, sa main dans la sienne, comme dans l'attente de quelque chose, ils étaient restés silencieux sur la plage jusqu'à ce qu'elle soit déserte.

– Qu'est-ce qui t'a pris ? Tu dois arrêter de me faire peur comme ça.

Il aurait aimé être plus doux mais sa voix était pleine de colère. Il y a longtemps qu'elle ne s'était pas sentie aussi bien. Elle n'avait pas vu le danger. Il était obsédé par ce qui aurait pu se produire. Plus jamais ça. Elle porte son enfant. Quand il s'agit de parler d'imprudences, Bedia a réponse à tout. Il lui arrive de vouloir s'éclipser, de ne plus l'écouter. Ses sourcils dessinent deux accents circonflexes.

– Qu'est-ce que tu sais de moi ? dit-elle pour excuser ses maladresses.

Il y a quelques mois, il ne la connaissait pas.

Avec les mauvaises prévisions météorologiques, aucun chalutier n'était amarré à la digue du port. Après avoir longé le quai Léonard, ils s'étaient assis sur un banc. Quatre hommes terminaient une partie de pétanque. Avant d'aller dîner aux *Tourelles*, une imposante bâtisse avec son restaurant à l'atmosphère « maison de famille », ils les avaient regardés jouer. Bedia était joyeuse. À table, Thomas avait raconté son rendez-vous avec des clients québécois au Musée des frères Caudron, deux jeunes de Favières, un village à quelques kilomètres du Crotoy. À la ferme de Romiotte, Gaston, 18 ans, René, 16 ans, avaient eu l'idée de génie de mettre des ailes à des moteurs et d'inventer un biplan avant d'ouvrir une fabrique d'aéronefs, plus tard, une école de pilotage pour former les meilleurs aviateurs de la guerre 14-18. Cette aventure avait séduit Bedia.

Oubliant sa grossesse, elle avait demandé une coupe de champagne pour accompagner une assiette de bulots. Vêtus d'un costume de ville gris foncé et d'une chemise blanche, deux représentants de commerce (ils en avaient l'allure) étaient entrés dans le restaurant quand ils commandaient leur dessert, une tarte aux pommes et une mousse au chocolat pour Thomas. Installés à la table voisine de la leur, ils ne donnaient pas l'impression d'être là par hasard. L'un des deux hommes, un grand blond avec un léger embonpoint, n'avait pas quitté Bedia des yeux. Sa voix basse et son regard ténébreux, l'essentiel de sa séduction, cachaient quelque chose. Un silence avait suivi. Embarrassé, Thomas avait fait ce qu'il pouvait pour détendre l'atmosphère. Il avait parlé du baguage des oiseaux qu'il avait fait le matin en arrivant dans la réserve, de ses nouvelles jumelles aussi puissantes que des télescopes d'astronome. L'un des saisonniers avec lequel il travaille venait de décider de faire valider un diplôme universitaire Guide-nature.

En quittant le restaurant, la tête lui tournait un peu.

Il avait menti en disant qu'il avait passé un bon moment.

– Tu dois faire attention au bébé.

Agacée, elle avait sorti de son sac une bouteille d'eau, enlevé ses chaussures qui lui faisaient mal aux pieds. Elle a fait « chut » avec son doigt avant de chercher sa bouche mais il n'avait pas la tête à ça. Dehors, le gris acier du ciel avait pris une teinte sombre et inquiétante. Ça cognait déjà fort sur la mer. Le bruit faible d'un hélicoptère. Une intervention auprès d'imprudents pris au piège par la marée ? C'est un site qu'il faut connaître. Une montée apparemment anodine de l'eau peut se transformer subitement en un courant furieux.

Partis avant la tempête, ils avaient roulé un long moment sans croiser une voiture. Il avait envie d'une douche avant de pouvoir se glisser dans des draps propres. Quand ils avaient entendu un grondement sourd, toute curiosité l'avait quitté. Le tonnerre se rapprochait. L'air avait une odeur de terre mouillée. La pluie tombait dru. La route se transformait déjà en une mare géante.

Comme tous les ouvriers qui travaillent sur un chantier, le maître d'œuvre a un hâle marqué.

– On doit changer la robinetterie dans la douche à l'italienne. Le fournisseur a fait faillite. J'ai apporté un catalogue.

Contrarié, Maxime lui rappelle qu'ils n'ont plus d'appartement à Paris et qu'ils squattent une chambre chez un ami qu'ils devront quitter très vite. Cet arrangement ne peut pas continuer. Le temps ralentit le chantier et ils annoncent la même tempête la nuit prochaine. L'homme insiste en montrant l'état du terrain.

Maxime lâche la main de Bedia qui voit son pied s'enfoncer dans une coulée boueuse. Une vision la saisit à la gorge.

Ülkü a tracé des plans pour noter les abris, dressé la liste des affaires qu'ils devront emporter, lampes de poche, couvertures, linge de rechange, une vingtaine de boîtes de conserve, des seaux entiers d'eau avant de récupérer des bouteilles en plastique. Persuadée qu'ils les affameront un jour, elle a fait des stocks. Le matin de sa mort, un torrent d'eau chargé de branches d'arbres et de pierres descend la colline, traverse le village emportant tout sur son passage. Le bruit est assourdissant, celui du tonnerre, mais rien n'annonce le carnage. En rentrant de l'école, elle croise une horde de barbares, les fusils pointés en avant, fracassant les portes des maisons les unes après les autres avant de les piller. Cachée dans une conduite d'eau jusqu'à ce que la nuit tombe et que les hommes aient tous quitté le village, elle retient ses cris. Un froid de gueux lui mord la joue. Les quelques hommes restés au village sont dans les champs. Les odeurs âcres du pourrissement et du sang se répandent d'une maison à l'autre aussi vite qu'une traînée de poudre. Les traces laissées par ces sauvages sont d'une cruauté indicible. La ruelle poussiéreuse encombrée de cadavres de femmes comme des bûches gelées qui auraient roulé en tombant d'un camion. Les aboiements fous des chiens quand elle remonte l'impasse. Allongée sur son lit, Ülkü baigne dans une mare de sang, la tête gonflée et bleuie, le corps mutilé. Elle attrape la couverture du lit pour la jeter sur le corps de sa mère comme on tire le rideau d'une chambre avant de se coucher.

Si la pièce avait été plus sombre, elle n'aurait pas vu les blessures d'Ülkü.

– Je vous conseille les robinets mixeurs avec un bouton, propose le plombier. De la robinetterie de luxe fabriquée dans le Vimeu, à quelques kilomètres d'ici.

– On ne devrait plus être en train de choisir des robinets, s'énerve Maxime.

En entendant parler d'une robinetterie de luxe, Bedia ressent une gêne. Elle s'isole, pense au baquet que sa mère remplissait d'eau chaude avant de se laver. À la pompe de la cour, l'eau était boueuse et cuivrée. Quand elle était plus claire, Ülkü la gardait après son bain pour faire la lessive.

Jeroslav n'a pas dit un mot. Comme le faisait Ülkü avant le dîner, son père décroche le linge qui sèche sur un fil dans la cour. Sur ses joues, elle cherche une larme mais, comme chaque soir, son père boit son verre de lait de jument, mange son potage à l'oignon et aux navets resté sur le feu avant d'aller se coucher dans le lit qu'il a partagé avec Ülkü pendant plus de quatorze ans.

– On aurait dû partir. Ta mère serait encore avec nous. Des hommes qui chient sur Dieu, ce n'est jamais bon.

Si la maison reste habitée, la cheminée ne fume plus. Bedia cherche du regard sa mère, dans sa chambre, au fond du jardin. Elle l'entend fredonner un air dans la cuisine. Jeroslav garde le silence. Le violeur d'Ülkü a pénétré sa chair, affaibli son esprit jusqu'à ce qu'elle le trouve pendu à la poutre de la grange. Comme s'il était sorti en toute hâte de chez lui, son lit est resté défait. Simplement vide, elle ne s'est pas plainte. Il y a longtemps qu'elle avait remplacé ses jeux d'enfants par les tâches ménagères. Avec ses jambes de gazelle, elle fait plus âgée que son âge. Le malheur l'a fait grandir d'un coup. En quelques semaines, son corps a changé. On lui donne 16 ans. De nombreux réfugiés sont sur les routes pour rejoindre un campement, une véritable chaîne humaine désordonnée dans une ville en guerre. La maison ne vaut pas grand-chose, la plupart des carreaux brisés sont remplacés par des morceaux de carton, la fissure fine comme un cheveu sur le mur s'est élargie, un poulet pourrait y passer. Elle vend à un voisin, éleveur de perruches, l'âne et le tableau d'Ülkü. Avant de partir, elle met dans un sac quelques vêtements d'hiver, un morceau de savon, la petite trousse de couture de sa mère, du pain et des pommes, la photo d'Ülkü, un vieux cliché en noir et blanc. Les pieds nus et les bras croisés, sa mère s'est laissé photographier.

Les larmes lui montent aux yeux.

Ça lui renvoie d'autres images.

Un chemin de terre descend vers la plaine, une large rivière. Le refuge, sorte d'enclos grillagé, l'attente dans une file qui s'étire le long d'un couloir glacial. Silhouettes spectrales d'adolescents soldats en treillis. Yeux jaunâtres dilatés. Bouteille de vodka dans une main, kalachnikov dans l'autre. L'arme sur sa gorge…

À cette pensée, sa poitrine se serre. Un bruit sourd l'arrache à ses souvenirs.

Sous l'œil amusé du chef de chantier, elle sort son pied du trou d'eau. Maxime n'a rien vu. Qu'aurait pensé Ülkü, sa mère, de tout cet étalage d'argent ? Est-ce qu'elle-même avait voulu tout ça ?

Son regard embrasse toute la baie. L'agent immobilier avait insisté sur l'exposition au sud. La lumière est douce, une légère brume accrochée au-dessus de l'eau. Près de la plage, un banc d'huîtriers pies avec leurs pattes rose-rouge et leur bec orange recouvre le sable.

– C'est un autre monde, dit le chef de chantier en désignant la vue avec le bras. En face, vous avez Saint-Valery-sur-Somme et le cap Hornu. À droite, le petit port du Hourdel. Le jour de grandes tempêtes, ça souffle fort par ici.

La mer s'est retirée de la baie. Au loin, quelques taches gris clair et brun marbré, une colonie de veaux marins et de phoques sur un reposoir. Un groupe de promeneurs à pied suit un guide. Une douzaine de personnes équipées de bottes et de coupe-vent.

– Hier, deux cigognes étaient dans la prairie derrière chez nous. Elles ne sont pas à l'aise pour voler la nuit. Elles ont dû attendre d'avoir des ascendances thermiques pour pouvoir repartir à la mi-journée, quand les températures étaient remontées.

– Je suis né à dix kilomètres, lui rappelle Maxime.

– Mon père a connu votre famille. Des gens bien. Votre père chassait du côté des écluses et du « bassin des *Chasses* » avant de quitter la région. Je le croisais chaque matin quand j'allais à l'école.

Alors que Bedia voudrait lui demander ce qu'il veut dire par « des gens bien », elle s'éloigne. On ne dit pas ça dans son pays. Elle ne parle pas assez le français et a gardé quelques expressions de sa langue serbo-croate. Son accent étonne toujours.

– Ma femme est photographe. En baie de Somme, elle trouvera la matière qu'elle recherche. Les couleurs sont magnifiques.

Capter ce que son regard lui dit de capter, avait dit Bedia après un rendez-vous chez le psy, excitée à l'idée de travailler.

Il l'aidera à écrire le texte des photos.

Ils ont ce projet ensemble. Elle devra travailler, la condition de l'indépendance qu'elle réclame et qu'il comprend. Alors qu'elle a tout à apprendre, il la sent prête à partir sur le terrain. Ses photos parleront un jour, il en est persuadé.

L'homme se dirige vers le fond du jardin. Avant la réception des travaux, il doit leur proposer des rangements pour l'atelier de la jeune femme. Du laminé sûrement.

Dans un vacarme étourdissant, une armée d'étourneaux s'abat sur la haie des voisins.

Bedia les suit jusqu'à l'annexe qui deviendra son atelier. Pour ôter la boue de ses chaussures, elle arrache une touffe d'herbe. Un bruit inhabituel de feuilles froissées, dérangeant. Des craquements de branchages, inattendus. Un souffle sonore, des pas juste derrière elle. La haie grouille d'insectes. Elle se sent observée, croit voir la pointe d'un fusil ou une lame de couteau briller au soleil. Il y a un éclat, un bruit métallique dans le silence. Elle entend un cri. Après les premières palpitations, la respiration saccadée, des milliers de picotements courent sur son dos, sa gorge s'assèche d'un coup. Le sang lui afflue à la tête. Les mains posées sur la terre, elle reste pliée en deux. Un filet de bile brûlante lui monte dans la gorge. Quelqu'un va sortir de la haie pour venir l'égorger.

Elle est incapable de dire ce qu'elle ressent.

Taire cette nouvelle crise de panique. Ne pas devenir folle.

Les photos du reporter de guerre, Ron Haviv, défilent dans sa tête. Les blessés zigzaguant comme des ivrognes, les corps raides, les peaux carbonisées. Elle n'a pas encore 13 ans quand elle voit de jeunes soldats cracher leur haine avant les détonations. La violence partout et soudain le silence avant les cris et les grognements…

Maxime se tient debout, un pas derrière elle, légèrement sur le côté. Les lèvres de Bedia s'agitent dans le vide.

– Est-ce que ça va ?

Elle s'éclaircit la gorge.

– *Izvinite*, dit-elle les yeux plissés d'inquiétude. J'ai… glissé en voulant nettoyer mes chaussures, ment-elle.

Elle s'exprime par petites explosions.

Maxime comprend que la machine est en route et que ce ne sera pas facile de l'arrêter. Le passé finit toujours par la rattraper. Les crises restent un problème surtout devant des étrangers à qui on ne prend pas toujours le temps d'expliquer son trouble.

– Bien sûr, tu ne vas pas me raconter ce qui s'est passé. Le bébé ? demande-t-il, inquiet, en passant une main sur son ventre.

– Il va bien.

Les traits de son visage se sont brusquement durcis. Elle a la chair de poule. Comme si un invisible ennemi l'avait effleurée, elle le regarde, les yeux embués de larmes.

– J'ai entendu du bruit derrière la haie.

– La chasse est ouverte. Tu as pu entendre un coup de feu.

– Je déteste la chasse. *Zao mi je*, dit-elle, désemparée. Je ne sais pas qui ils sont.

– De qui veux-tu parler ? Les chasseurs sont près des huttes ou en baie. Pas ici. Je suis certain de n'avoir rien entendu.

– Tu n'entends jamais rien. Tu ne vois rien.

Maxime ne sait pas s'ils doivent quitter le chantier avant que cela ne devienne plus compliqué. Il n'aime pas voir sa femme dans cet état. Les crises de panique se multiplient. Bedia a arrêté son traitement. Ça ne peut être que ça.

– Assieds-toi un moment. Ils nous attendront. Quand on sera installés, on ira se présenter à notre voisine, Mme Lesage. Marie, je crois. Je ne sais pas si elle travaille encore. Je sais seulement qu'elle vit seule et qu'elle vient d'avoir un accident.

– Quel genre d'accident, s'inquiète-t-elle.

– Aucune idée. J'ai entendu l'un des ouvriers en parler.

En un instant, le visage de Bedia devient indéchiffrable. Il faut que ça s'arrête.

– Tu ne peux pas rester comme ça. Tu saignes ? Montre-moi.

Du bout du doigt, il enlève la terre pour regarder l'entaille de sa main.

– Tu ne dois pas être vaccinée. Dès qu'on est installés, on s'en occupe.

Une volée de mouettes passe devant eux.

Le reflet de la lumière sur l'eau, la berge ensoleillée. Le sable dessine comme des ourlets à marée basse. Maxime n'est plus dans les bas-fonds des nuits parisiennes. Il respire. La santé de Bedia devrait s'améliorer, ses visions étranges disparaître.

– Regarde ce paradis. On va se réveiller chaque matin devant ce paysage.

En disant ça, Maxime se demande quelle idée peut avoir Bedia du paradis alors qu'elle n'a connu que l'enfer.

Les attentats à Paris ont changé beaucoup de choses. Ce soir-là, ils prennent un pot à la terrasse d'un café. Alors qu'elle commence à se sentir en sécurité en France, l'horreur est là, à quelques mètres. Victime d'un traumatisme, Bedia se sent incapable de vivre une autre guerre, de compter les morts. Ces scènes-là, elle le sait, sont réelles. L'air résonne de hurlements et ses souvenirs sont toujours présents.

– C'est beau.

Dit-elle ça pour lui faire plaisir ?

– J'ai très envie de pâtes aux coques. À l'*Auberge de la marine*, ils n'utilisent que des produits des pêcheurs à pied. La viande vient d'éleveurs locaux.

Elle est incapable d'avaler de la viande rouge. Le sang la dégoûte.

– Thomas m'a proposé de nous emmener chez Anne Poupart à Ponthoile. Elle cultive le safran. Je me demande ce qu'il attend pour se marier. Il a la maison, un travail qui lui plaît.

– Il veut être libre. Il se mariera quand il voudra avoir un enfant…

– Je le connais depuis la maternelle. Je ne l'ai jamais vu draguer une fille.

– Un garçon ?

– Jamais.

– Comment en es-tu si sûr ?

– Il m'aurait dragué.

– Il te connaissait trop. Pourquoi te poses-tu toutes ces questions ?

Une camionnette grise s'arrête au bord du chemin.

L'homme baisse sa vitre, sort le bras qu'il laisse glisser le long de la portière. Il soutient son regard d'une façon effrontée.

– Je n'aime pas cet homme. Je n'aimerais pas l'avoir comme voisin.

– Tu seras chez toi, dans ton atelier ou en train de faire tes photos. Les gens sont sympas, ici, toujours prêts à rendre service.

– *Volim te,* dit-elle en l'embrassant.

– Nous allons être bien. Il y a un centre d'équitation près d'ici. Ils élèvent des Henson…

– Je ne fais aucun projet…

– Excuse-moi. On ne doit rien se cacher…

– Je ne te cache rien.

– Je veux bien te croire.

– Et tu n'y arrives pas.

Ce que vient de dire Bedia est troublant.

Elle l'embrasse.

– Pourquoi prends-tu tout tellement à cœur ?

Le chef de chantier revient sur ses pas.

Les gars vont partir déjeuner. Ils ne reviendront qu'en début d'après-midi. C'est maintenant qu'il faut décider quelque chose pour le bureau. Dans un quart d'heure, tout doit être bouclé.

Edith

L'humidité de l'air lui poisse le visage et les mains. Devant cette nature pleine d'étreintes fugueuses entre la mer et la terre, Edith ressent brutalement le manque d'un homme. Le visage tendu vers le soleil, les chaussures à la main, elle met un pied dans l'eau, avance dans la mer en remontant sa jupe. Si elle sait qu'elle n'est plus toute jeune, même lourde et empotée, elle sautille. Tout ça a passé trop vite. La vie, le plaisir, l'amour avec Paul. Elle avait désiré ses caresses et il ne l'avait plus touchée ou s'il lui avait fait l'amour, il n'avait pas quitté ses chaussettes. Elle bouge, marche sur le sable mouillé en laissant l'empreinte de ses pieds. Quand ils se sont installés ici, la maison était dans un sale état. Paul avait tout appris, la plomberie, l'électricité. Il avait refait une partie du toit. Il n'est pas fait pour la retraite.

Tout ce vide devant lui, une plaine qui s'étire à l'infini sans jamais en voir le bout. Dès les premiers jours, il l'avait prévenue qu'il était un homme, qu'il ne supporterait pas d'être dirigé par sa femme. Qu'il mangerait quand il le déciderait et qu'il fallait lui foutre la paix. Il était hors de question qu'elle régente la maison, qu'elle fasse les comptes. Rien ne changerait.

La cave est son domaine. Il a une clé qu'il garde toujours sur lui. Edith a l'interdiction d'y entrer. Plusieurs fois, elle l'a vu descendre l'escalier avec des bouts de ferraille et du fil électrique.

L'été est encore là. Le soleil chauffe.

L'eau est parcourue d'éclats argentés. Ils font mal aux yeux. Une masse blanche attire son attention. Une demichose pliée en deux. Malgré sa hanche qui la fait souffrir, elle allonge le pas. En s'approchant, elle découvre le corps d'une grande aigrette au plumage immaculé, les ailes largement déployées, la tête enfouie dans le sable. À la recherche d'un indice, elle tourne plusieurs fois autour de l'oiseau. La scène est propre, trop propre, aucun débris calcaire de coquillages ou d'algues après la tempête. À l'aide d'un bout de bois flotté, elle soulève une aile avant de retourner l'oiseau pour le mettre sur le dos. Le ventre creux est vidé de ses viscères comme aspirés avec une paille. Aucun débordement. Aucune trace de lutte, de pieds ou de pattes. Autour de l'aigrette, le sable est lisse comme un galet poli.

Pas un souffle de vent. Pas une vague.

L'eau clapote gentiment. La scène est triste. L'image de l'oiseau l'effraie. D'abord surprise et curieuse, elle ressent un sentiment de trouble suivi d'une grande fatigue. Elle s'agenouille dans le sable. Les larmes viennent sans qu'elle puisse les retenir. Le silence autour d'elle est d'une solennité étrange. Incapable d'arracher son regard de la surface scintillante de l'eau, elle scrute le large. Pendant quelques secondes, son côté sombre prend le dessus, la plage serait presque déprimante.

Elle ne doit pas s'attarder.

Paul a dû rentrer.

Le déjeuner n'est pas prêt.

Avant sa sieste et le début de sa série télévisée *Inspecteur Barnaby,* tout devra être rangé.

Aujourd'hui, elle serait prête à l'embrasser, à lui dire des mots tendres, mais elle sait bien qu'il n'en voudra pas.

Une jeune femme passe à bicyclette sur la route suivie de près par le car de l'école. Il est plus de midi. L'ambulance va ramener Marie chez elle après sa séance chez le kiné. Il faudra qu'elle lui fasse une visite demain après être passée au supermarché. Sa fille oublie trop souvent qu'elle est seule. Pas facile d'être handicapée en habitant là où vit Marie. Ça va bientôt faire huit mois qu'elle a été renversée par une voiture et il en faudra encore plusieurs avant qu'elle puisse marcher sans béquille. Le conducteur a franchi le terre-plein avant de monter sur le trottoir. L'homme a pris la fuite. Marie n'a rien vu et l'enquête n'a encore rien donné.

Au risque d'avoir les mains cisaillées par les ronces, son amie se serait jetée sur les mûriers pour faire des confitures. Elle l'avait déjà vue arracher les orties à mains nues. Sans elle, Edith n'a le goût à rien.

La dernière fois qu'elle lui avait fait une visite, Marie avait insisté pour manger des beignets de crevettes à l'ail. Elle avait fait la pâte. Pour le dessert, elle avait prévu des profiteroles qu'elles avaient eu beaucoup de mal à finir. Marie avait ajouté une double portion de crème chantilly. Chez Marie, on mange bien. Des produits bio achetés aux petits producteurs de la région. Beaucoup de poissons gras bons pour son cholestérol, du hareng à l'automne. Obsédée par son poids, Marie essaye tous les régimes, avale tous les matins un jus de radis noir ou un citron pressé dans un peu d'eau chaude. Marie a une hygiène de vie qu'elle n'a pas. Comme une fleur coupée, Edith sent bien qu'elle se fane sur pied.

Parce qu'elles se sentaient libres ce jour-là, elles avaient ri comme des gamines, libres de faire les folles comme si elles avaient 15 ans. Elles s'étaient mis du vernis sur les ongles des pieds, du gris foncé et du vert pour Marie, avaient essayé des tenues qui n'étaient plus de leur âge, des habits hors mode, hors saison, des chemisiers, des pulls, un chapeau-cloche et des vieux panamas, trié le tas de vêtements jetés en bazar dans une armoire, parlé de leurs corps, l'une avec des seins trop petits, trop plats, l'autre avec du ventre, de la cellulite sur les cuisses et des vergetures qui tracent des arbrisseaux sur sa peau blanche. Leurs rides se creusent. Avec l'âge, le teint devient cireux, la peau flasque. Depuis quelques jours,

Edith trouve qu'elle a un double menton. Ses cheveux sont ternes et filasse, bientôt blancs. Il leur arrive de s'abrutir devant un film en buvant une bière. Ce jour-là, Marie avait mis de la musique. En la regardant se balancer, voir comment elle s'immergeait entièrement, Edith s'était mise à danser sur la terrasse face à la mer. Décomplexée, elle a aimé bouger son corps devant Marie qui la suppliait de continuer en laissant échapper un rire pétillant. Une évidente tendresse qu'elles éprouvaient l'une pour l'autre. Elle ne sait pas ce qui lui a pris de s'exhiber comme ça devant des touristes qui marchaient sur la plage. La femme souriait. L'homme soutenait son regard. Détachée de tout propos sexuel, son regard l'a troublée. Elle n'a rien montré à Marie. Simplement, elle a rentré son ventre, tiré sur son cou pour relever ses seins avec un léger pincement de culpabilité. Malgré sa douleur à la hanche et son envie de s'arrêter, comme un mécanisme qu'on remonte, elle était repartie de plus belle.

Ce n'était pas une lap-dance mais c'était osé. Marie voulait qu'elle secoue ses vieilles habitudes. Elle s'était sentie rajeunie. Cette pensée positive l'avait étonnée.

Pouvait-elle encore plaire à son âge ?

Pour plaire, il faut en éprouver l'envie, faire un minimum d'efforts. Marie espionne l'amas de graisse installé sur son ventre, va régulièrement à son cours de Pilates, chez le coiffeur, avale des suppléments alimentaires pour la peau, de la bourrache et de la vitamine A et E, pose des masques de beauté sur son visage. Elle a un homme qui pense à elle, plusieurs même, des obsédés. Peut-être qu'elle exagère un peu mais elle veut bien la croire. Le corps de Marie a changé. Elle s'aime. Après avoir cisaillé la haie en pleine nuit, quelqu'un est entré dans son jardin pour gueuler des obscénités sous sa fenêtre.

« Pétasse. Traînée… »

Un dingue.

La semaine dernière encore, un homme grand se déplaçait de nuit dans le jardin. Elle l'avait vu se diriger vers le garage. Depuis, elle garde près de son lit une bombe lacrymogène. Paul lui a conseillé de mettre une alarme. Elle répond que c'est foutre de l'argent en l'air. Si quelqu'un veut entrer chez elle, il trouvera toujours le moyen de le faire. Casser un carreau de la cuisine ou escalader la façade de la maison est un jeu d'enfant.

Handicapée depuis son accident, Marie fourmille de projets. Edith aime la suivre. Si sa jambe va mieux, cette année encore, elle les invitera à Noël. Le seul endroit où Paul accepte d'aller. Ce soir-là, il propose toujours son aide pour servir l'apéritif, débarrasser la table. Parce qu'ils ne sont pas plus de quatre avec la cousine de Marie, Véronique, il se sent bien et c'est comme ça depuis des années. Pour l'entrée, Marie aura préparé un soufflé au fromage (pour faire plaisir à Véronique) et il faudra vite se mettre à table. Une dinde qu'elle aura plumée, farcie avec des vrais marrons, pas ceux qu'on trouve en boîte au supermarché qui n'ont pas de goût. Des frais. Pour le dessert, il y aura un cheese-cake parce qu'elle sait qu'ils n'aiment pas la bûche avec la crème au beurre. Sous chaque serviette de table en tissu, elle aura posé un petit cadeau emballé dans du papier crépon. Elle portera sa robe rouge avec des bas noirs et des escarpins. Une paire de boucles d'oreilles et un collier de chien avec des faux diamants. Un maquillage léger.

Malgré son âge, Marie est une femme qu'on remarque dans la rue. Elle a de l'allure. À minuit, sa fille Valérie l'appellera comme elle le fait chaque année. Après le coup de fil, elle leur proposera une coupe de champagne avant que Paul recharge le feu et l'invite à danser. Juste pour leur montrer qu'il n'est pas vieux. Cela vous rapproche tellement de danser avec quelqu'un, de sentir les mains d'un autre homme au creux de ses reins, d'avoir les doigts serrés par des doigts étrangers. Si sa jambe ne va pas mieux, la connaissant, elle proposera un jeu.

On ne résiste pas à Marie.

Surtout pour ne pas la contrarier, on se laisse faire, se laisse surprendre. La vie de Marie est un tourbillon. Une vie faite de cotillons, de langues de belle-mère, de barbes à papa et de pommes d'amour. C'est tout ça Marie.

Elle aperçoit la porte d'entrée.

Sur la dernière marche de l'escalier, Paul a laissé sa paire de bottes à côté des dahlias et des herbes qu'elle a cueillis avant de descendre sur la plage.

Il doit l'attendre et râler en regardant l'heure.

L'accueil ne sera pas bon.

Il suffit de ne pas l'écouter, de laisser passer sa colère.

Une question d'habitude.

Ne pas ouvrir la bouche.

Le laisser dire ce qu'il a à dire. Un moment désagréable.

– Tu ne comptes pas assez pour me faire de la peine, répète-t-elle.

Les tempes vrillées par une migraine insupportable, elle ouvre la porte d'entrée.

Les chiens aboient. Quand elle entre dans la cuisine, la télé braille. Paul se lève pour l'éteindre. Fermé comme une porte d'église la nuit, il ne dit rien. Son humeur s'est encore assombrie. Tout de suite, elle remarque sa braguette ouverte, son pull enfilé à l'envers sous sa veste couleur moutarde qu'elle n'aime pas, ses pantoufles qu'il traîne lamentablement sur le carrelage. Le voyant pâlir, signe annonciateur d'une colère, elle se tait. Il la fusille du regard avant de se mettre à crier. Elle sent la sueur sous ses bras. Elle est bien trop près de lui, trop exposée. Un jour, il la frappera. Elle le sait. Elle attend ce moment où il lui cognera dessus. C'est étrange de penser ça mais c'est ce qu'il aurait dû faire depuis longtemps. La punir au lieu de lui en faire voir de toutes les couleurs depuis des années. Edith regarde cette main vieillie et brûlée par le soleil qu'elle a envie de guider pour venir jusqu'à elle et lui donner des coups. Une gifle et puis une autre. *Qu'on en finisse*, pense-t-elle. Laisser sortir une bonne fois pour toutes cette colère qui détruit tout autour de lui. Elle doit bien l'admettre, elle n'a rien fait pour se débarrasser de sa culpabilité. En se confiant à un étranger, elle irait sûrement mieux, mais en y réfléchissant, elle n'aimerait pas déballer son histoire comme on le fait en famille le dimanche.

– Mais Bon Dieu, qu'est-ce que tu foutais ? Fais chier, gueule-t-il en déchargeant sur elle son haleine de mangeur de harengs.

Avec l'alcool et les cigarettes, sa voix est rauque. Étrangement, Edith se sent responsable de ce qu'est devenu son homme. Elle éprouve une culpabilité qu'elle ne peut pas expliquer. Cette pensée l'unit à lui. Elle voudrait l'aider à aller mieux sans savoir comment faire.

La porte du frigidaire est restée entrouverte.

Elle sait qu'il est vide. Un saucisson entamé et un camembert, peut-être encore un yaourt et une plaquette de beurre. Ils ont fini les œufs, hier. Paul va jusqu'au buffet pour se servir un verre de vin. Le niveau de la bouteille a baissé.

Combien en a-t-il bus avant celui-là ?

Après ça, les mots violents viennent vite.

La cigarette qu'il vient de rouler grésille. Il souffle sa fumée dans sa direction. Il sait qu'elle déteste ça, surtout quand elle est dans la cuisine. L'odeur de tabac cache celle des plats et s'accroche aux casseroles. Avec leurs petites retraites, fumer est devenu un luxe prohibitif. Bientôt, le paquet sera à 10 euros. Il s'assoit en déséquilibre, le coin de la fesse gauche au bout de la chaise. Elle pense un instant qu'il va tomber la tête la première sur le carrelage.

Pour se redresser, il fait basculer le poids de son corps sur sa gauche.

– J'ai trouvé une aigrette morte sur la plage, s'excuse-t-elle, en attrapant son tablier.

Il lui lance un regard noir en lui collant sa montre sous le nez.

– Et c'est ça qui t'a mise en retard ?

Elle voudrait lui dire que c'est un grand malade de s'énerver comme ça mais elle n'ose pas.

– Elle est sèche. La mer ne l'a pas rejetée. C'est autre chose.

– Et tu vas me dire ce qui lui est arrivé. Tu sais toujours tout avant tout le monde.

– Je ne sais rien du tout. Le sable était nettoyé. Il n'y avait aucun signe de vie autour de l'oiseau. Je n'avais encore jamais vu ça.

– Qu'est-ce que tu veux dire ?

– Ça m'a stressée. Tout est devenu oppressant. J'ai pensé au petit migrant qu'on a retrouvé sur la plage et qu'on a vu à la télévision. Ça m'a fait mal.

– Qu'est-ce que tu veux dire ? répète-t-il en s'approchant d'elle. Tu as l'esprit tordu, Edith.

– Tu veux dire que je suis folle. Dis-le. Ça m'a surprise et ça t'aurait surpris !

Il secoue la tête violemment avant de la considérer avec morgue.

– Je ne sais pas sur quelle planète tu vis mais j'aimerais bien le savoir.

Elle laisse tomber. C'est un mauvais jour.

Elle n'a pas envie de discuter.

Elle programme le minuteur du micro-ondes pour faire réchauffer le riz, attrape une poêle pour mettre à cuire deux crépinettes de porc. Elle actionne plusieurs fois l'allume-gaz en tournant le bouton, remue les légumes dans la cocotte qu'elle goûte, ajoute une pincée de sel. Les tomates viennent du jardin, les poivrons aussi. Il faut profiter des légumes avant les premiers froids. Ça sent bon l'ail.

– J'irai voir Marie demain dans l'après-midi, après mon ménage. À pied, ça me fera du bien de sortir d'ici.

– Et ta hanche ?

– Il faut que je me bouge, a dit le docteur. J'en profiterai pour jeter un coup d'œil sur le chantier. À travers la haie, on ne peut pas bien voir.

– À ta place je n'irais pas là-bas. Je te l'ai déjà dit : moins on se montrera et mieux on se portera.

Elle se retourne en essuyant les mains sur son tablier.

– J'ai besoin de savoir. J'ai un mauvais pressentiment et tu n'es pas à ma place, s'énerve Edith en glissant vers l'évier pour se laver les mains. Je ferai ce que j'ai dit. J'irai chez Marie, demain. Je vais me coucher tôt. Je dors mieux seule, dans le canapé du salon. Tu ronfles.

– Qu'est-ce qui débloque chez toi ? Tu fais chier Edith.

– Ce n'est pas contre toi. C'est pour me faire du bien.

La pendule égrène les secondes au-dessus de leurs têtes. Paul hausse les épaules avant de quitter la cuisine pour attendre dans la petite salle. La pièce sent l'humidité. Le papier aux quatre coins de la salle est décollé. L'endroit baigne dans une atmosphère délétère. Pourquoi ouvrir les volets puisqu'ils ne reçoivent plus ? Il garde un petit bureau dans lequel il a rangé ses papiers et des articles de journaux qu'il a classés. Il a été champion de pétanque du département, mais ça c'était avant, quand il était encore à l'usine. Avec un collègue de travail, ils allaient concourir à plus de cent kilomètres de chez eux, l'occasion pour prendre du bon temps. À l'époque, Edith trouvait qu'il ne s'occupait pas beaucoup d'elle. En levant les yeux, il compte les coupes exposées en haut de l'armoire. Il y en a une vingtaine, sans compter celles qu'il a descendues à la cave parce qu'elle trouvait que ça faisait beaucoup.

Rien de beau dans la pièce. Il se sent loin de tout, protégé du reste du monde et s'il ne tenait qu'à lui il n'y aurait aucun meuble, aucun bibelot. Des vieilleries, la plupart du temps, qui finissent par manger tout l'espace. Au début de leur mariage, Edith aimait faire les brocantes. Elle se levait à 5 heures du matin pour passer avant les marchands et il fallait toujours qu'elle revienne avec quelque chose. Pourquoi vouloir s'encombrer de merdes qui ne servent à rien si ce n'est pas pour combler un vide ?

Il reste les photos qui donnent le cafard. Elles sont là pour lui rappeler qu'il est vieux. À défaut de se regarder dans la glace, il le voit dans les yeux de sa femme. Edith ne l'aime plus. Il n'a pas su lui parler, l'emmener voir un spécialiste. Ses deux fausses couches l'ont anéantie.

L'odeur du déjeuner le ramène à la cuisine.

– Tu pourrais mettre le couvert, se plaint Edith mais Paul n'a pas entendu.

Le téléphone vient de sonner. Quand il revient dans la cuisine, elle comprend qu'il s'est passé quelque chose. Paul est blanc, respire avec difficulté. Il la fixe avant de faire une grimace. Dans ses yeux, une larme. Paralysé de stupéfaction, il ne dit rien.

L'air s'est encore assombri.

– Ça n'a pas l'air d'aller. C'est quoi le problème ? Quelqu'un que tu connais ?

– C'est Marie.

Il rentre sa chemise dans son pantalon.

En voyant ses yeux effrayés, elle devine que les nouvelles ne sont pas bonnes.

– Quoi Marie ? Qu'est-ce que tu veux dire ?

– Elle n'est pas allée à sa séance de rééducation. L'ambulancier est venu la chercher. Il a poussé la porte. Elle était allongée…

Ses mots ont une sonorité bizarre. Elle n'est pas sûre d'avoir bien compris.

– Elle est tombée ?

– On n'en sait rien.

– Ça veut dire quoi « on n'en sait rien ».

– Elle ne respirait plus.

Il n'y a plus d'envers ou d'endroit, de bon ou de mauvais. La nouvelle la percute de plein fouet. Elle s'abandonne et s'appuie sur le bord de l'évier, le visage blême. Paul avance une chaise. Son ventre commence à se tordre.

– C'est… c'est… impossible. Je ne te crois pas, hurle-t-elle en s'asseyant, tête baissée, les mains posées sur ses genoux.

– Pourquoi inventer ça ?

– J'ai vu l'ambulance vers midi, il y a plus d'une demi-heure. Tout paraissait normal. Tu te trompes. Qui était au téléphone ?

– Valérie. Je ne vois pas pourquoi elle nous raconterait ça.

– C'est une erreur ou une blague. Quelqu'un qui nous veut du mal. Valérie vit au Canada !

Elle a la bouche sèche, va jusqu'à l'évier, attrape un verre qu'elle remplit d'eau. Elle souffle fort. C'est impossible. Marie ne peut pas l'avoir laissée seule.

Sans elle, la vie ne sera plus la même. Il lui manquera son phrasé si particulier, son rire qu'elle aimait imiter pour se moquer gentiment d'elle. Depuis que Paul a changé, elles ne se sont plus quittées. Marie est sa bouffée d'oxygène. Quand ça ne va pas, elles trouvent toujours quelque chose pour arriver à se divertir. Un jeu de cartes ou un film en attendant que Marie remarche. Elle peut dire n'importe quoi sans être jugée. Avec la mort de Marie, tout fout le camp.

– On ne se suicide pas quand on aime la vie. Marie avait le moral.

– Je ne t'ai pas parlé d'un suicide.

– De quoi m'as-tu parlé Paul ?

– De rien. Valérie n'en sait pas plus. Un cambriolage qui a mal tourné ?

– Je ne peux pas croire ça. Il n'y a pas de cambriolages ici. Marie n'avait jamais d'argent chez elle. Je ne vois pas ce qu'un cambrioleur aurait trouvé. Tu m'as toujours dit qu'elle n'avait pas de goût, que le peu qu'elle avait, elle l'avait donné à sa fille quand elle est partie.

Elle gémit avant d'ouvrir la fenêtre en grand. C'est impossible. Marie est une belle femme, en pleine santé, et si elle n'avait pas eu son accident, elle serait en train de courir comme un lapin. Marie a toujours été quelque part dans le paysage. Il ne sera plus jamais le même.

– Tu es certaine d'avoir vu l'ambulance ?

– J'ai cru pendant un moment que tu étais triste !

– Il ne s'agit pas de ça.

– Je… je ne sais plus. J'allais chercher le courrier, j'ai vu le car…

– Je te parle de l'ambulance, hurle Paul. On se fout du car !

Il est ivre de rage. Elle ne sait plus. Un traumatisme peut bloquer les souvenirs d'un moment donné. Une ligne invisible partage l'avant et l'après. C'est difficile de s'y retrouver. Elle se sent agressée.

– Tu ne peux pas me parler comme ça, surtout maintenant.

Je viens de…

– Je te demande ce que tu as vu.

– J'avais senti qu'il allait se passer quelque chose, gémit-elle avant de se moucher. Elle a payé pour quelqu'un d'autre. Un fou qui passait par là.

– On ne sait rien. On n'a rien vu. Tu dis que tu étais couchée parce que tu avais la migraine. Je n'ai pas travaillé toute ma vie pour qu'on vienne m'emmerder chez moi.

Edith se tait, remue sur sa chaise.
– Ne me dis pas que quelqu'un t'a vue dans le chemin ?
– L'homme dans la camionnette quand j'allais chercher le courrier... Je t'en ai parlé dans le jardin potager. Je l'ai revu après. Il a reçu un caillou dans son pare-brise. Je ne sais pas ce qui s'est passé.
– Je ne vois pas comment un caillou aurait pu arriver dans son pare-brise.
– Moi non plus, mais c'est ce qui s'est passé. Je n'ai pas rêvé.

Une épaisse fumée s'élève au-dessus de la poêle. En se précipitant pour ouvrir la fenêtre, Paul se cogne violemment la tête sur le coin du placard, fait un effort pour se contenir et quitte la cuisine.
– Est-ce que ça va ? demande-t-elle, ennuyée.
– Tu fais chier Edith, hurle-t-il avant de claquer la porte d'entrée derrière lui.
Elle se contente de hocher la tête, attrape son verre. L'eau froide coule dans sa gorge. La mouche est revenue. Elle se promène sur son front. Elle la chasse d'un revers de la main, inspire profondément avant de remuer toutes sortes de souvenirs dans sa tête. Le visage de Marie se présente naturellement devant ses yeux. Elle se penche en avant et pleure. Déjà étriqué, son monde vient de se refermer sur elle. Elles étaient à l'école ensemble et ne s'étaient jamais quittées. Marie avait divorcé quand son mari l'avait trompée avec une secrétaire de l'usine. Dépressive, elle vivait dans une sorte de brouillard. Installée sur une chaise haute devant le bar d'un bistrot sur le port, les yeux devant les bouteilles d'alcool, elle s'envoyait des verres de muscadet les uns après les autres, fumait cigarette sur cigarette, inspirait, expirait, ne mangeait plus ou très mal. Des cochonneries, trop de sucre. Trop de gras. Elle avait grossi. Ses cheveux sales lui tombaient dans la figure.

Marie était méconnaissable.

À cette époque, Edith ne l'avait pas lâchée. Des grandes balades sur la plage ou à travers la baie. Après avoir marché, Marie allait mieux. Ces dix derniers mois, elle avait fait un régime, perdu plus de dix kilos pour retrouver la ligne. À bientôt 58 ans, elle avait décidé d'apprendre à jouer du piano. Elle parlait de Facebook et des réseaux sociaux, d'un club de lecture pour les enfants. C'était avant d'être fauchée sur un trottoir alors qu'elle venait de trouver quelqu'un. Edith n'avait jamais vu cet homme mais leur histoire était sérieuse. Il tenait absolument à les inviter à déjeuner.

Marie avait insisté pour que Paul ne soit pas là.

On va parler de la mort de Marie en ville. Beaucoup de gens la connaissent. Il s'agit d'un meurtre. Rien à voir avec une mort provoquée par la maladie ou un accident. Les gens sont curieux, veulent savoir, parlent trop.

Edith tire le rideau. Trois ouvriers sont sur le chantier, les bras comme des troncs d'arbres, le torse de la taille d'une armoire à glace. Ils attendent quelque chose ou quelqu'un.

La camionnette grise a disparu. Elle espère que l'homme n'est pas blessé.

Quand Paul sera calmé, il viendra déjeuner.

Elle ouvre le placard, sort deux assiettes et deux verres, attrape les couverts. Ne rien changer à ses habitudes. Avec la serviette, elle tamponne les gouttes de sueur entre ses seins. Elle dégouline de peur. Le prénom de Marie se brise dans sa gorge. Elle est là, à quelques mètres, la jupe relevée et les jambes écartées, sans doute. Alors qu'elle ne sait rien encore, c'est comme ça qu'elle la voit. Marie était une femme simple. On ne pouvait que l'aimer et elle ne lui connaissait aucun ennemi dans le village.

Les bras croisés sur ses genoux, dégoûtée par ce corps déjà raide qu'elle devra reconnaître, Edith renifle sur sa manche. À moins qu'elle attende en pleurnichant dans sa chambre que les gendarmes viennent frapper à sa porte. C'est ce qu'a demandé Paul mais elle n'est pas sûre de lui obéir. Son monde s'écroule. Trempée de sueurs froides, elle s'affale sur le lit, se débarrasse d'une chaussure d'un coup de pied, compte et recompte pour se calmer comme quand elle était une gamine et qu'elle n'arrivait pas à s'endormir. Une nouvelle vague d'angoisse se jette sur elle. Recroquevillée sous sa couette, elle se sent seule. Paul a dû s'enfermer à la cave et boire. Il ne remontera pas avant un long moment et c'est bien comme ça. Elle n'a pas envie de le voir. Elle sait trop ce qu'il va lui dire. Il serait capable d'accuser les nouveaux voisins. Tout ce qu'il ne connaît pas est suspect. D'une façon ou d'une autre, il trouvera le moyen de la blesser ou de lui parler de l'absurdité de leurs vies maintenant que Marie les a quittés.

Le mal est fait. Paul est devenu un autre.

Elle aussi, sûrement. Ça la rend méchante. Au fond, elle l'aime mais ne sait pas comment lui dire. L'amour est comme un miroir poussiéreux. Si on le dépoussière, il redevient limpide. Elle doit accueillir de la même manière la souffrance et le plaisir, le succès et l'échec. C'est ce que disait Marie quand quelque chose n'allait pas.

Des phrases qui ne l'aident pas vraiment aujourd'hui.

Paul se laissera-t-il aller à lui dire ce qu'il ressent ?

II

*   *
*

Un vol d'oies sauvages passe au-dessus de la tête de Favre. Les nuages défilent en accéléré. L'enquêteur se tient devant la maison de Marie Lesage, un cube de briques aux volets rongés par le sel. Les rubalises ont été posées autour de la terrasse en teck donnant sur la baie et dans le jardin en friche qui entoure la maison. L'estuaire se reflète comme dans un miroir. Favre aperçoit en face du Crotoy la cité médiévale de Saint-Valery et le cap Hornu. Un bel endroit.

Il descend trois marches. Derrière un mur en parpaings se cache une petite cour à l'abri du vent. Dans un coin, un hamac sous un tamaris noueux. Il y a une délicieuse odeur de roses. Malgré la tempête, un drap et une serviette de bain sont restés accrochés à une corde. Sous l'auvent traînent une bicyclette avec des sacoches accrochées de chaque côté, les deux pneus dégonflés, un transat à la toile déchirée. Favre aime s'imprégner de l'atmosphère des lieux et s'installer dans le décor. Sa méthode n'est pas très scientifique mais c'est la sienne.

Ici, le temps semble s'être arrêté. Il devine les longues siestes à regarder le jeu du soleil dans le grand pin, le livre ouvert et la tasse de thé restés dans l'herbe mouillée qu'il faut rentrer le soir après avoir dîné sous la tonnelle, les discussions interminables entre amis qui font se coucher tard avec les incontournables réveils difficiles du lendemain où chacun boit son café, le nez dans son bol. Ça sent les vacances comme celles qu'il a passées au Crotoy, enfant. Pour vivre ici, il faut avoir envie de s'absenter un temps de la société, résister à la tyrannie de l'urgence. Dans ce silence absolu, Favre devine un univers transi de violence et de chaos.

C'est une maison comme celle-là qu'il aimerait acheter avec sa sœur pour leurs vieux jours. Elle n'est ni grande ni petite, trois chambres et un grand salon. Ça leur suffirait. L'endroit venteux, un volet s'est décroché, est éloigné des commerçants. En vieillissant, on circule de moins en moins jusqu'à ce qu'on ne conduise plus du tout. L'isolement n'est pas une bonne chose pour les vieux. Depuis peu, avec la santé fragile de sa sœur, il n'exclut pas l'idée de vivre dans un appartement. Un programme immobilier devrait en livrer en février 2018. Le moderne a du bon pour quelqu'un comme lui qui déteste le bricolage, il ne sait pas remplacer une ampoule, encore moins changer un fusible, est-ce que ça existe encore ? Avec la garantie décennale, il aurait une possibilité de recours.

En arrivant, l'adjudant Lejeune est étonné d'apprendre que son collègue n'a pas avancé dans sa recherche de maison ou d'appartement. Ça fait plus de deux ans qu'il en parle. La peur de faire une bêtise, sans doute.

Favre vit seul, accompagné de sa sœur, l'été.

Il est le genre d'homme à retirer avec le plus grand soin la croûte de son pain de mie en formant des angles parfaits, faire la vaisselle la dernière bouchée avalée, plier soigneusement ses petites affaires sur un portant avant de se coucher, bien remettre le drap après s'être allongé dans son lit qu'il a fait au carré. Le week-end, il l'imagine très bien nettoyer sa voiture et mettre des pages du journal et une serpillière au fond de son coffre pour ne pas salir avant d'aller faire ses courses, tailler au ciseau les bordures de la pelouse fraîchement tondue.

À la vérité, Favre a bien pensé s'installer près des falaises, du côté de la petite ville d'Ault. Les commerçants sont aimables, les chouquettes de la boulangère pour son petit déjeuner délicieuses. À chacune de ses enquêtes dans la région, il passe la voir pour la saluer. Il a un petit faible mais cette femme est mariée et son homme ne donne pas l'impression de vouloir la quitter. Aujourd'hui, elle vend des *donuts* nature ou fourrés aux pommes et des glands verts avec une délicieuse crème pâtissière. Quand il n'a plus de pommes, des Jonagold ou des Pink Lady plus sucrées, ça lui arrive de manger un flan, son péché mignon. La tempête de la nuit n'a sûrement pas arrangé les maisons accrochées au flanc de la falaise d'Ault.

Il a un rendez-vous chez le dentiste dans la soirée. On doit lui arracher une molaire. Une peur irraisonnée le fait frissonner. Le bruit de l'extraction résonne déjà dans sa tête avec la désagréable impression de se défaire d'un bien auquel il tient.

– Est-ce que ça va ? demande l'adjudant Lejeune qui le voit faire une grimace.

Le visage de Favre trahit une douleur.

Lejeune sent physiquement son silence avant sa réponse. Le temps de se mettre en scène pour semer le doute sur son état. Avant de parler de lui, il va se mordre la lèvre. Après de nombreuses années de collaboration, Lejeune connaît bien l'homme qui n'est plus tout jeune et qui devrait penser sérieusement à prendre sa retraite.

Favre a maintenant des épaisses poches sous les yeux, deux ou trois poils blancs dans les sourcils.

– Je vais devoir vous quitter dans trois heures.

Étonné qu'il ne lui parle pas de ses problèmes digestifs et de ses douleurs à l'estomac, Lejeune s'inquiéterait presque. Il préfère obtenir des détails croustillants sur sa santé délicate plutôt qu'éprouver de l'empathie pour cet homme.

– Je dois aller chez le dentiste. C'est une molaire, une saloperie. J'ai aussi des maux de tête mais il paraît que c'est normal. Ça devrait aller mieux demain.

– Les dents, c'est terrible, compatit Lejeune qui ne sait pas quoi dire.

De minuscules gouttes de sueur perlent sur le front de Favre qui est blanc lavabo.

– Vous n'auriez pas dû venir. Un nouvel enquêteur ne devrait plus tarder.

Lejeune connaît déjà la réponse. Favre voudra être là.

Il remarque la coupe de son pantalon extra-slim. Il en faudrait plus pour que Favre prenne un coup de jeune. Il voit bien que ça le gêne pour marcher. Ces pantalons à la coupe étroite sont parfaits pour des ados, pas pour des personnes de l'âge de Favre.

Le médecin légiste est à pied d'œuvre.

Favre le laisse travailler et rejoint Lejeune.

Ça lui fait du bien de se retrouver sur une nouvelle enquête, les rouages d'une machine bien huilée. Il s'est toujours montré capable de traquer les informations, de les brider auprès des journalistes. La poussée d'adrénaline qu'il ressent à chaque début d'enquête, plus elles sont compliquées plus il les trouve intéressantes, paraît toujours déplacée devant un crime aussi horrible. Il vient de lire un article qui l'a particulièrement intéressé.

« Cent milliards de neurones, dix mille connexions par neurone, un million de milliards de connexions parcourues

d'influx électriques à la vitesse de trois cents kilomètres/heure. » Pas étonnant que des neurones se court-circuitent et donnent autant de déviants. Après trente-cinq ans de carrière, Favre est toujours surpris par la violence et le parcours de vie des victimes. Sa dernière enquête à Saint-Valery-sur-Somme l'a marqué, les gens qu'il a rencontrés ne l'ont pas laissé indifférent. Ce jeune Fabien, un garçon sympathique. Il devrait se protéger et souffler un peu. La journée a été longue.

– Un rappel Lejeune. Je ne veux voir aucune voiture sur le chemin. Aucun journaliste qui balance des indications à ce stade de l'enquête.

– On a ordonné d'évacuer les lieux mais vous ne pourrez pas fermer le chantier.

– Je croyais qu'on ne donnait plus l'autorisation de construire ici ?

– On a affaire à une réhabilitation.

– Où en sommes-nous ?

L'adjudant Lejeune voit Favre trépigner d'impatience.

– On peut passer par la buanderie pour voir une partie du rez-de-chaussée. Les indices ont été relevés.

– Connaît-on l'âge de la victime ?

– 58 ans.

– Seule ?

– Une fille, Valérie.

– Elle est ici ?

– Elle vit à Vancouver, au Canada. Elles avaient un rendez-vous téléphonique chaque samedi matin, à 9 heures. Elle savait sa mère fragile depuis qu'elle s'était fait renverser par une voiture, il y a huit mois.

– Comment savez-vous ça ?

– L'ambulancier.

– Il a trouvé le corps ?

– Il venait chercher Marie Lesage pour l'emmener chez le kiné. Il était très en retard. L'homme nous a dit l'avoir appelée pour la prévenir. Elle n'a pas répondu.

– L'heure ?

– 11 h 15. Il a regardé l'heure sur son portable.

– Ce qui voudrait dire qu'elle était déjà morte à cette heure-là.

– Sans doute.

– Vous l'avez interrogé ?

– Il vient de partir. On a son numéro de portable.

– Pourquoi ne pas avoir pris sa déposition ? Je dois vous quitter dans trois heures pour aller à Abbeville.

– Il avait une conduite à faire.

Favre suit Lejeune.

À l'arrière de la maison, on a ajouté une véranda claire et spacieuse meublée d'un canapé trois places recouvert d'un tissu synthétique, de deux fauteuils en skaï, d'une petite table basse sur laquelle traînent un cendrier, un bâton d'encens à moitié consumé. Une télévision à écran plat. Dans un angle de la pièce, une bibliothèque avec des livres reliés, des revues mensuelles *Historia* et des vieux *Paris Match* des années 1970 et 1980. Sur l'étagère du bas, une Bible et un missel. Quelques bibelots, un petit éléphant vert de jade, un dromadaire en cuir rapporté d'Afrique du Nord sûrement, un cendrier en terre cuite. Il avait vu le même dans le souk de Marrakech.

Au sol, une moquette râpée attrape l'humidité. Elle est couverte de mouches vertes, des *Lucilia sericata* aux reflets métalliques attirées par les corps en décomposition et les mauvaises odeurs. Les fenêtres sont trop sales pour laisser filtrer la lumière. La tempête de la nuit sûrement. Un ventilateur est encastré dans l'une d'elles. Il doit faire très chaud, l'été. Favre déteste les vérandas.

Une abeille bourdonne contre la vitre.

– La victime dormait dans le canapé-lit depuis son accident. Monter à l'étage était devenu très difficile.

– Encore une information de l'ambulancier ?

Lejeune confirme.

Dans le couloir, les murs sont tapissés d'un horrible papier à fleurs dorées. Les peintures sont de couleurs sombres, beaucoup de marron jusqu'aux poutres passées au brou de noix. Au bout du couloir, une pièce à vivre à côté de la cuisine minuscule, pas plus de dix mètres carrés. Un pull noir est resté sur le dossier d'une chaise. Sur la table dressée, on n'a pas touché au couvert du petit déjeuner. Le pot de confiture a son couvercle, la brioche est entière, le yaourt au bifidus nature, aussi. La théière est pleine.

Des coulures de cire de bougie ont taché la nappe.

– Après avoir pris des cours de cuisine, j'ai créé un blog, raconte Favre en marchant dans la pièce.

– Des spécialités ?

– De bons produits. De nos jours, on nourrit les enfants avec de la merde, Lejeune, et je reste poli. Amusez-vous à regarder ce qu'il y a dans un Caddie. Du sucre, du sucre, du sucre…

Lejeune acquiesce une nouvelle fois. Son petit-neveu mange du Nutella dès le matin au petit déjeuner. Il en tartine sur le pain. Avec ça, il boit du soda bourré d'édulcorants et d'arômes qui donnent une couleur vert d'eau à la boisson.

– Ils serviront le même poison à leurs enfants. Quand je vois ça, je me dis que les temps ont changé. Je n'ai jamais vu un carré de chocolat ou un gâteau chez mes parents.

– C'était une autre époque, se permet de relever Lejeune.

La porte de la cuisine est entrouverte. L'un des pieds de la victime la bloque. Une ballerine noire, un modèle simple qu'on trouve partout, traîne à côté du corps. La cheville est nerveuse, fine, le bas de la jambe qui porte une vilaine cicatrice, aussi. La victime ne porte ni bas ni chaussette. Elle est posée sagement par terre, *trop sage-*

ment, pense Favre, les bras le long du corps. La tête est très légèrement tournée sur le côté. Il découvre la blessure à l'arrière du crâne. L'entaille profonde a sans doute entraîné la mort. Sur son cou, deux légères entailles. La main droite est bleue. À côté d'elle, sur le carrelage, un sac marron grand ouvert. Un rouge à lèvres et un stylo ont roulé sous la table. Cette femme n'avait pas des goûts de luxe. Certains objets sont déjà placés sous scellés, un peigne, un portefeuille au cuir vieilli.

– On peut penser que la victime s'apprêtait à sortir ou qu'elle cherchait quelque chose dans son sac quand on a sonné à la porte. Si elle attendait l'ambulancier, c'est tout à fait possible.

Dans l'évier, deux plats et une casserole. Le robinet mal fermé goutte sur une assiette sale.

– Pourquoi ne pas avoir fini de faire la vaisselle quand on prend le temps de mettre le couvert du petit déjeuner ? Je déteste avoir des odeurs de cuisine le matin, au réveil. Tout doit être rangé. Je ne sais pas pour vous, mais je trouve que ça sent le chou-fleur. Une sale odeur.

Lejeune ne sent rien.

– Connaît-on l'heure de sa mort ?

– Elle a eu lieu avant le petit déjeuner.

– Si je vous comprends bien : entre 7 heures et 11 heures du matin, peut-être même plus tard, surtout si la personne ne travaille pas pour raison de santé. A-t-on relevé une effraction ?

– La porte d'entrée n'a pas été forcée. Quand nous sommes arrivés, elle était entrouverte.

– J'insiste. Ce qui voudrait dire que la victime connaissait le meurtrier ou qu'elle a laissé sa porte ouverte pour attendre l'ambulancier qui avait pris du retard.

– Probable. L'ambulancier nous a dit qu'il avait l'habitude de sonner.

– Il était très en retard. On va commencer l'enquête de voisinage. Savez-vous quelque chose ?

– Edith Dubois et son mari, Paul, qui la fréquentaient beaucoup. La maison juste après le chantier. J'ai cru comprendre qu'ils étaient des amis proches.

– En attendant de pouvoir circuler dans la maison, on pourrait aller y faire un tour. Il faudra aussi interroger les ouvriers qui travaillent sur le chantier. L'un d'entre eux a pu voir quelque chose.

– C'est prévu à 18 heures. Les équipes seront là, au complet. Les travaux ont pris du retard.

– Les futurs propriétaires de cette maison ?

– J'ai pensé qu'on pourrait les faire venir à la gendarmerie demain matin. La jeune femme a, paraît-il, eu un malaise pendant la réunion de chantier. Elle serait restée prostrée un moment. J'ai croisé l'un des ouvriers sur le chemin.

– Qu'est-ce qui a provoqué cette crise de panique ?

– On ne m'a rien dit de plus.

– Une crise de larmes ?

– Je ne crois pas.

– Qui sont ces gens ?

– Un homme originaire de Saint-Valery marié à une étrangère. Il revient dans la région après avoir passé douze ans à Paris.

– Confirmez-leur pour demain matin mais sur le chantier. 10 h 30. Vous avez bien travaillé.

Lejeune ne relève pas mais la réflexion de Favre l'exaspère. On dirait celle d'un professeur à son élève. Ça fait des années que c'est comme ça.

– Connaissiez-vous la ville du Crotoy ?

– Je suis venu une fois à la fête de la Mer.

– Un bel endroit. L'ensablement a remodelé la baie. Le risque d'échouage est important. J'y venais en vacances quand j'étais enfant. J'ai une cousine qui a une villa sur la plage. J'irai lui faire une visite.

– Plus jeune, il m'est arrivé d'aller marcher sur les planches de Cayeux.

– Poussez un jour jusqu'à Quend-Plage et Fort-Mahon. Vous trouverez une magnifique plage de sable, plus grande et plus large, surtout. J'aurais aimé y faire du char à voile.

– Il est encore temps de le faire. À la retraite…

Favre le coupe. Il doit encore travailler pour avoir une retraite correcte. Il aime son métier, un métier difficile à quitter.

Le médecin légiste leur serre la main, s'adresse à Favre, le plus âgé des deux hommes. Avec la rigidité cadavérique, on peut dire que la mort est intervenue entre 10 h 40 et 11 heures. La victime a de nombreuses lésions sur les bras, le visage tuméfié. Elle a été frappée. Un coup mortel à la tête. Du sang a coulé sur le carrelage de la cuisine.

Favre garde les lèvres serrées.

– On a modifié la scène de crime, allongé cette femme dans la cuisine pour faire croire à un cambriolage qui aurait mal tourné. Elle était prête à partir et quelqu'un n'a eu qu'à pousser la porte pour entrer.

– Un crime de rôdeur. Comment explique-t-on les coups et blessures ?

– Dans cette cuisine, le meurtrier n'avait pas la place pour lutter avec la victime. Si elle s'est défendue, ce n'est pas ici, et à voir ses hématomes, elle s'est débattue. On a trouvé des taches de sang à l'étage.

Avant le départ du médecin légiste, ils font quelques pas dans la cour. Lejeune voit Favre se réjouir de quelque chose. Il ne va pas les rejoindre.

On l'appelle à l'étage.

Après le départ du médecin, pour apercevoir le chantier dévasté par la tempête, Favre longe la haie des voisins. Des buissons de cosmos grillés par le sel le gênent. Les ouvriers travaillent à l'intérieur de la maison. À intervalles réguliers, l'un d'entre eux est pris d'une quinte de toux.

Il marche jusqu'au garage. La porte est ouverte. Une Opel blanche est à l'intérieur. Petite voiture mais nerveuse. Quand elle conduisait encore, sa sœur avait la même. Il ouvre le coffre, le referme, fait le tour du véhicule sans trop s'attarder. Des prélèvements ont été faits mais il voit bien qu'elle est propre. Un atlas routier et plusieurs cartes sont posés sur le siège arrière.

Un dernier tour de la maison et du jardin. La baraque est vraiment sympa. Un coup de vent soulève des feuilles mortes. On a fait un feu.

Marie Lesage a-t-elle fait venir un jardinier la veille de sa mort ?

Avec la pointe de sa chaussure, il remue la cendre, trouve quelques débris calcinés qu'il faudra examiner de plus près.

Quelque chose est resté coincé entre deux molaires. C'est caoutchouteux. Du gras de saucisson, sûrement. Il vient de manger un sandwich qu'il a acheté à la charcuterie du Tréport *Au cochon fin*. Avec sa langue qu'il tord dans tous les sens, il s'efforce de l'aspirer, met un doigt dans la bouche avant d'essayer avec son ongle le plus long. Il faudra qu'il achète une brosse à dents à Abbeville avant d'aller chez le dentiste. Ça ne se fait pas d'arriver avec des dents sales. Près de l'hôtel de ville, il trouvera facilement à moins de s'arrêter au *Monoprix* à condition de trouver une place pour se garer. Il y sera après la sortie des bureaux et des usines. Il ne faudra pas trop traîner.

Pas question de rater le rendez-vous.

Edith

Depuis combien de temps est-elle là, recroquevillée contre le mur de sa chambre ? Deux ou trois heures ? Peut-être plus. Son réveil s'ouvre sur un trou noir. Une absence. Marie est morte. Quand tout revient à sa place, elle cherche son portable. Aucun message de Valérie. Il fait trop froid pour sortir de sa couette. Le corps raide et figé dans la même position, elle regarde le plafond. Après ces instants de deuil, il faut qu'elle bouge. Déjà épuisée, elle attrape un tee-shirt, un pull posé sur le fauteuil en rotin. L'atmosphère de la pièce est devenue oppressante. Elle serre les dents pour ne pas pleurer. Elle doit sortir, aller là-bas, voir Marie avant qu'on ne l'emmène à la morgue. Valérie, sa fille, habite au Canada. Elle va sans doute prendre un vol de nuit. Un drame pour cette gamine à l'enfance compliquée qui aujourd'hui n'a plus de mère. Comme elle, elle se sent orpheline. Il y a bien longtemps que ses parents sont morts. Elle les a tous les deux enterrés à Longwy. Après ses deux fausses couches, il y avait eu une cassure. Leur mort ne lui avait pas fait grand-chose. Inutile d'argumenter. Ça ne servirait à rien. Ce qui est fait est fait. Sa vie va devenir plus compliquée, sa solitude insupportable. Il faudra pourtant qu'elle l'accepte. Partir à son âge serait ridicule, et pour aller où ? Fille unique, elle n'a plus qu'une cousine, qu'elle n'a pas vue depuis treize ans. Avec son mari, elle tient un pressing à Marseille. L'affaire marche bien. Aux dernières nouvelles, l'aîné des enfants devrait se pacser au printemps prochain. Elle lui avait fait la promesse d'aller là-bas pour la cérémonie. Paul avait dit qu'il n'irait pas. Marie avait proposé de l'accompagner et de s'arrêter pour visiter Aix-en-Provence. Pour trouver deux chambres en périphérie de la ville avec un jardin, elles avaient consulté le site de chambres d'hôtes de charme. Marie disait qu'il était temps de profiter des bonnes choses. Leurs années étaient comptées et elle avait raison.

Deux pigeons plongent sur le pin, renoncent et s'envolent pour venir se percher sur le rebord de la fenêtre. Edith croit entendre un bruit.

Quelqu'un tape sur le mur.

Ne rien dire à Paul et filer en douce.

De quoi as-tu peur ?

Quelle vérité ne veux-tu pas entendre ?

C'est plus facile d'être en paix avec ce qu'on ne sait pas.

Un nouveau bruit. Un bruit fort. Une perceuse peut-être ? Une odeur de soufre, de brûlé. Elle ne peut pas s'empêcher de regarder nerveusement autour d'elle. Un frisson de colère la traverse de part en part. Paul ne l'entendra pas sortir. Elle doit arrêter de se conduire comme une petite fille. À son âge, elle devrait être capable de se défendre, faire ce qu'elle croit bon pour elle. Il lui faut quelques instants pour se décrisper. Elle remue ses jambes engourdies. Le mouvement revient dans ses articulations. Elle se lève, cherche ses chaussures. À quatre pattes, elle allonge le bras sous le lit. Après les avoir enfilées, elle rabat le couvre-lit. Sa hanche la fait souffrir. Ses jambes sont comme des bâtons. Marie n'est plus là et c'est insupportable de penser à ça. Leur amitié était sincère. Leurs petits plaisirs partagés, de grands moments.

Elle a la flemme de se coiffer, relève ses cheveux sur le haut du crâne pour faire une queue-de-cheval. Elle pense à l'enterrement et à la messe. Qu'aurait voulu Marie ? Rien de solennel, pas de fleurs de couleurs. Des fleurs blanches et du buis. Si elle a grandi dans une famille catholique, elle s'était rebellée à l'adolescence. Elle ne l'avait jamais vue à la messe, le dimanche. Plusieurs fois, elles avaient parlé des dons d'organes. Marie disait qu'elle ne voyait pas ce qu'on pourrait garder de bon chez elle. Elle voulait être incinérée mais Valérie doit savoir tout ça.

Il faut qu'elle fasse du bruit.

Le plancher craque sous ses pieds. Ça la rassure. Assoiffée, elle va dans la cuisine, remplit d'eau la bouilloire pour le thé. Avec le cul d'une bouteille, elle écrase un Doliprane. Son mal de crâne la fait de nouveau souffrir. C'est comme une bouillie dans sa tête. Elle a très envie d'une cigarette. Avec Marie, ça lui arrivait d'en fumer une. Des menthols, longues et fines. Au lieu de ça, pour s'occuper les mains, elle va chercher un cure-dent. Son envie va disparaître. C'est ce qu'elle faisait au début de sa grossesse. Paul n'arrêtait pas de lui dire que ses dents allaient se déchausser et que ce n'était vraiment pas malin de vouloir abîmer une aussi jolie bouche qui savait si bien embrasser. En pensant à ça, elle pleure. Sa vie est en morceaux et elle ne peut rien faire pour les remettre en place.

Le chien aboie à nouveau.

Qu'il la ferme.

Elle regarde par la fenêtre.

L'ambulance aurait dû suivre. Elle n'est plus certaine de l'avoir vue. L'habitude a pu la tromper. La jeune fille à bicyclette d'abord, suivie du bus scolaire et puis l'ambulance comme chaque jour. Plus les détails deviennent précis, plus elle doute de sa mémoire.

A-t-elle vu le bus scolaire ?

Elle ne sait plus et ça la met dans un sale état. Elle a très envie de crier.

Je ne me suis pas levée ce matin, Marie est en vie.

Pas d'enfants, plus d'amie, un mari caractériel.

À partir d'aujourd'hui, voilà ce que sera sa vie. Si on lui avait dit ça la veille, elle ne l'aurait pas cru. Elle n'avait pas su apprécier sa chance d'avoir Marie à ses côtés pendant toutes ces années.

Que fera-t-elle à Noël ? Pour qui acheter un sapin ?

Paul s'en fiche. Il trouve que ça laisse des épines partout et qu'ils ont passé l'âge de se faire un cadeau. Il déteste les gens gavés et écœurés par les sucreries pendant les fêtes. Vivre avec le regret de ce qui n'a pas été. C'est quelque chose qui lui paraît impossible. *Trop c'est trop*, pense-t-elle en entrant dans la salle de bains pour se laver les dents. La nature humaine est un mystère. Elle laisse échapper un soupir. Ses yeux sont brouillés de mascara et de larmes. Elle les essuie vite avec le gant de toilette posé sur le lavabo. Comme si la vie lui avait promis un autre avenir, elle aimerait qu'on lui explique ce qu'elle fout là dans cette salle de bains minable avec son carrelage rose et gris et sa peinture écaillée aux murs. Son regard se porte sur sa robe de chambre en pilou miteuse et la serviette de bain grise accrochées derrière la porte. Tout est laid autour d'elle, vieux aussi. Elle se sent coupable de n'avoir rien fait pour empêcher ça et reste assise un moment sur le tabouret avec une boule dans la gorge, comme un caillou. Elle n'a rien vu venir et le temps a tout saccagé autour d'elle. L'idée même de la dégradation est insoutenable. C'est quelque chose qui pue la mort.

Elle se lève et retourne dans la cuisine.

Deux hommes sont dans l'allée. Devançant le plus jeune, le plus âgé aux cheveux grisonnants marche à petits pas glissés comme s'il craignait de tomber. Le vent a forci.

Ils vont sonner.

Elle ne sait pas quoi faire. Ouvrir ou pas la porte.

Elle ne veut pas qu'on l'oblige à parler de sa vie privée et se méfie des gendarmes qui s'introduisent brutalement dans votre vie pour vous demander comment va votre couple, le nombre d'enfants, votre emploi du temps à l'heure du crime. Les mêmes qui bâtissent des scénarios, des probabilités, décident des pistes à écarter, les indices qu'il faut retenir. Une agression. Elle n'a pas envie de parler de ses sentiments. Si on s'accommode de cette curiosité, c'est parce qu'on pense pouvoir aider. Elle bute encore sur ce qu'elle a vu, ce matin. Elle peut faire celle qui dort, qui n'entend pas. Cela ne lui ramènera pas Marie. Les deux hommes ne manqueront pas de revenir. Il faut trouver le tueur qui doit circuler librement dans la ville du Crotoy ou dans la baie. Nono en profite pour passer entre ses jambes. Sa queue bat comme un métronome. Il file se cacher dans le salon. Quand elle ouvre la porte, l'homme au teint cireux fait un rapide geste de salutation, demande si son collègue et lui peuvent entrer en ajoutant que ce ne sera pas long. Empreint de compassion, le ton de sa voix lui déplaît. Obligée d'accepter, Edith leur propose de s'asseoir. Les bras serrés contre sa poitrine, elle fait des efforts pour se détendre.

Surtout ne pas trahir Marie.

– Savez-vous pourquoi nous sommes ici ? demande le plus jeune qui a des yeux de bull-terrier.

Le plus âgé fait le tour de la cuisine.

Elle déglutit avant de se mettre à pleurer.

Elle cherche où elle a pu poser le rouleau de sopalin. Elle s'essuie et se mouche. Elle n'est pas prête à parler de Marie au passé. C'est indécent. Qu'on lui laisse du temps.

– Mon mari a eu la fille de Marie Lesage au téléphone. Je suis au courant de ce qui est arrivé.

– Votre amie, nous a-t-on dit.

Elle jette son mouchoir à la poubelle.

– Notre amie, souligne-t-elle avec force.

– Peut-on voir votre mari ? Nous sommes obligés de faire vite. Ce n'est pas pour vous ennuyer.

– Il s'est absenté.

– Une voiture est garée devant la maison.

– Il est parti à pied. Je me suis mise sur mon lit et j'ai dormi.

– Quelqu'un aurait-il causé récemment des ennuis à la victime ?

Lejeune est brutal. C'est sa façon de faire. Favre lui a déjà dit ce qu'il en pensait. Il sourit à cette femme touchée par la mort de sa voisine.

– Un problème de jambe après son accident mais elle allait bien.

– Semblait-elle nerveuse ? Préoccupée ? Une anxiété ces derniers jours ?

Il la regarde comme s'il voyait à l'intérieur d'elle pour pénétrer la sphère du malheur. Elle a du mal à garder son calme et sent une douleur dans la nuque.

– Elle venait de faire une rencontre.

– Pour vous, c'était sérieux ?

– Elle voulait me présenter son ami. Nous devions déjeuner ensemble la semaine prochaine.

– Vous ne l'avez jamais vu ?

– Je vous l'ai dit. Nous devions déjeuner…

– Sans votre mari ?

– C'est ce qu'elle avait demandé.

– Qu'en avez-vous pensé ?

– Elle devait vouloir avoir mon avis avant d'avoir le sien. Entre femmes, on se dit plus de choses et nous étions très proches. J'étais la seule à la comprendre et je n'oublie pas sa fille en disant ça.

– Est-ce qu'on sait ce qui s'est passé le jour de son accident ?

Pour Marie, elle décide de faire un effort et d'aider la police.

– Elle marchait le long de la plage. Une voiture est montée sur le trottoir. Le conducteur ne s'est pas arrêté.

– Délit de fuite ?

– Marie n'a fait que me répéter ce que les gendarmes ont dit. Je n'ai pas posé de questions. Je ne supporte pas l'idée que le conducteur court toujours. Certaines personnes au village pensent que ce n'était pas un accident.

– Et vous ?

– Qui aurait voulu tuer une femme aussi exceptionnelle ?

Favre a pris une distance rassurante. Il vient de faire le tour de la pièce en prenant le temps de regarder les photos sur le plateau de la cheminée. Il s'approche d'elle et lui demande de s'asseoir. Tout va trop vite. Surtout ne rien brusquer.

– Avez-vous remarqué quelque chose d'anormal ce matin ? Quelqu'un qui vous a paru louche ?

– Le vendredi et le samedi, il y a une réunion de chantier. Les nouveaux voisins doivent s'installer ces jours-ci. Ce matin, plusieurs voitures étaient stationnées sur le chemin. J'ai remarqué une camionnette grise, un Kangoo ou une autre marque. Je n'y connais rien. Un homme était à l'intérieur. Il semblait attendre quelqu'un.

– Quelle heure était-il ?

– Je ne sais pas exactement. Un peu plus de 10 h 45. J'avais fini mes carreaux.

– Vous avez vu son visage ?

– Je ne l'ai vu que de dos. C'est un homme fort avec un petit cou. Il est brun.

Favre n'arrive pas à se faire une idée du personnage.

La nouvelle a dû être terrible et le mari n'est pas là pour entourer sa femme.

– Avez-vous remarqué autre chose ?

Edith tousse pour s'éclaircir la voix.

– Je ne sais pas…

– Vous ne savez pas ? interroge Lejeune qui sent une hésitation. Tout ce que vous pourrez dire nous permettra d'avancer dans notre enquête. Vous ne devez rien nous cacher.

Edith marque une nouvelle hésitation. Elle se demande si elle n'en fait pas trop. On se méfie toujours des gens qui vous envoient sur des pistes ou qui parlent avant d'avoir été interrogés.

– Je ne sais pas… si c'est important. Un projectile a fait exploser le pare-brise de la camionnette quand elle était stationnée là-haut.

– Que voulez-vous dire ?

– Elle était à l'arrêt. J'ai tout de suite pensé qu'une personne avait visé le véhicule.

– Quelle heure était-il ?

– J'ai passé dix minutes dans le jardin. 11 heures, peut-être un peu plus.

– Connaissez-vous vos voisins ?

– Je les ai croisés deux ou trois fois. L'homme est bien élevé.

– La femme ?

– Elle ne ressemble pas à une femme d'ici. Je ne l'ai pas trouvée aimable mais elle pouvait être souffrante.

– Et les équipes sur le chantier ?

– Il y a beaucoup d'ouvriers. Mon amie… Marie était plus proche d'eux. Au début des travaux, elle leur a plusieurs fois apporté un café quand il y eut de la neige et qu'il faisait très froid l'hiver dernier.

– Généreuse. Rien ne l'y obligeait.

– Elle l'était.

– Voyait-elle d'autres personnes ces derniers temps ?

– Elle ne sortait pas sauf pour aller chez le kiné. Là-bas, elle aimait parler avec les autres patients.

– C'est-à-dire ?

– Ils étaient quatre ou cinq à se partager les cabines de soins. Elle les croisait dans la salle d'attente ou dans la piscine de rééducation.

Favre a senti de l'émotion dans la voix d'Edith Dubois.

– Quand pourrons-nous voir votre mari ?

– Il est parti marcher. Il devrait être rentré.

– Nous aimerions l'entendre.

– Où est Marie ?

– Elle va être transportée à l'institut médico-légal si ce n'est pas déjà fait.

– Sait-on ce qui s'est passé ?

– Pas encore.

– Quand pourrai-je la voir ?

– Sa fille arrive demain matin. Nous vous tiendrons au courant.

– J'aimerais voir Marie chez elle.

– C'est impossible.

– Est-ce que nous sommes en sécurité, ici ?

– Certainement, mais il est trop tôt pour le dire. Nous reviendrons demain matin pour voir votre mari. Les ouvriers vont partir. Nous devons passer sur le chantier avant la nuit.

Edith a envie de les retenir, de leur proposer un café. Elle veut en savoir plus pour se sentir rassurée mais déjà ils sortent dans le jardin. Les sourcils froncés, Favre s'arrête sur la dernière marche de l'escalier du perron.

– Je suis désolé. Votre mari était là ce matin ?

– Dans son potager.

– Vous avez noté l'heure de son départ ?

– Comme tous les matins. Entre 8 h 45 et 9 heures.

– À quelle heure est-il rentré ?

– Je n'étais pas là mais il devait être 12 h 15. C'est son heure pour déjeuner. Il aime avoir le temps de faire une sieste avant de regarder une série à la télévision.

– Laquelle ?

– L'*Inspecteur Barnaby*.

Favre aime bien, sa sœur aussi. Quand elle est sortie de l'hôpital, elle n'a pas manqué une seule enquête policière.

– Où étiez-vous ?

– J'étais descendue sur la plage. J'avais besoin de marcher un peu.

Lejeune s'apprête à sortir du jardin. Il fait signe à Favre de le rejoindre. Ils sont attendus.

– Je ne vous ai pas demandé ce que fait votre mari quand il n'est pas dans son jardin ?

– Il est dans son atelier.

– Êtes-vous certaine qu'il n'y est pas ?

– Il est parti marcher.

– Je vois, dit Favre. Vous êtes une famille de marcheurs.

Du sarcasme ? Une pointe d'humour ?

Il la voit hésiter.

– On aime être dehors.

– On nous a parlé de squatteurs et de deux personnes qui seraient entrés dans la maison en travaux, juste à côté de chez vous. Les vols de cuivre et de gaines sur les chantiers ne sont pas rares dans la région. Ça se revend très bien. Vous n'avez rien vu ?

– Rien du tout.

L'émotion est trop forte.

Edith a très envie de prendre un long bain avant de se mettre en pyjama. Elle se fout de l'heure, de ce qui se fait ou ne se fait pas. Ces deux gendarmes l'ennuient. Elle cligne des yeux, lentement, l'air ensommeillé.

– Je ne me sens pas bien. J'ai besoin d'aller m'allonger un peu.

– On vous laisse. Si quelque chose vous revient, n'hésitez pas à nous appeler. Le détail le plus insignifiant peut se montrer intéressant pour l'enquête.

Le portable de Favre sonne. Il s'éloigne quelques instants avant de revenir la saluer. Les gens du chantier les attendent.

– Elle a tout fait pour que l'enquête avance vite, fait remarquer Favre en rejoignant Lejeune parti devant.

– On passe sur le chantier mais beaucoup d'ouvriers sont partis. Ils seront là demain quand nous reviendrons voir les propriétaires. Vous devriez partir à votre rendez-vous de dentiste.

Favre ne veut rien changer. Il est chargé de l'affaire et ce n'est pas le moment de laisser du terrain à Lejeune. Ce type lui marcherait dessus pour prendre sa place.

Le vent souffle fort.

La pluie commence à tomber.

On a annoncé une nouvelle tempête dans la soirée.

La présence ténue et gênante de la mort à quelques mètres de chez elle la rend irritable. Ses mots échangés avec les gendarmes étaient aussi froids que le corps de Marie. Elle n'a pas eu envie d'être aimable. Si elle a parlé autant, c'est pour ne rien montrer de sa tristesse et elle pense avoir réussi.

Le vent se lève.

La barrière en bois n'est pas fermée.

Elle va taper toute la nuit.

Il faut que Paul revienne.

Elle n'aime pas être seule. Une nouvelle tempête est annoncée. Les grandes marées n'apportent rien de bon. Paul a dû partir avec son hutteau sur le dos pour s'installer quelque part sur l'estran cerné par les hurlements du vent. Il faut qu'il accepte la mort de Marie. Ça ne sera pas facile. Marie est la femme qu'il aurait aimé avoir. Elle le sait. Elle l'a toujours su. Il fallait voir comment il s'était occupé de la petite Valérie quand elle était enfant. La première fois qu'il l'avait fait sauter sur ses genoux, ça lui avait fait quelque chose.

À chaque Noël, il invitait Marie à danser.

Surpris par la tempête, un oiseau vient de s'écraser contre la fenêtre.

Il fait nuit et elle ne peut pas voir. Le monde est devenu fou. Quelqu'un circule dans la maison, à la cave sûrement. Elle a peur de ressortir. L'homme à la camionnette grise. Cela n'est encore jamais arrivé que quelqu'un s'arrête, comme ça, au bout du chemin. Paul n'aurait pas dû partir et la laisser seule. Elle n'aurait jamais fait une chose pareille. Au contraire, elle aurait voulu parler de Marie, se souvenir ensemble des bons moments partagés. Paul n'est pas un communicant, il ne l'a jamais été. C'est un être secret, renfermé, excepté pour les personnes qui lui plaisent et ceux-là on peut les compter sur les doigts de la main. Des connaissances à l'usine peut-être, ou des rencontres qu'il a pu faire lors de ses concours de pétanque. Tout a été habilement cloisonné pour qu'elle ne sache rien. Marie était la seule personne qu'il avait bien voulu partager avec elle. Elle se souvient du jour où il lui avait parlé d'elle pour la première fois. Son mari travaillait à l'usine. Il venait de partir, la laissant seule avec son enfant. Il s'était montré généreux avec elle.

Après ses deux fausses couches, cette période avait été heureuse. Ils avaient recommencé les soirées sur la plage, la pêche et les pique-niques quand il rentrait de l'usine. Elle avait eu le droit de recevoir, de sortir, de se gâter un peu.

Paul faisait bonne figure.

On lui disait qu'elle avait un gentil mari.

L'un et l'autre avaient fait des concessions.

19 h 50.

La nuit est noire.

Le chien aboie depuis des heures. Paul ne l'a pas sorti de la journée. Il est sans doute à la cave en train de fourgonner dans tout son bazar. Elle sait qu'il souffre et qu'elle ne peut rien faire pour lui. Avant d'allumer la télévision, elle sort du congélateur un pot de glace à la vanille et une bombe de crème chantilly du frigidaire. Un pain brioché un peu rassis. La préparation terminée, installée sur la chaise en attendant qu'il rentre, elle mange avec lenteur avec l'impression de commettre un péché mais il faut bien faire quelque chose. Son esprit fouille dans le passé à la recherche d'une faute.

Urgence météo.

La présentatrice a le doigt pointé sur les départements en vigilance orange. La baie de Somme en fait partie. Dans l'Est de la France, des gymnases ont été transformés en dortoir pour des familles prises au piège par la montée des eaux.

La crème chantilly a coulé sur la table. Avec l'index, elle dessine des cercles avant de les effacer avec le plat de la main. Elle épluche une pomme, un journal ouvert devant elle en tâchant de ne pas penser au reste du monde.

Elle réunit ses mains comme en prière.

Après la météo, elle fait la larve sur le canapé, essaye de fermer les yeux sans arriver à contenir ses pensées. Ça part dans tous les sens.

Elle a oublié de rentrer les pots de fleurs et ça souffle de plus en plus fort. La pluie redouble alors que ça paraissait impossible une heure plus tôt. Elle crépite sur le carreau comme de la grenaille. La houle bat contre la digue. Elle pense aux pêcheurs en mer. Du côté de Dieppe ou du Tréport, les bateaux doivent naviguer sur des rouleaux hauts comme des barres d'immeuble en embarquant des paquets de mer par le travers. Hautes de deux étages, les vagues suspendues dans les airs engloutissent tout sur leur passage. À bord, ça claque de partout.

Lors de la dernière tempête, des briques de la terrasse sont tombées. Paul doit stabiliser le mur. Il en parle depuis longtemps. S'il s'occupe bien du potager, il ne fait plus grand-chose dans la maison et les extérieurs. Il lui dit qu'il est vieux et que les gros travaux ne sont plus de son âge.

La pluie continue à crépiter sur la tôle. La cuisine est bruyante. Le vent s'engouffre sous le toit. Elle entend le grondement de la mer qui approche. Ça lui fiche la trouille.

Comment cette tempête peut-elle ne montrer aucun signe d'accalmie ? Elle pourrait prendre des affaires et ficher le camp d'ici. Au lieu de ça, elle met des serpillières en bas de la porte, isole les fenêtres avec des chiffons. La maison prend l'eau.

Un bain chaud lui fera du bien. D'habitude, elle prend des douches mais elle a envie d'un bain. Il doit lui rester des perles bio parfumées à la vanille pour se détendre. Marie lui avait offert un coffret pour son anniversaire avec des sels de bain de toutes les couleurs et un gommage au savon noir à l'odeur particulière.

Lui avait-elle dit suffisamment merci ?

Paul avait trouvé que c'était un trop beau cadeau. Marie avait forcément besoin de cet argent. Il avait parlé de son chauffage à changer pour la culpabiliser mais Marie était si heureuse qu'il n'avait pas insisté.

Elle l'a reconnu à ses pas.

Avec son grincement habituel, la porte d'entrée s'ouvre. Paul s'est changé en pierre, son regard derrière ses lunettes se pose nulle part. Ses yeux sont fixes, injectés de sang. Dans la lumière jaune de l'ampoule nue, il ne bouge pas. Il grommelle quelque chose qu'elle ne comprend pas. Ses doigts se courbent sur la poignée.

Des effluves d'alcool traversent la pièce.

Il ne porte pas ses cuissardes. Mouillé jusqu'à la taille, il grelotte et semble terrifié.

Elle scrute son visage rouge et difforme qui n'est plus qu'un tissu d'hématomes. Sur l'une de ses pommettes, juste sous l'œil droit, un lambeau de peau a été arraché. Un filet de sang coule le long de sa joue. Elle voit un homme brisé, les traits déformés par la douleur. Comme s'il était venu chercher quelqu'un à punir, il avance maintenant vers elle. Elle respire à plein nez l'odeur de cigarette et d'alcool. Elle lui demande ce qui est arrivé. Surtout ne pas le brusquer.

Elle voudrait l'entendre. Qu'il s'explique.

Elle lui propose de nettoyer sa plaie avec un désinfectant, du Mercurochrome ou de la Bétadine. Comme elle s'y attendait, il fait semblant de ne pas comprendre.

– Il faut serrer fort pour que ça coagule, insiste-t-elle en lui montrant son index.

Elle devine qu'il a eu du mal à rentrer de la hutte ou qu'il a voulu passer chez Marie sans voir la tempête arriver. Il aurait pu y rester. Pour aller lui chercher un verre d'eau, elle repousse sa chaise qui heurte le mur. Quand elle passe près de lui, il veut lui attraper la main, remue les lèvres sans qu'aucun son ne s'en échappe. Elle n'oppose aucune résistance, le suit sans dire un mot. Elle savait que ce jour viendrait. Elle l'a toujours su. Peut-être même qu'elle l'attendait.

– Je ne lui ai rien fait. Tu dois me croire.

Sa voix est ferme, distante. Un lance-flammes traverse son corps. Elle émet un petit couac étranglé. Il n'a pas besoin de parler. Elle lui dit, le suit, c'est tout. Elle veut connaître la douleur sèche d'un bâton comme quand elle était enfant ou un coup qui la fera tomber, un coup de ceinture, une gifle. En finir. Passer l'éponge. Paul sort de sa poche la clé de la cave. Elle pourrait mettre fin à cette folie mais plus rien ne la retient. Sa vie est désespérément vide. La confiance restée en elle l'abandonne, sa dignité aussi. Elle se sent redevenir une petite fille et pleure comme une gamine.

Ils sortent de la maison. Le vent les fait plier en deux, la foudre illumine le jardin. Un craquement terrible, une branche casse dans la nuit. La pluie frappe ses épaules, ruisselle sur ses joues. Défilent devant ses yeux des formes imprécises. Il beugle des insultes.

– Bordel, hurle-t-il mais personne ne peut rien contre la météo.

Tout est gris et mouvant. Le sol irrégulier, instable. À chaque pas, elle tâte le terrain avec les pieds qui glissent sur les pierres. Précipitée en avant, elle tombe. Un mur d'eau dévale le talus. Elle doit ramper, entraînant Paul qui ne la lâche pas. Au contraire, il la tire vers le haut pour qu'elle se redresse. En relevant la tête, elle ressent comme un coup de poignard dans le dos, depuis le bas des reins jusqu'au milieu des omoplates. Il ordonne, lui fait mal. Il lui a toujours fait mal. Des gestes. Des mots. Le plus souvent sans le vouloir. C'est ce qu'elle pense quand elle est debout. Sa main est dans la sienne. Elle serait presque heureuse qu'il soit obligé de la tenir. Elle a oublié le contact de sa peau, une simple étreinte, le goût de ses baisers, son regard sur elle qui la rendait fière quand elle avait 18 ans. Le contact physique lui manque. À nouveau, elle sent ses doigts sur sa nuque et ferme les yeux, son poids contre lui.

La peur vient peu à peu remplacer la résignation. La panique monte, s'installe sur son dos comme des milliers de fourmis qui s'accrochent et grimpent jusqu'au cou. Son estomac se remplit d'acide.

Elle veut freiner sa marche, le tire en arrière. Elle est terrifiée. Enfant, à l'idée que sa mère ferme la porte de sa chambre, elle perdait sa respiration et sentait venir le mal de cœur. Elle souffre de claustrophobie. La phobie des tunnels, des placards, des volets clos, des pièces sans fenêtre. La cave n'en a pas. La porte est blindée. Paul tourne la clé dans la serrure. Avec la pluie, son visage est nettoyé. Ses yeux lancent des éclairs, ses lèvres bougent mais elle n'entend pas. Comme s'il avait dormi dessus, ses cheveux blancs sont tout aplatis d'un côté. Il pose le pied sur la dernière marche, courbe le dos pour pouvoir passer, la tire violemment. L'odeur est insoutenable. Ça sent le rat crevé, la merde et les fruits pourris aussi.

Une puanteur de confinement.

De près, il est impressionnant. Avec ses mains immenses, il pourrait lui broyer la nuque. Elle se débat comme elle peut et cherche ce qu'elle va lui dire mais il est hors de question qu'elle s'excuse.

– Qu'est-ce que tu fous, hurle-t-elle pour essayer de l'arrêter. Tu veux quoi ?

Depuis deux jours, l'eau est montée dans la cave. La lucarne est masquée par du papier d'aluminium. La porte est capitonnée. Un néon éclaire la pièce. Le tube grésille et crache des décharges électriques. Ils vont mourir électrocutés. Dans un coin, des cadavres de bouteilles, un vieux matelas éventré et une couverture, un seau en fer-blanc.

La porte est restée entrouverte.

Elle se retourne pour partir, fait un pas. Son bras long attrape sa cuisse. Le sol est spongieux. Déséquilibrée, elle met les mains à terre, prend appui au sol pour pouvoir se redresser. Si elle hurle personne ne l'entendra, le bruit du vent couvrira sa voix. Ici, il n'y a que la mer, le sable et Marie ne peut plus rien faire pour elle.

Ils ont les pieds dans l'eau. D'une main, elle le frappe au visage avant de le griffer.

Il lui attrape l'autre main.

Paul a toujours eu de la force.

Sa hanche la fait souffrir.

– Tu fais chier !

Il la secoue.

Pour ne pas voir, elle garde les yeux mi-clos. Alors il la cogne, lui tire les cheveux, la supplie de se calmer et de regarder. Quelque chose lui dit qu'elle ne doit pas lever la tête. Il cogne à nouveau avec le poing. Les coups pleuvent sur sa tête rentrée dans ses épaules. Elle essaye une dernière fois de lui échapper. Accroupie, elle tire mais Paul est plus fort. Si elle résiste, elle va mourir. Parce qu'elle ne peut pas faire autrement, elle finit par lui obéir.

Ce qu'elle voit lui arrache un cri. L'ensemble qu'elle découvre est délirant. La cave est remplie d'enchevêtrements de câbles, de fils de fer, des formes humaines longilignes quasi abstraites à la façon des sculptures de Giacometti. L'aspect théâtral d'un univers onirique. Plus au fond, des baigneurs et des poupées posés sur des rayonnages à clayettes. Plantée sur une tige de fer, une tête sans corps. Sur l'établi deux bras en papier mâché en train de sécher. Paul a sculpté, inventé, travaillé des bouts de tissu pour en faire des patchworks. Certains s'apparentent aux personnages comiques de la *commedia dell'arte*. Des masques d'enfants à la bouche énorme, aux lèvres épaisses, des protubérances rouges sur le front, de gros ventres présentés comme des trophées de chasse.

Pour qu'elle ne manque rien, Paul lui tourne violemment la tête. Encore une fois il lui fait mal. Il est incapable de retenir sa force. Elle gémit mais il ne peut pas l'entendre.

Tout ce qui est là est intime, incongru. Mélange de matières, de techniques, objets de rites obscurs. Des dessins, des dizaines de croquis accrochés à un fil, traversent la pièce. Sur des draps tendus, des portraits d'enfants peints grossièrement ressortent parfaitement sur la blancheur du linge. Disposés dans l'ordre, par date, ils portent tous leur cœur en bandoulière, détaché du corps, faisant office de plastron ou de bouclier. Paul leur a donné un prénom. Leurs yeux sont entourés d'un trait charbonneux, les larmes en gouttes de sang comme des clowns tristes, les plaies sanguinolentes aux genoux et aux bras. Du rouge partout. Les plus âgés ont un visage vide, sans nez, sans bouche.

Sur sa droite, une femme allongée sur un lit. Elle a peut-être 20 ans. Elle lui ressemble. Ses bras déformés attrapent l'enfant et des bouts d'organes humains pour les faire jaillir de son ventre. Ces dessins, certains au fusain, sont ses secrets. Des fantômes qui ne l'ont jamais quittée pendant toutes ces années.

Son ventre se tord.

Elle le supplie d'arrêter là, le traite de dingue. Elle sait bien qu'il la punit parce qu'elle est restée mais il l'accuse d'une faute qu'elle n'a pas commise. Des enfants, elle en avait espéré autant que lui.

Elle tombe de tout son poids à ses pieds.

Prise d'une furieuse envie de détourner le regard, Paul la retient, lui tire à nouveau les cheveux en arrière pour l'obliger à regarder. Avait-il laissé vivre ces enfants un instant, une journée, un mois, avant de décider de les mutiler d'un trait ? À certains endroits, la peinture semble plus fraîche. Elle brille légèrement, le rouge du sang, par exemple.

Sa bouche est venue se coller à son oreille. Il commente derrière elle. Chaque mot est précis. Chaque dessin a une histoire. Sur un mur, des dizaines de photos d'enfants accrochées à un fil électrique, des gamins à l'école, sur la plage, en famille. Les enfants que Paul aurait voulu avoir pour fonder une famille.

Leur raconte-t-il des histoires comme le font tous les parents le soir avant d'éteindre la lumière de leur chambre ? Leur dit-il bonjour quand il entre dans la cave, le matin ? Comment Paul s'est-il procuré ces photos ? Des tirages qu'elle a faits pour une fête à la crèche et l'année de ses deux remplacements, l'un en CE1, l'autre en CE2.

Et ces baigneurs ?

Elle l'imagine assez mal aller les acheter dans un magasin de jouets. Paul passe beaucoup de temps chez Emmaüs et chez le brocanteur d'Abbeville. Ce qui la sidère, c'est toute cette mise en scène. Elle a mal pour lui, pour toutes ces heures, ces jours passés à créer un autre monde que celui dans lequel il vit.

La mer est là, tout près d'eux.

Un bruit caverneux suivi d'un grondement pareil à celui d'une chasse d'eau. Les vagues frappent la plage. Les rouleaux s'écrasent sur le mur de pierres qui peut céder. Vient le bruit de succion des eaux qui refluent. Elle veut crier mais aucun son ne sort de sa bouche. Sa poitrine est serrée comme dans un étau. Elle a un mouvement de recul.

Elle n'arrive pas à expliquer cette fureur mais comprend la douleur de Paul. Avec la tempête son monde menace de disparaître. L'eau monte encore, arrive à mi-hauteur des draps, certains dessins ont déjà disparu. Les gendarmes vont fouiller la maison, découvrir l'endroit, l'interroger, l'arrêter sûrement. On dira que c'est l'œuvre d'un psychopathe sans chercher la vérité.

On lui enlève ce cocon protecteur et il n'a plus rien.

Un second deuil.

Pourquoi avoir voulu partager ça avec elle ? Ils ne partagent plus rien depuis longtemps. Quand avait-il commencé ? Il y a seize ans quand il avait voulu faire des travaux à la cave, avant peut-être. Quelque chose qu'elle ne sait pas a dû déclencher cette folie en lui.

A-t-il tué Marie ?

À son arrivée dans la cuisine, elle l'avait vu défiguré. Des coups. Elle pensait qu'il était parti chasser avec son hutteau sur le dos mais le temps l'en avait sûrement empêché.

Est-il retourné chez elle ?

L'eau lui arrive aux genoux. Derrière le mur, le vacarme du ressac, encore. La mer s'est déchaînée. Elle se retourne, le supplie d'ouvrir la porte avant qu'il ne soit trop tard. Elle ne veut pas mourir comme ça. Dans l'obscurité, elle cherche ses yeux. Pour qu'ils soient aussi vitreux, il doit avoir pris quelque chose.

La mort de Marie l'a détruit.

Il se balance d'avant en arrière.

Elle comprend qu'il ne sait pas ce qu'il va faire d'elle, qu'il hésite encore.

– Je peux t'aider.

Il ne l'entend pas. Tout glisse sur lui sans l'atteindre. Comme s'il avait préparé ce moment dans un miroir, il sait ce qu'il fait.

Elle se débat, tombe à genoux dans l'eau. Quand il essaye de la relever, elle se met à ramper en direction de la porte. L'eau lui arrive aux cuisses.

– Arrête, merde, hurle-t-elle.

Avec ses doigts, elle cherche quelque chose pour faire mal, En faisant glisser sa main, elle trouve un objet lourd.

Une clé à molette ?

Elle se jette sur sa jambe, l'agrippe, frappe de l'autre. Ils se battent par séquence, l'un après l'autre.

Elle peut s'en sortir toute seule.

D'où lui vient cette force ?

Elle n'a pas envie de rester toute sa vie un mort vivant, encore moins finir ici.

Pour se réfugier au fond de la cave, elle avance dans l'eau. Une clé est sur la porte du cellier. Consciente qu'elle va devoir s'enfermer, elle oublie sa claustrophobie.

Elle n'a pas le choix.

Le froid l'électrise.

Le visage bouffi de larmes, elle ressent de la colère, de la honte aussi. Une sensation de vide.

L'eau est encore montée dans la cave. L'air lui manque. La douleur ne s'est pas calmée, la peur de disparaître non plus. Si elle avait un portable, elle pourrait appeler, faire le 15 ou le 17. Il va falloir tenir, grimper sur l'étagère la plus haute. Là où sont rangés les bombes d'insecticides, la mort-aux-rats et les détergents, la bouillie bordelaise, l'essence pour la tondeuse, les produits les plus toxiques jusqu'à ce que quelqu'un vienne la sortir de là. Il est hors de question qu'elle se trouve nez à nez avec Paul. Ne pas se tracasser pour lui. Il a voulu ce qui est en train de se passer.

Qu'il se débrouille sans elle.

Elle se recroqueville, se sent enfermée comme un animal pris au piège, a vite des nausées.

Son corps tangue.

Tout a des contours flous.

Elle essaye de soulager ses muscles qui la brûlent, d'ouvrir ses yeux collés de sang.

Elle joint les mains sur ses genoux.

Elle a très froid.

Ses dents s'entrechoquent.

Quitter cette vie de merde.

Le bruit est infernal, le flux et le reflux des vagues toujours plus proches. Elle aperçoit un halo de lumière, reflet mouvant de l'eau.

Maxime

Quand il pense à Bedia, il pense à ses médicaments. Ça devient obsessionnel. La veille, il a vu sur la table de nuit un verre vide et un baume pour les gerçures. Elle a toujours les lèvres sèches, les pieds aussi. Le flacon n'était pas là mais elle avait pu prendre ses gouttes de Laroxyl dans la salle de bains. Comme l'avant-veille, et depuis plusieurs jours, il n'avait pas osé lui demander : « As-tu pris tes médicaments ? »

Il sent la chaleur de son corps, ses pieds froids posés contre sa jambe. Son bras est passé sous l'oreiller. Elle respire calmement.

Le vent a soufflé fort dans la nuit. Il a craint de voir exploser le bow-window de leur chambre. Les murs fléchissaient, le bois craquait par endroits. Il n'avait encore jamais connu ça. Thomas s'était levé deux fois. Les plombs avaient sauté. Munis d'une lampe torche, ils s'étaient retrouvés à 3 heures du matin en caleçon pour éponger l'eau passée sous l'une des fenêtres du salon. L'air s'infiltrait, glacial, à l'intérieur. En allant chercher une bouteille de whisky dans l'un des placards de la cuisine, ils avaient découvert des moisissures, le papier trempé sur le côté de la maison exposé aux vents qu'ils avaient décollé pour voir l'étendue des dégâts. Malgré le froid qui régnait dans la maison, ils avaient eu chaud. Leurs yeux larmoyaient. Des particules fibreuses étaient répandues dans toute la maison. Thomas aurait pu râler, mais il avait simplement dit en se servant un verre après avoir allumé une cigarette :

– Je te fiche mon billet qu'on va découvrir des termites. Sympa la baraque !

Maxime savait qu'il s'était endetté mais Thomas avait ri. Il s'est souvenu du jour où ils avaient appris à manier un cerf-volant et lancer un Frisbee pendant un stage au club de sport. Il avait donné l'impression d'avoir fait ça toute sa vie. Pour le vélo, c'était la même chose. Les petites roues grinçaient, gémissaient quand Thomas pédalait déjà comme un malade. Il s'y prenait comme un homme pressé. À 8 ans, il relevait des défis avec une aisance incroyable et une rapidité déconcertante. Il devait être le premier mais toujours avec élégance.

Avec lui, tout semble facile.

Les gens doués donnent des complexes.

C'est énervant.

Pendant qu'il passait la serpillière dans la cuisine pour éponger l'eau, ils avaient parlé des femmes. Thomas n'a pas changé d'avis. « Pourquoi aimer ce qu'on est destiné à perdre ? » Il s'était bituré en vidant les fonds de bouteilles. Avaient suivi des monosyllabes renfrognés. Heureusement, ils n'avaient pas parlé de Bedia qu'il trouve depuis quelque temps inclassable.

Un qualificatif qu'il ne comprend pas.

Le bruit de la tempête avait résonné dans toute la maison.

Bedia n'avait pas bougé un orteil.

Il reste allongé un moment auprès d'elle, repousse les draps avec un pied, regarde ses seins. Il connaît son corps mais la grossesse l'a changée. Il la regarde de haut en bas, s'arrête sur son sexe. Ses courbes sont harmonieuses, son corps excitant. Il pense à ce que Thomas lui a confié dans la nuit.

« Est-ce que les couples sont faits pour durer ? »

Il a peur de la perdre, s'inquiète déjà d'un possible éloignement. Un rien peut compromettre un équilibre qu'il sait fragile. Si Bedia change, l'aimera-t-il encore sans sa fragilité ? Elle a joué un rôle dans leur histoire. Près d'elle, il a l'impression d'être utile. Pour elle, il est capable de vivre une vie décousue et de tout plaquer en vingt-quatre heures.

Surtout ne pas la réveiller. Le silence lui va bien. Abandonnée, ses traits sont détendus, sa bouche légèrement ouverte. Il remarque ses lèvres desséchées, légèrement craquelées. Sa peau a une odeur ambrée. Ça lui rappelle le patchouli que sa mère portait quand elle sortait le soir. Ce parfum évoquait pour elle le rêve, l'évasion, le mystère. Le côté hippie des soixante-huitards qu'elle avait gardé jusqu'à sa mort. Son slogan : *Il est interdit d'interdire,* c'est exactement l'éducation qu'elle lui avait donnée jusqu'à ce qu'il parte en pension. Sa façon aussi de lui dire « Le bonheur ça évite de trop réfléchir » comme pour s'excuser de son insouciance et de sa gaieté folle. Manger. Boire. Rire. Aimer. Jouir. « C'est si bon la vie », ajoutait-elle avec son air gourmand. La même jouissance quand elle leur préparait des pâtes fraîches aux artichauts et aux olives noires et qu'elle ajoutait du citron, de la coriandre et des herbes, beaucoup d'herbes.

Françoise, une gourmande de la vie.

Bedia murmure dans son sommeil. De l'index, il effleure sa joue, traçant la forme de son nez, suivant la courbe de son menton. Il glisse le doigt sur la ligne de son décolleté, à la naissance de sa poitrine jusqu'à la spirale du nombril, le long de ses cuisses. Sa peau est douce. Elle frissonne. Il n'a pas envie d'être sage. Cette effraction l'excite. Quand il la regarde, il est troublé. Bedia porte leur enfant. Si leur relation est compliquée, c'est que Bedia ne s'abandonne jamais tout à fait et reste sur la défensive. Alors qu'elle est magnifique, elle n'aime pas son corps. Jamais de photo. La seule qu'elle garde dans son portefeuille est une photo prise quand elle était très jeune. Elle est dans les bras de sa mère, une femme grande et fine. Une beauté au sourire franc.

Elle lui ressemble.

Bedia ne parle jamais d'elle.

Il repense aux médicaments, hésite à regarder dans la table de nuit.

Il sait qu'il ne le fera pas.

Sa femme mérite mieux que ça. Timide, elle a souvent une manière de s'effacer, de s'excuser d'être là avec la peur de déranger. Elle vient d'un autre pays et croit toujours qu'on ne peut pas l'aimer. Hier soir, assise dans le fauteuil, les jambes croisées, elle était rayonnante. Ses cheveux courts lui vont bien. Le grand air lui fait du bien, le psychiatre avait raison. Pour la première fois, elle avait tenu à préparer le dîner. Ils étaient passés en fin de journée chez Anne Poupart à Ponthoile pour visiter son domaine. Thomas les avait rejoints sur place. La jeune femme avait commencé par planter cinquante bulbes de *Crocus sativus* sur la ferme familiale pour en planter trois cent mille sur six mille mètres carrés, cinq ans plus tard. La fleur du safran ne vit qu'une journée. La cueillette se fait le matin pour celles sorties la nuit. On coupe le pistil avec des ciseaux. Un geste minutieux. La récolte se fera comme chaque année en octobre. Avant de partir, Anne Poupart leur a donné une recette de crème brûlée au safran que Bedia a essayée en rentrant. En la voyant tourner la cuillère en bois dans la casserole avant de la lécher, il a remarqué qu'elle était heureuse. Thomas a préparé une soupe de poissons, fait griller du vieux pain pour faire des croûtons en buvant un verre de blanc. Plus tard, à table, il a aimé son rire. Thomas s'est moqué de son accent, des mots qu'elle escamote avant de lui demander ce qu'elle avait fait pendant toutes ces années après avoir quitté son pays.

Des sous-entendus qui ne lui ont pas plu.

Bedia n'a pas dit grand-chose.

C'est comme ça qu'il l'aime.

Surtout ne pas savoir.

Avant de se coucher, il avait regardé ses mails. L'ordinateur avait rechigné à démarrer. En s'installant à côté de lui, Bedia avait voulu le rassurer. Il devait se montrer patient et arrêter de s'inquiéter pour le bébé. Avoir pensé à un atelier pour elle la touchait beaucoup. Elle l'avait remercié comme l'aurait fait une petite fille à moins que ce soit sa voix qui donne cette impression, une voix haut perchée comme si elle avait besoin de la forcer. Plus tard dans la soirée, il avait trouvé deux messages sur son portable. L'un du joueur de poker qui se montre de plus en plus menaçant, l'affaire sera réglée dans deux mois, l'autre de la gendarmerie du Crotoy. On les attendait à 10 h 30 sur le chantier. Ils sont venus là pour trouver la paix et un meurtre vient d'avoir lieu à quelques mètres de chez eux. À la limite d'un malaise, elle avait ressenti de drôles de choses et il ne l'avait pas prise au sérieux.

Peut-être ne lui a-t-elle pas tout dit ?

Leurs projets peuvent changer en quelques heures.

Elle est fragile.

Thomas est parti depuis longtemps. Des touristes étrangers l'attendaient pour une visite du parc. Six mille hectares de dunes et de pannes, un herbier vivant. La floraison jaune et mauve de l'aster a commencé, les rameaux de soude gorgés de sel se colorent en rouge. Avec des accès restreints à certaines zones, il en a pour trois ou quatre heures, surtout s'ils décident d'observer la migration d'oiseaux.

Les rais filtrent à travers les persiennes. Bedia vient d'ouvrir les yeux. Il pose les lèvres sur son cou.

– Tu n'y es pas du tout, dit-il en se levant. Je n'ai pas osé toucher !

– J'ai cru comprendre…

Il veut gagner du temps et s'amuse.

Ses vêtements traînent sur le parquet de la chambre. Il cherche un caleçon, attrape son jean. Pour mettre ses chaussures, il s'assoit au bout du lit. Il viendra lui dire quand le petit déjeuner sera prêt.

– Fait chier, grogne-t-il en mettant l'eau à chauffer pour le thé.

Sous la colère, il y a la peur. Il n'a pas une pensée pour cette femme qui vient de mourir. Non, il pense à la sienne qui a déjà vu trop de cadavres, trop de malheurs. L'inquiétude que ça va générer en elle l'inquiète. Il ne va pas se mentir : la journée sera difficile. Une victime de stress post-traumatique évite les situations et les facteurs déclencheurs qui pourraient lui rappeler l'événement traumatisant. L'explosion d'une bombe ramène la guerre dans le présent. Des flash-backs, de vagues réminiscences, des tendances à se blâmer, un sentiment de culpabilité. Un coup de fil au psychiatre n'est peut-être pas une mauvaise idée. Il est tôt. Il le fera un peu plus tard quand sa secrétaire sera arrivée. Il est trop nerveux. Surtout ne rien lui montrer. Faire attention à sa façon de la regarder.

Il écoute de la musique, regarde les quelques silhouettes indécises, des moutons de l'estran, ces taches noires et blanches qui se détachent sur le vert des mollières. Malgré la vigilance des bergers et des chiens, la marée emporte des bêtes noyées, chaque année. Un border collie blanc et noir s'élance et barre le chemin des brebis fugueuses avant de revenir vers son maître.

Il entend ses pieds nus sur le plancher.

Le chuintement de l'eau dans les tuyaux.

Le bruit de la douche.

Bedia n'a pas traîné.

Il met à griller des tranches de pain complet, sort les confitures, celle au cassis qu'elle aime, se prépare un expresso qu'il va boire dans le salon. Il est face à la baie. Le chantier a dû prendre l'eau. L'accès ne sera pas facile ce matin. Comme les deux jours précédents, c'est une grande marée. Le danger n'est jamais loin. Si le vent cesse, il s'éloignera.

La digue du Crotoy ne cédera pas et si elle devait céder la mer ne viendra pas jusqu'au chantier. Le notaire lui en aurait parlé, le propriétaire aussi.

Habillée d'un jean et d'un pull marin, c'est de nouveau à la mode et ça lui va bien, elle l'a rejoint dans la cuisine. Quand il baisse les yeux, il voit qu'elle est toujours perchée sur des chaussures à semelles compensées. Alors qu'il lui a préparé des bottes, elle lui dit qu'elle est bien comme ça. Elle n'ira pas au chantier aujourd'hui ou, si elle doit y passer, ce sera en fin d'après-midi comme tous les samedis. Elle veut aller à *La Sardine* acheter des verres à apéritif et du beurre *Bordier* au piment, s'arrêter dans la boutique de déco, en face de la maison de la presse. Pour remercier Thomas de les avoir accueillis, elle cherche un cadeau. Peut-être un livre ?

Elle ne sait pas. Bedia aime dépenser.

Sans aller jusqu'à se ruiner, le psychiatre lui a expliqué qu'elle en avait besoin pour se rassurer.

Il sait qu'il doit lui parler.

Il le fera après le petit déjeuner.

Il soulève la théière en poterie vernissée et remplit sa tasse.

– Tu ne m'as pas attendue ?

– Je pensais que tu dormirais plus longtemps. Je viens d'avoir Thomas. Il a réservé un Zodiac pour aller voir les phoques.

– Le bébé ?

– Si tu veux, je l'appelle pour annuler.

– Tu sais…

– Excuse-moi. On fera ça une autre fois. Ce n'était pas une bonne idée.

Quand il décide pour elle, il est souvent à côté de la plaque.

– Je voudrais qu'on appelle ton psychiatre, ce matin.

Elle lui lance un regard étonné. Les pieds de la chaise heurtent le carrelage. Ses mains se mettent à trembler.

– Pourquoi appeler ? Il va nous rire au nez. Je n'ai rien à lui dire.

– Il faut qu'on parle. On a rendez-vous dans une heure sur le chantier.

– Je t'ai dit cet après-midi…

– Tu m'as dit et j'ai entendu. Il faut que tu m'écoutes deux minutes.

Il s'approche d'elle pour lui prendre la main.

Elle recule.

– Tout va bien se passer Bedia.

Elle est inquiète et reste sur la réserve. Cette façon qu'a Maxime de la regarder. Il est arrivé quelque chose.

– Je dois te dire… Notre voisine, Marie, est morte. Nous devons passer là-bas. Nous étions sur le chantier quand c'est arrivé.

– Qu'est-ce qui est arrivé ? Je ne comprends pas ce que tu veux dire.

Sa voix est méfiante.

Il n'a rien voulu de tout ça. Son débit s'accélère.

– Tu n'étais pas bien. Rappelle-toi. Tu as eu un malaise. Tu as dit avoir vu un homme dans une camionnette grise, entendu du bruit dans la haie. Tu as bien dit ça ?

– Dis-moi ce qui est arrivé. Je veux savoir.

– Les gendarmes vont nous en parler tout à l'heure.

Elle se lève de table.

– Plus tu me protèges, plus j'ai peur. Fais simple et ne perds pas ton temps à tourner autour du pot, s'il te plaît.

– Tu n'as pas le droit de me dire ça.

– Excuse-moi. Tu as raison. Je ne sais pas ce qui m'arrive.

– Il faut y aller et écouter ce qu'ils ont à nous dire. On reviendra ensuite pour faire tes courses. Je suis désolé. C'est sûrement un accident.

Elle change de visage et le regarde avec contrariété.

– Est-ce qu'on va voir un corps ?

La conversation peut vite devenir impossible. Il parle d'une voix douce :

– Bien sûr que non.

– Tu peux bien me dire ce que tu veux, je sais que ce ne sera pas facile.

Elle respire difficilement.

– On avance Bedia, crois-moi. Je te le répète. Tu vas mieux.

– Quand je t'ai dit qu'il se passait quelque chose, tu m'as dit que je ne risquais rien et je t'ai cru.

– Tu n'es pas concernée par cette affaire.

– C'est ce que tu dis. Je pense le contraire. Une voisine reste une voisine et nous étions là quand on l'a tuée.

– J'ai très envie d'avoir un chien. On ne peut pas vivre ici sans en avoir un.

– Pourquoi me parles-tu de ça maintenant ?

– Parce que j'aimerais avoir un chien. Je voulais t'en parler cette nuit.

Ce n'est pas un chien qui empêchera quelqu'un de s'introduire chez eux mais Bedia devrait se sentir en sécurité. Il a toujours voulu avoir un chien. À Paris, c'était impossible.

Elle est trop mal pour en parler et quitte brusquement la cuisine pour aller chercher son sac.

Il l'entend marcher dans la chambre.

Pourquoi lui avoir dit que ce serait bien d'appeler son psychiatre ?

Il comprend sa colère.

Thomas a raison.

Ils vont devoir parler mais Bedia est nerveuse.

*   *
*

Épouvantable cette matinée…

Il y a des réveils qui vous chopent comme un uppercut.

La veille, le dentiste avait bien arraché la dent.

Favre a très mal à l'endroit de l'extraction. Après avoir regardé sur Internet, il craint une alvéolite sèche mais pas question de rentrer chez lui. Il doit auditionner Edith et Paul Dubois, voisins et amis de la victime, avant de se rendre sur le chantier pour rencontrer le couple de Parisiens. Après une nouvelle tempête dans la nuit, les routes sont mauvaises. Il vient de s'arrêter à une station-service pour prendre de l'essence. Il est en retard et ne supporte pas les gens qui ne sont pas à l'heure. Il écoute le dernier CD de Julien Doré que vient de lui offrir sa sœur. Un choix étonnant.

Elle sait qu'il aime Claude Nougaro, Johnny Hallyday, Michel Berger, et Les Enfoirés. Il a tous leurs spectacles, sauf le dernier. Il est pourtant facile d'arriver à lui faire plaisir.

Une voiture du *Courrier picard* est garée près de la maison de Marie Lesage. Un journaliste interroge un ouvrier sur le chantier, un autre mitraille le jardin et la maison de la victime.

Le journal a relayé l'information.

Favre arrive avec dix minutes de retard.

On joue avec ses nerfs. La porte d'Edith et Paul Dubois est fermée à clé, les rideaux tirés. Le sable mêlé à la terre soulevée par le vent a envahi la cour et le devant de la maison. La barrière du jardin potager gît au milieu des tomates et des salades, des tuiles se sont envolées du toit. L'eau a très bien pu entrer à l'intérieur de la maison.

L'adjudant Lejeune l'a rejoint. Ils se serrent la main comme un matin ordinaire mais la tension est là. Après lui avoir demandé si tout va bien, pour chercher un moyen d'entrer à l'intérieur, ils doivent faire le tour de la maison. Le mur en brique de la terrasse a cédé, l'eau et le sable se sont engouffrés dans la brèche. Ils s'assurent que l'une des trois issues n'est pas restée ouverte. Lejeune remarque une lumière extérieure restée allumée. Une dépense d'énergie inutile.

Avec son portable, il appelle les propriétaires. Cette femme n'a pas pu oublier. Il l'avait trouvée bavarde avant d'être sur la réserve. Elle leur cache quelque chose.

A-t-elle voulu protéger son mari ?

Un gendarme les a rejoints. Lejeune trouve qu'il faudrait attendre. Edith Dubois peut avoir un léger retard.

– On parle de la mort de sa meilleure amie, s'étonne Favre. La moindre des choses est d'être là à l'heure pour le début de l'enquête et si on a un empêchement, on appelle pour s'excuser.

Lejeune ne relève pas. Une demi-heure de retard.

Vu les dégâts sur la maison après la tempête, les propriétaires devraient être sur le pont.

Il donne l'ordre de faire sauter la serrure.

La porte ouverte, il passe devant. Quelqu'un a pris soin de mettre des serpillières derrière chaque ouverture. À l'intérieur, c'est propre. Ça sent le pin. Un produit ménager, sûrement. La télévision est allumée. Lejeune s'empresse d'ouvrir les portes, jette un premier coup d'œil dans chaque pièce avant de revenir dans la cuisine. Sur la table, on a laissé les épluchures d'une pomme, des miettes de pain.

– Une télévision allumée, une table qui n'a pas été nettoyée, ça sent le départ précipité, s'inquiète-t-il en ouvrant la porte du lave-vaisselle qui n'a pas été vidé.

Aucune tasse, soucoupe et petite cuillère qui puissent faire penser que quelqu'un a bien pris son petit déjeuner.

Un gendarme entre et commence une fouille de la maison. Le chat dort dans le canapé du salon. Favre avance dans la partie non chauffée. Cette pièce sert de garde-manger, des fruits et légumes, des fromages sous une cloche, des packs d'eau. Edith Dubois ne devait jamais descendre à la cave. Il n'est pas confiant, regrette de ne pas avoir été plus insistant, la veille. Cette femme savait où était son mari. Il a une bonne raison de la soupçonner.

L'affaire prend une autre ampleur.

Impossible d'ouvrir la porte de la cave.

Favre hésite, en touche un mot à Lejeune qui veut attendre.

– Attendre quoi ? On a déjà perdu deux heures. Vous ouvrez cette porte oui ou merde ?

Favre s'éloigne pour marcher dans le jardin. Après son mal de dent, il a de nouvelles aigreurs à l'estomac, une brûlure à l'arrière du sternum. Son reflux gastro-œsophagien le gêne. À chaque contrariété, la douleur le reprend. Depuis deux jours, il mange n'importe quoi. La quiche lorraine que lui a servie sa sœur, hier soir, était trop salée, le flan trop lourd. Pas de fruits, de légumes ou de céréales. Des repas déséquilibrés. Ce matin, il a une fois de plus oublié son Gaviscon dans la salle de bains.

Quand la porte s'ouvre, l'eau se déverse dans le jardin, un vrai torrent.

On vient le chercher.

Un homme est à terre, allongé dans la boue. Il respire avec difficulté. La première chose à faire est d'appeler les pompiers et le Samu, l'isoler du sol, aller chercher une couverture dans la maison pour essayer de le réchauffer. La température du corps est très basse. Ses mains sont bleues et marbrées.

En peu de temps, les choses s'organisent. Chacun connaît son boulot. En attendant les pompiers, un gendarme prend en charge le blessé.

– Nom de Dieu, lance Favre en entrant dans la cave.

En découvrant des photos d'enfants attachées à une corde, des bras, des jambes, une tête plantée sur un pic, des baigneurs aux yeux crevés, des poupées aux yeux jaunes et opaques comme deux phares qui ne s'allument plus, il a une montée d'angoisse. Pour pouvoir entrer, il doit marcher sur des morceaux de cartons réduits en bouillie, des rouleaux de ruban adhésif, des tonnes de papier en décomposition. Dans un coin des draps pris dans la boue, entortillés entre eux. Un décor de théâtre ou de l'art brut ?

– Que pensez-vous de ça ? interroge Favre en regardant la tête de Lejeune.

– Effrayant.

– Vous ne remarquez rien ?

– L'âge des enfants. Ça va du plus petit au plus grand comme si on avait voulu voir les enfants grandir.

– Sa femme ?

– On la cherche et on sort ces draps pour essayer d'y comprendre quelque chose.

– Dans mon métier, j'ai vu beaucoup de choses mais jamais ça. Ça ne peut être qu'un fou pour faire une chose pareille, s'étonne Lejeune.

Favre attrape une des poupées, la tourne et la retourne dans tous les sens.

– Ou pas. J'ai visité la maison d'une artiste peintre, Caroline Dayot, à Ault, et je vous conseille d'aller voir ça. C'est troublant mais magnifique. Elle expose dans le monde entier. J'aime son travail.

– Ça ne me parle pas.

– Les objets bricolés, déformés, les broderies consolatrices, les poupées conjuratoires sont là pour réparer l'inacceptable de la condition humaine. Un mélange entre exutoire et ex-voto. Le plus souvent, ces artistes sont seuls et leur personnalité est complexe. Ils doivent affronter leurs violences internes et la sauvagerie que la vie peut offrir.

– Étrange.

– Ça l'est. L'art brut est éternel, intemporel, une rupture avec la tradition. Ma sœur aime beaucoup ça. Certains galeristes opposent l'art brut à l'art officiel. Elle vous en parlerait très bien.

– On fait quoi avec tout ça ?

– On ne jette rien. Si je vous dis que ça peut valoir quelque chose…

– Je ne pensais pas à ça.

– Et je ne suis pas un expert. Il faut relever les messages laissés sur les draps. Essayer de comprendre ce que l'artiste a voulu dire.

– Cet homme, Dubois, est-il dangereux ?

– Vu son état il ne l'est plus. Ce qui est sûr c'est qu'il a une imagination débordante ou qu'il se trouve dans une grande souffrance. Sa femme pourra nous le dire. Peut-être aussi qu'elle n'en saura rien. Dans tous les cas, je trouve ça d'une violence inouïe… hypnotisante !

Ils ouvrent les portes les unes après les autres. Une seule est fermée à clé. Quelqu'un gémit derrière. Edith Dubois, sûrement.

Qu'est-ce qui a entraîné ces deux-là dans une situation aussi dramatique : une querelle qui a mal tourné ? un dingue qui les a séquestrés ?

Des liens avec le meurtre de Marie Lesage ?

Utilisant son épaule comme un bélier, Lejeune enfonce la porte qui cède. Pétrifiée de peur, la femme est perchée sur une étagère, dos au mur. Elle semble ne pas les voir. Elle repousse une mèche de cheveux pour la plaquer derrière son oreille. L'eau est montée dans la pièce. Derrière elle, par une ouverture, on devine la mer. Elle s'est retirée avec la marée basse. Une fosse septique a débordé. Ça sent la merde et les égouts. Vêtue d'un bas de pyjama et d'un vieux sweat-shirt, elle se tord les doigts. Sa bouche est comme désarticulée. Elle essaye de dire deux mots mais ne peut pas parler.

Favre s'approche pour lui tendre la main.

– C'est fini. Il faut sortir de là.

Entre deux sanglots, elle essaye une nouvelle fois de dire quelque chose. Ses cordes vocales produisent une drôle de vibration.

– Je... l'ai...

– Il va s'en sortir.

– L'eau est... montée vite.

Aidée par Favre, elle fait quelques pas. La nuit a été longue et froide, le bruit infernal. L'eau est venue frapper le mur avec une violence inimaginable jusqu'à ce qu'il cède. Des plaques de boue recouvrent ses pieds et ses bras.

– Il faut vous changer. On vous emmène. Pouvez-vous marcher ?

Un dernier couinement entrecoupé de sanglots. Elle demande à voir son mari.

– Laissez les médecins faire leur travail. Le Samu va arriver. On va devoir parler pour savoir ce qui s'est passé.

Après avoir pris une profonde inspiration, elle insiste pour lui parler.

– C'est impossible. Les premiers soins sont donnés en ce moment avant d'arriver à évacuer votre mari. Vous ne verrez rien. Vous allez gêner les hommes. Ils s'occupent de lui.

– Juste... un mot.

– Je vous le répète. C'est impossible. Vous-même n'êtes pas en état. Vous êtes frigorifiée. Il faut que vous récupériez. Je vais avoir besoin de vous. Nous sommes là pour avancer.

Un gendarme les a rejoints. Il aide Edith Dubois à entrer chez elle. Elle doit se laver, se changer et boire une boisson chaude avant qu'on l'interroge. Elle s'arrête net, le pied sur la première marche pour réclamer une nouvelle fois son mari. Il est innocent et il ne faut pas tenir compte de ce qu'ils ont vu dans la cave. Tout ça n'a rien à voir avec son amie Marie.

Le couple de Parisiens vient d'arriver sur le chantier. Favre demande qu'on les fasse venir dans un quart d'heure. Il ne peut pas bouger d'ici. Pas question de lâcher cette femme. Il va falloir remettre les morceaux du puzzle en place et le plus vite possible. L'affaire est complexe. S'entretenir avec les voisins présents hier sur le chantier, interroger Edith Dubois. La journée sera bien remplie.

Téléphoner à sa cousine qui habite au Crotoy, décider d'un soir pour dîner. Sa sœur l'accompagnera à condition qu'ils se couchent tôt. Sa cousine est plus âgée. Elle sera heureuse de les voir partir la dernière bouchée avalée.

La dernière fois qu'il l'a vue, il avait eu droit aux albums photos. Il a l'excuse de l'enquête pour ne pas s'éterniser.

Il faudra penser à acheter des fleurs, des roses. Il sait qu'elle les aime.

Bedia

Un véhicule d'interventions des sapeurs-pompiers barre le chemin. Après la tempête, le terrain est dévasté, le chantier arrêté. Ils attendent depuis plus de vingt minutes dans la voiture. Maxime en a profité pour passer deux coups de fil, des affaires en cours, hésite encore à envoyer un texto pour calmer son joueur, un fou furieux, mais il n'a rien de plus à lui dire. Il devra attendre encore deux mois.

Bedia ne cache plus son exaspération. Il tente de la calmer. Lui-même ne comprend pas ce qui se passe. On vient leur dire que les gendarmes sont sur une autre affaire. L'accès au chantier est impossible. L'inspecteur Favre les attend chez les Dubois, leurs voisins.

– Ça veut dire quoi une autre affaire ?

L'homme est déjà parti.

Bedia a enfilé la paire de bottes que Maxime avait laissée dans le coffre. Pour détendre l'atmosphère, il s'amuse en la regardant marcher. Elle déteste la boue et ne trouve pas ça drôle du tout.

– Il faudra t'y faire, lui lance-t-il en passant devant elle.

Elle le suit en râlant.

Ils pénètrent dans une cour. Sur le côté de la maison, un homme est allongé sur un brancard. Il porte un masque à oxygène. Un pompier est auprès de lui.

Elle s'écarte pour ne pas voir.

Dans l'encadrement de la porte se tiennent deux hommes. Ils sortent et marchent dans le jardin. Un manège au mouvement incessant. Tout s'accélère. Comment expliquer sa peur ? Personne ne peut comprendre.

– On n'a rien à leur dire. Je t'en supplie. Je ne veux pas aller là-bas.

– Tu parles de l'homme à la camionnette, du bruit dans la haie, du cri que tu as entendu ? On s'en va et on n'en parle plus.

Elle glisse sa main dans la sienne, garde les yeux rivés au sol. Les victimes sont des gens réels.

– Je n'ai pas envie de voir ça.

Maxime la rassure mais il voit bien qu'au moindre mouvement, Bedia se crispe. Il la tient par l'épaule, l'embrasse. Elle laisse échapper un soupir avant de se raidir à nouveau.

Des sons assourdissants, des cris…

Des images traversent son esprit…

Leur récurrence et les violences répétées la fatiguent. La folie la guette.

Elle voudrait écrire.

Elle perd l'équilibre, se cogne, roule et glisse. On l'attrape violemment. L'arrivée dans un stade : trois mille musulmans bosniaques, serbes, traîtres croates. Les silhouettes déambulent comme une colonie de fourmis en attendant que la nuit tombe. Un labyrinthe sans porte de sortie. Dehors, entre des tentes misérables, la gadoue. Piétinant dans les flaques, la boue gicle partout. Les chiens errants, les camions qui continuent à déverser les nouveaux arrivants, une armée de fantômes émaciés aux torses creusés, les râles métalliques la nuit, la pénurie d'eau sur le camp, la faim, le froid, les viols. Draps tendus entre deux piquets, vieux cartons et couvertures faisant état d'abris. La boue encore, les corps comme effacés dans la nuit grise. Le reste d'un feu en train de mourir. Le rakija, la gnole circulant dans le camp, enflammant la gorge pour se réchauffer. Les corps allongés en position fœtale. L'impression de flotter entre la vie et la mort. Un soldat marche dans les rangs avec son AK-47 et tire.

Un décor de fin du monde comme ici, aujourd'hui.

Elle a envie d'une cigarette.

Crier lui ferait du bien.

Ne pas se laisser happer par les émotions. Le meurtre de Marie Lesage ne me concerne pas. Reprendre mes médicaments.

L'adjudant Lejeune vient vers eux.

– Excusez-nous. Ça ne s'est pas passé comme nous l'aurions voulu. Si je vous ai demandé de venir chez M. et Mme Dubois, c'est que le chantier est impraticable. Nous manquons de temps pour repartir à la gendarmerie.

Maxime est furieux.

– Nous allons être voisins. Nous aimerions savoir ce qui s'est passé, ici.

– Comprenez-moi bien. Nous aussi.

Et l'homme insiste sur ce point, l'air harassé.

Telle la frange d'un rideau, une mèche de cheveux lui tombe sur le front.

– Vous êtes là pour le meurtre de Marie Lesage.

– Nous ne sommes pas chez elle.

– Vous êtes chez Edith et Paul Dubois.

– Que s'est-il passé ?

– Je veux parler à votre femme. On m'a dit qu'elle avait eu un malaise pendant la réunion de chantier.

Maxime se tourne vers Bedia, voit son hésitation.

– Qui vous a dit ça ?

– Le chef de chantier.

Elle s'est avancée. Les mots ne viennent pas. Il passe un bras hésitant sur son épaule et lui sourit.

– Edith Dubois nous a dit avoir vu une camionnette grise stationnée sur le chemin. Un homme était derrière le volant. L'avez-vous aperçu ?

Elle s'excuse avant de pouvoir parler et reste sur la défensive.

– J'ai pensé qu'il attendait l'un des ouvriers du chantier.

La jeune femme a un accent prononcé, parle bien le français. Favre qui les a rejoints aimerait en savoir un peu plus sur elle.

– L'âge de cet homme ?

– Entre 45 et 50 ans mais je peux me tromper.

– Autre chose ?

– Il y avait une tache d'ombre. Je n'ai vu que ses yeux.

– Avez-vous entendu quelque chose ?

– Un éclair et un bruit derrière la haie ou le contraire je ne me souviens plus très bien.

– Quel genre de bruit ?

Maxime voit que Bedia hésite à continuer.

– Ma femme a parlé d'un coup de feu. C'était confus. Des craquements dans la haie, un cri. Il faut vous dire qu'elle entend souvent des bruits.

Maxime explique brièvement ce qu'est un traumatisme de guerre.

– Pouvez-vous me donner une heure ?

– Nous étions en retard pour la réunion de chantier. Il devait être un peu plus de 11 heures.

– Avez-vous relevé le numéro du véhicule ?

– Non. Tout est allé très vite.

Bedia reprend la parole :

– Son phare était abîmé. J'en suis certaine.

– Son pare-brise ?

– Je n'ai pas fait attention. Excusez-moi. J'ai besoin de m'asseoir.

Maxime lui apprend que sa femme est enceinte et qu'elle est très perturbée par le meurtre de leur voisine.

– Allons chez Mme Dubois. On va vous donner un verre d'eau. Nous vous avons fait attendre.

Un gendarme sort de la cave, des draps blancs dans les bras. Il en déplie un pour prendre une photo. Bedia est attirée par le travail. « Une femme allongée sur un lit mettant un enfant au monde ». La peinture est vive. Beaucoup de sang. Ça lui parle de l'intime, de l'invisible, de la force qu'il faut déployer pour savoir qui on est, d'où on vient. La femme lui fait penser au tableau d'Ülkü accrochée dans sa chambre. Malgré la violence, il y a le même abandon. Vendre cette toile avait été la plus grosse erreur de sa vie, l'impression d'avoir perdu sa mère une deuxième fois et le lien avec son pays. Elle n'en a jamais parlé au psychiatre, encore moins à Maxime. Il ne comprendrait pas. Elle avait 12 ans. Tant de choses sont arrivées depuis. Elle avait cru être débarrassée de son passé.

Elle s'adresse à l'inspecteur Favre qui l'entraîne jusqu'à la cuisine :

– M. et Mme Dubois ont eu des enfants ?

– Non.

– Cette peinture ?

– On ne peut pas appeler ça une peinture. Paul Dubois s'est inventé un univers dans sa cave. Il va falloir déchiffrer ce que l'homme a voulu dire.

– J'aimerais en voir d'autres.

– Est-il impliqué dans le meurtre de Marie Lesage ? questionne Maxime qui trouve toute cette affaire incroyable.

– L'enquête vient de commencer.

Bedia a besoin de reprendre des forces.

La peinture l'a troublée.

L'inspecteur Favre ouvre la porte.

Un moment de malaise.

Si Edith Dubois s'est douchée et changée, elle est anéantie, tassée sur sa chaise. Incapable de répondre aux questions, elle claque des dents. En les voyant entrer dans sa cuisine, elle lève la tête.

– J'espère que tout va s'arranger, s'excuse Bedia, mal à l'aise.

Edith Dubois porte une blouse en nylon blanc qui laisse voir son soutien-gorge. Avec un mouchoir qu'elle tient dans sa main, elle se tamponne les yeux. Elle est blessée, des hématomes sur les bras, et autour du cou comme si quelqu'un avait voulu l'étrangler. Du sang séché macule la racine de ses cheveux. Une griffure en travers de la joue. Bedia remarque la présence d'un furoncle enflammé sur sa nuque.

– Nous en avons pour deux minutes, la rassure Favre.

Edith Dubois a besoin de tranquillité.

Une table, quatre chaises, un vieux buffet, la cuisine en formica, une lampe en bois flotté. Bedia est touchée par la simplicité de la maison. Elle s'y sent bien. Ça sent bon le propre. Edith Dubois lui plaît. Cette femme a la bonté au fond des yeux. Elle l'a sentie très inquiète pour son mari. À chacune de ses paroles, elle comprend qu'elle souffre. Elle hoquette sous l'effet d'une espèce de sanglot.

Favre lui donne vite un verre d'eau sans parler de ce qui s'est passé, ici. Il veut revenir sur la journée de la veille, et pour ça, ils s'isolent pour laisser Lejeune travailler.

En croyant bien faire, Maxime parle pour elle. Il s'agit de protéger Bedia mais il y a une chose qu'elle n'a pas dite et elle veut être certaine que ça n'a rien à voir avec le meurtre de Marie Lesage.

– Au restaurant *Les Tourelles*, le restaurant sur la baie, deux hommes étaient à côté de nous. J'ai cru…

Elle veut cacher des détails gênants.

– Ce n'est pas facile à dire. Un homme a voulu me montrer des photos sur sa tablette. J'ai pensé à des photos d'oiseaux, à des phoques dans la baie. Je sais que l'endroit attire de nombreux photographes.

Elle s'arrête de parler.

– Je n'ai pas pensé qu'il me montrerait des femmes en petites tenues.

– Nues ? demande Favre, intrigué.

– C'est ça.

Maxime est surpris.

– Pourquoi ne m'as-tu rien dit ?

– Thomas était avec nous. Je n'ai pas voulu gâcher la soirée. Je n'aime pas les cris, encore moins les bagarres dans un restaurant.

Favre n'a encore rien dit. Il est perplexe. Ce n'est pas souvent qu'une telle chose arrive, surtout dans cet endroit qu'il aime.

– Avaient-ils une camionnette grise ?

– Je ne sais pas. J'avais déjà rencontré l'un de ces hommes en ville. Nous venions d'arriver au Crotoy. Mon mari faisait des courses.

– Cette camionnette était stationnée près du chantier. Ils sont donc revenus le lendemain de votre dîner aux *Tourelles*. Vous n'avez pas fait le rapprochement ?

– Je suis incapable de vous dire si c'était la même camionnette. Il était seul. La voiture n'était pas proche du chantier et avec le soleil, je n'ai pas bien vu.

– C'était très rapide. L'homme a-t-il pu aller chez Marie Lesage ? veut savoir Maxime.

Favre ne relève pas. Pas envie d'en rajouter. C'est assez compliqué comme ça.

– Vous m'avez bien dit que le pare-brise était intact ?

– Un feu était abîmé à l'avant.

– La plaque d'immatriculation ?

– Je ne pouvais pas la voir.

– Si vous vous souvenez de quelque chose, voilà mon numéro de téléphone. Vous avez le droit de porter plainte pour intrusion dans votre vie privée. Je vous incite vivement à le faire. Ce genre d'homme peut vite devenir un prédateur sexuel ou un violeur.

– Il n'y a pas eu de menace.

– Il n'avait pas à vous montrer des photos dans ce restaurant à moins de bien vous connaître. Voyez-vous autre chose qui pourrait nous servir dans l'enquête ?

Bedia ne voit rien et veut partir. Elle ne sait pas exprimer ce qu'elle ressent à cet instant.

– J'insiste. L'homme peut être dangereux. Je n'aime pas le savoir dans le coin.

L'inspecteur les quitte pour rejoindre Edith Dubois et Lejeune qui l'attendent.

Le cri des mouettes vient briser le silence. L'air a une odeur de terre mouillée. Pour aller jusqu'à la voiture, Maxime garde la main de Bedia dans la sienne.

Les images passent comme dans un film muet.

– Comment ces deux hommes ont pu faire une chose pareille ? J'étais là, à côté d'eux. Ils ont bien vu que nous étions ensemble.

Sa voix est montée d'un ton.

– Si tu me l'avais dit, je leur aurais cassé la gueule.

– Je n'ai pas voulu gâcher le dîner.

– Tu n'as rien montré. Je crois même que tu as souri. On ne sait pas s'ils sont d'ici et ce qu'ils sont capables de faire.

– Que veux-tu qu'ils fassent ?

– Tu es avec nous. Tu dînes et des gens que tu n'as jamais vus te montrent des photos porno.

– Des photos de charme. Ce n'était pas du porno, insiste-t-elle.

Elle lui lâche la main.

– Je ne vois pas la différence. Il faut être dingue pour oser faire ça.

– Je ne suis coupable de rien.

– Ne me fais pas dire ce que je n'ai pas dit. Tout ça me donne envie de gerber. Tu disais quelque chose et on les faisait sortir tout de suite du restaurant. Tu peux porter plainte. Si tu ne le fais pas, je vais le faire pour toi. L'inspecteur te l'a proposé.

– Je n'ai pas envie de me retrouver en première page du journal.

– Je peux comprendre mais je ne te trouve pas assez en colère. Cet homme pouvait faire…

– Cet homme a fait ce qu'il a fait et j'ai déjà oublié…

– Je ne peux pas oublier. Il peut montrer ça à des enfants.

Bedia ne dit rien. Leur voisine la plus proche vient d'être assassinée et une autre femme risque de perdre son mari. Ça la rend malade de savoir ça.

Quant à Maxime, il ne peut pas lui dire qu'il connaît bien cette population de pervers, qu'il sait de quoi il parle. Plongé dans ses propres abîmes, il a une vision fugitive de lui-même. La fange et les immondices d'un monde qu'il n'a que trop connu. Son nom sali. Sa colère. Ses dettes de jeu qu'il lui cache et la violence.

Le travail pour arriver à s'en sortir.

Il voudrait être honnête mais il ne l'est pas.

La coke, les baisers au whisky, la rue, la merde. Son odeur, voilà ce qu'il a gardé en lui. Il ne peut pas lui dire parce qu'il la perdrait. Au risque de passer pour un emmerdeur, il est là pour la protéger de tout ça.

Il lui propose d'aller marcher sur les planches de Cayeux, de boire une bière à *La Flibustière* à Ault. Une bière légère pour le bébé. Avec la tempête, ils ne verront personne sur le chantier et ils ont besoin de se détendre. Bedia préfère un thé. Elle ne boira plus une goutte d'alcool.

Elle retrouve le sourire et veut s'éloigner d'ici.

La peur est une chose qui ne vous lâche pas facilement. Elle part, revient, s'accroche à vous comme le ferait un homme en train de se noyer. Elle pense aussi à Ülkü…

Ses souvenirs provoquent en elle un nouvel enchaînement d'idées. Mettre ça dans un petit coin de sa tête pour pouvoir l'écrire.

Le vent chaud et menaçant d'un début d'été…

Le sentier contourne la colline, longe des fossés humides et des flaques d'eau croupie. Ülkü a décidé d'aller se baigner. Elle a coiffé ses cheveux et fait une natte, mis du rouge à lèvres et du rose aux joues, nacré ses ongles. Une sorte de bohémienne voluptueuse dans sa robe à fleurs. Sa bouche s'est décrispée et tout ce qu'il y a autour d'elle s'est adouci. Ses rides ont disparu. Ülkü ne quitte pas souvent la maison. Ce jour-là, elle est heureuse. Son rire monte jusqu'à ses yeux qui se plissent au soleil. Elle a enlevé ses bas avant d'entrer dans l'eau froide de la Drina. Montée à hauteur de poitrine, elle joue avec l'eau, fait des gerbes avec ses bras, saute comme une enfant, baignée d'une lumière irréelle. Pour éviter la noyade, Bedia la surveille de près. Ülkü a un visage épanoui, un port de tête altier. Ses cris sont joyeux. Après un bain, elle oublie sa solitude et ses pensées macabres. L'air bravache, elle parle de ses rêves un peu fous, partir avec sa fille. Elle éprouve le vertige d'être libre. Est-ce la fraîcheur de l'eau qui lui donne cette audace et cette arrogance ? Comme l'aurait fait une mère avec son enfant pour qu'elle n'attrape pas froid, Bedia l'attend sur la berge avec une serviette de bain pour lui frotter le dos, laissant son esprit voyager ailleurs.

– Pars. Ne reste pas ici. Ils nous trahiront. Va chercher le bonheur… Si tu ne le fais pas, je te jetterai dehors. Ne néglige jamais ton corps. C'est ton instrument. Travaille-le pour qu'il soit beau. Baigne-toi dans toutes les eaux et les mers. L'Adriatique et les autres…

Alors que sa fille n'a pas l'âge de partir, Ülkü veut la savoir loin. Déterminée, elle se montre dure. Sensible, à l'idée de devoir quitter sa mère, Bedia pleure le soir dans sa chambre, se tourne et se retourne dans son lit, des moments encore douloureux aujourd'hui. Disparaître dans la nuit. L'imagination lui fait défaut. C'est difficile de tout quitter. L'avait-elle détestée pour ça ?

L'enfant qu'elle porte, c'est un peu d'Ülkü.

Le bonheur est là, bien sûr, dans son ventre.

Elle retrouve la force d'avancer.

Elle doit arrêter les tromperies et les secrets avec lesquels elle a grandi. Elle n'est pas douée pour les mots mais elle a l'occasion de parler. Elle prend ce risque. Ce regard triste, énigmatique. Une ombre noire cercle ses yeux. Maxime la prend par la taille et l'embrasse.

– À quoi penses-tu ?

– J'aurais dû t'en parler, avoue-t-elle.

Plus rien ne peut l'arrêter.

Il fronce les sourcils, ne comprend pas.

– J'étais sur cette photo.

Il voudrait qu'elle se taise mais il l'entend parler de son site internet, une drague virtuelle. Rien de bien méchant. En quelques mots, elle lui raconte ses années galères en arrivant en France, l'enfant de nulle part, dévoile un pan de son existence qu'il ne connaît pas. Avant de savoir ce qu'il va faire, il tourne en rond dans sa roue de hamster. Il lui lâche la main, fait quelques pas, se raisonne avant de revenir vers elle.

– On rentre. On doit parler.

– Je n'ai pas voulu ça. Ce n'est pas quelque chose que tu aurais aimé entendre. J'ai pensé…

Il aimerait lui dire qu'il a envie d'elle, la prendre sur la plage, dans l'eau ou dans la voiture, sa culotte autour des chevilles et son tee-shirt autour du cou, ses seins contre lui, ses rondeurs, lui faire oublier toutes ces horreurs, la vie qu'elle a connue jusqu'à leur rencontre. Il n'avait pas eu besoin de savoir tout ça pour être embarqué quand ils s'étaient vus la première fois.

Quelles sont ses intentions ?

Il réfléchit sans lever les yeux vers elle.

Convaincu d'avoir trouvé la femme qu'il lui faut, il ne s'est jamais montré curieux. C'est absurde, la rapidité avec laquelle il s'est entiché de cette fille. Ne pas avoir posé de questions était une façon de lui enjoindre d'être clean, de ne pas venir tout compliquer. Ce qu'elle vient de lui dire n'est pas une surprise. S'il doit y avoir un lâche dans cette affaire, c'est bien lui qui ne lui a jamais parlé de sa vie d'avant, sa vie de débauché.

Étranger l'un pour l'autre, ils avaient sauté une étape. Comment Bedia avait pu survivre à ça ?

Ce qu'elle avait fait ne pouvait pas les séparer.

Le chien de M. et Mme Dubois aboie.

Maxime a vu le vieil homme partir.

Il n'avait pas l'air bien.

Il voudrait attendre qu'ils soient rentrés chez Thomas pour lui poser la question, mais c'est plus fort que lui.

– Connaissais-tu cet homme avant ce dîner ?

Elle n'est pas prête. La question vient trop tôt.

Pas prête ou simplement inquiète de sa réaction. Est-il nécessaire de dire la vérité ? Est-ce qu'on fabrique du bonheur à dire la vérité ?

Elle déteste ce mot.

Rien ne sera plus comme avant.

Elle veut minimiser les choses.

Elle n'a tout simplement pas eu le choix.

Son arrivée en banlieue parisienne, sa solitude, la faim. Comment lui dire ?

– Oui ou non ? Je ne te demande pas ce que tu as fait. J'ai besoin de savoir.

Elle n'a pas d'autre choix que celui de lui avouer la vérité. C'est une épreuve pour elle.

Elle relève la tête.

Oui, elle connaissait cet homme avant le dîner dans le restaurant *Les Tourelles*.

Oui, il l'a connue *via* son site de charme sur Internet.

À leur arrivée, jeudi, quand Maxime était avec Thomas en train de faire des courses au *Carrefour Contact*, cet homme l'avait agressée.

– Et tu n'as pas pensé à m'en parler ?

Maxime est vert. Ils s'approchent dangereusement d'une dispute. Au restaurant, Bedia a joué un rôle et lui a menti. Comment prétendre aimer quelqu'un à qui l'on ment sur l'essentiel ? Compliqué d'organiser sa vie sur un mensonge.

Il s'est marié avec une menteuse et il insiste lourdement.

Thomas avait raison quand il lui disait de se méfier, qu'on ne savait pas d'où venait Bedia, que son passé était vide.

Le silence occupe trop de place jusqu'à ce qu'il se mette à crier. Elle devine ce qui se passe dans sa tête. Elle en a peur.

Il est vexé. C'est obligé.

Elle voudrait lui dire qu'elle l'aime, qu'elle savait qu'il lui en voudrait, que Thomas aurait une sale réaction, qu'elle était bien avec eux, qu'elle voulait que ça continue comme ça, comme une nouvelle famille. C'était bon de commencer une autre vie, d'avoir des projets. Si elle n'est pas fière de ce qu'elle a fait, elle ne peut pas revenir en arrière.

Le mal est fait.

Son enfance a laissé des marques.

Elle n'éprouve pas le besoin de lui expliquer ses actes.

Elle voudrait lui parler de sa mère, du tableau, de la promesse qu'elle a faite, de la vie qu'elle voulait avoir pour elle. Que comprendrait Maxime de tout ça ?

Elle avait 12 ans. Avant d'être ce qu'elle est aujourd'hui, elle a connu un long apprentissage.

Elle avait rejoint sa tante avant de reprendre la route deux ans plus tard.

Elle voudrait tout lui dire mais elle se tait.

Le non-dit, les mots entre les mots, c'est indigne d'elle mais c'est la seule façon pour elle de le garder.

Après quelques pas, Maxime revient auprès d'elle.

Cette incertitude est devenue insoutenable.

Elle garde le silence.

– Je dois bien déduire de ta réaction que ton état ne s'améliore pas… Prends-tu tes médicaments ?

Si elle savait tout le courage qu'il lui a fallu pour lui poser cette question. Quelle que soit sa réponse, il se sent déjà mieux.

Bedia est surprise et ne sait pas quoi répondre.

– Comment peux-tu me demander ça comme ça ? On dirait un inspecteur de police…

– Je t'ai posé une question simplement. Prends-tu tes médicaments ?

Elle se tapote la tempe avec un doigt. Lui dire qu'elle a très mal au cœur et qu'elle attendait de voir un gynécologue pour lui en parler aurait été bien. C'est vrai qu'elle a pris un risque en arrêtant ses médicaments mais elle ne peut pas s'empêcher de penser que ce n'est pas bon pour le bébé. Elle n'avait pas voulu l'embêter avec ça.

C'était donc ça.

Bedia pense au bébé avant de penser à elle.

Il s'en veut. Pourquoi voir le mal partout alors que les choses sont simples ? S'il doit lui en vouloir, c'est uniquement de ne pas s'être confiée à lui.

Pourquoi ne lui avoir rien dit ?

La question est brutale. Bedia explique qu'elle a vécu seule et qu'elle a toujours dû se débrouiller sans attendre une aide. Elle ne peut pas tout lui dire, expliquer ce qui se passe dans sa tête. Son cerveau est en bouillie. La mort de sa mère, de son père, sa fuite, les barrages sur la route le long des contreforts des Alpes dinariques, les arbres squelettiques, le froid près du mont Kozara, le camp de concentration des Bosniaques, sa solitude, la faim, l'angoisse, l'incapacité de demander de l'aide. Les plis humides de tissu qui creusent des sillons dans la peau. L'odeur des vêtements moisis trempés de pluie, tachés de sueur, l'odeur métallique du sang, une puanteur terrible, les élancements dans les jambes…

Tout est mélangé dans sa tête, son cerveau s'affole. Elle se sent comme un puzzle. Éparpillée. Détachée de la réalité, absente.

Une fugitive devenue une étrangère.

Sa vie a pris une direction inattendue. Elle lui en a déjà dit beaucoup. Elle est sincère. Quand les souvenirs arrivent, et elle ne sait jamais quand, la vie ne s'arrête pas. Une odeur, un mot suffisent à la transporter dans une existence qui n'est plus la sienne aujourd'hui.

– Je suis hors du paysage, hors d'ici, hors des gens. Je ne sais même pas qui je suis la plupart du temps.

Il ne doit pas se tromper de victime, et s'il le fait, elle devra partir, le quitter.

– Tu n'es pas une victime. Tu ne sais pas ce qu'est une victime. Tout est simple pour toi.

Elle appuie une nouvelle fois sur les mots.

Qu'il aille se faire foutre et qu'il arrête de lui dire ce qu'elle doit faire toutes les trois minutes, de mettre son nez dans ses affaires pour essayer de la prendre en faute. Qu'il garde ses formules toutes faites pour lui et s'il s'est trompé, alors il doit la laisser partir.

Elle ne lui a jamais fait mal. Il n'a jamais eu mal.

– Tu n'es pas une victime, répète-t-elle, furieuse. Tu n'es pas une victime…

– Waouh ! lance-t-il.

Maintenant, elle doit se détendre. Tout va bien mais Bedia n'a pas fini. Ce qui est important c'est l'élan, la force de pouvoir tout recommencer et il devrait le savoir. Merde. Ses mots le frappent parce qu'ils sont justes. La dispute est sévère et il a peur que ça laisse des traces. *Mon Dieu, faites que toute cette rage n'atteigne pas le bébé.* S'il a fait n'importe quoi plus jeune, c'est qu'il l'a bien voulu, qu'il a cherché le plaisir sans penser aux conséquences. Il n'a pas connu la violence, encore moins la guerre et l'errance d'un migrant. Il n'a rien connu. Il vit dans un monde solide, a son compte en banque, aime le luxe. Il a fait chier tout le monde avec ses conneries, a des dettes encore aujourd'hui.

Elle a raison et il le lui dit.

Il ne comprend pas pourquoi elle n'a pas parlé de son mal au cœur. Il est là pour l'aider. Elle devait lui dire les choses simplement.

Quelques gouttes tombent avant une averse qu'ils n'ont pas vue venir. La pluie froide les mouille. Bedia court se mettre à l'abri sous l'auvent de la maison des Dubois. Il la suit. L'ambulance n'est plus là. Un gendarme est posté devant l'entrée de la cave. Elle voudrait voir ce qui se cache à l'intérieur mais on lui en refuse l'accès. Quelques draps traînent encore dans la boue. Des frissons parcourent ses bras. Les dessins sont émouvants. Comment trouver les mots pour dire ce qu'elle ressent ? Tous ces visages d'enfants peints sur les draps, les sculptures jetées en vrac dans des caisses sont poignants de vérité. Tous dégueulent une souffrance qui ne peut être que celle de l'artiste. Elle voudrait faire la connaissance de Paul Dubois, comprendre ce qui s'est passé ici. Elle ne pourra pas vivre à côté d'un étranger alors qu'elle sait qu'il est profondément blessé, sa femme aussi sûrement. Leur blessure ressemble à la sienne. On leur a pris quelque chose, un moment de leur vie, un être cher, un enfant peut-être.

Avant de courir jusqu'à la voiture garée sur le chemin, Maxime lui attrape le bras. Il lui répète qu'elle doit reprendre ses médicaments, qu'ils vont trouver une solution et que ce serait bien d'appeler son psychiatre pour avoir un conseil. Sur la route, il ne peut pas oublier cet homme qui a maltraité sa femme. Ils n'ont pas d'autre solution que de porter plainte. Il comprend combien c'est gênant pour elle et il s'en occupera lui-même. Ils ne sont pas venus jusqu'ici pour se retrouver face à un malade mental.

– Est-ce qu'on peut envisager les choses de manière rationnelle ? Il aurait pu t'agresser, te violer, pourquoi pas ? insiste-t-il en posant la main sur sa cuisse. Qui peut dire qu'il ne t'a pas suivie depuis qu'on vient ici ? On dirait que tout ça ne te fait rien. Il faut tout reprendre dans l'ordre.

Bedia ne dit rien et il lui en veut de ne pas essayer de le rassurer. Lui dire que ce n'est tout simplement pas possible lui aurait fait du bien. Elle se contente d'un plissement de front et pose sa main sur la sienne. On l'aurait menacée de la jeter au fond d'un puits, elle n'aurait rien dit.

Ülkü lui conseillait toujours de garder le silence.

Ne jamais rien dire qui puisse éveiller la méfiance.

Elle ne racontera rien.

Sait-elle qui elle est ?

Quelque chose qu'elle ignore sur elle-même ?

Est-ce si grave que ça ?

Elle n'a pas l'intention de se justifier à chacun de ses gestes.

Elle se sent fatiguée.

Il fait lourd dans la voiture. Maxime ouvre la fenêtre. Son mensonge lui pèse.

Elle cherche un mouchoir en papier dans son sac. Une poussière dans l'œil.

– Cet homme, Paul Dubois, est-il capable d'avoir tué Marie Lesage ?

Après quinze minutes de voiture, ils arrivent à Saint-Valery, longent les remparts de pierre et de silex, passent sous la porte Guillaume-le-Conquérant et descendent à pied le grand escalier pour rejoindre la buvette de la plage. Deux canoës-kayaks passent au fil de l'eau.

Il fait bon. Maxime enlève son pull.

– C'est beau, dit Bedia.

Elle esquisse un sourire crispé mais un sourire quand même. Il voit bien qu'elle prend sur elle pour arriver à chasser sa colère, une quête anxieuse de normalité.

– Cette vue sur la baie !

Un serveur apporte une ardoise. Maxime commande un hamburger aux salicornes, Bedia, une salade.

– Le jour où ma mère est morte, je n'ai plus voulu croire au paradis. Il faudrait pouvoir pardonner à tous ceux qui vous font du mal. Tu ne l'as pas vue comme moi je l'ai vue. Ce jour-là, j'étais en enfer.

Elle esquisse un mouvement d'impuissance. Il lui jette un œil en coin et pose sa main sur la sienne.

– Je déteste les cris.

– Je suis désolé. Tout va s'arranger. Fais-moi confiance.

Leurs voisins, un couple venu de Nancy, demande qu'on veuille bien les prendre en photo.

Bedia les trouve jeunes et beaux.

Elle se lève de table. La photo, c'est son métier.

La photographie aide à se souvenir des moments heureux. Elle insiste pour aller chercher son appareil resté dans la voiture. Sans penser au bébé, elle court jusqu'au parking et elle n'aurait pas pu faire autrement. Elle ne sait pas faire comme tout le monde. La photo la nourrit, voir le bonheur des autres aussi. L'homme se serre contre sa femme, lui sourit.

Elle les emmène légèrement à l'écart, cherche la meilleure lumière, attend l'émotion qui ne va pas tarder, un regard, une complicité. Elle envie les gens qui savent bien se tenir et sont eux-mêmes devant l'objectif. Naturels. Pour eux, c'est aussi simple que de se laver les dents le matin au réveil. Ülkü disait toujours qu'il fallait s'aimer pour avoir envie de se montrer. Ülkü n'est plus là pour la rassurer et lui dire qu'elle est belle.

Elle doit trouver un cadeau pour Thomas. Elle aimerait que Maxime l'accompagne parce qu'elle n'est pas sûre de son choix. Il le connaît bien, sait ce qui lui ferait plaisir. Tant que l'assassin de Marie Lesage n'est pas arrêté, il sera là, auprès d'elle. Il ne la lâchera pas. Bedia pense qu'il ne peut plus rien arriver. Il pense le contraire mais ne dit rien.

Edith

On a conseillé à Edith d'aller aux urgences. On peut l'y conduire et l'attendre, le temps que quelqu'un l'examine. Elle n'est plus toute jeune. Le choc a été violent. L'inspecteur Favre a beaucoup insisté. Tassée sur une chaise, son corps reste figé. Edith ne s'est pas plainte, a très peu parlé sauf pour dire qu'elle n'a pas besoin d'aller là-bas, qu'elle va appeler son médecin et qu'il viendra sûrement la voir après ses consultations. Épuisée, elle a demandé la permission de s'allonger un moment sur son lit. Favre a bien compris qu'elle voulait s'isoler, récupérer de sa nuit, remettre de l'ordre dans sa vie et sortir de ce mauvais film. Cette femme avait de quoi être traumatisée.

Ne pas pleurer.

Faire bonne figure.

Une nouvelle vague d'angoisse se jette sur elle.

Elle transpire.

Difficile de bouger la nuque. Quand elle est tombée, son épaule a souffert. Paul l'avait obligée à se relever en la tirant violemment par le bras. Son genou a une vilaine plaie. Elle a cherché une dose d'arnica dans sa pharmacie sans en trouver. Pour la douleur, elle a déjà pris deux Doliprane 500 mg.

– Avez-vous mal ? a demandé l'enquêteur avant de l'interroger.

Elle a mal de savoir Paul là-bas. Il peut mourir dans la nuit.

Son visage est bouffi, ses yeux rouges.

Si Marie était là, elle s'occuperait d'elle.

Elle avait eu beaucoup de chance de l'avoir comme voisine. Même avec sa jambe, elle aurait trouvé le moyen de la remettre sur pied. Elle a froid, se glisse comme elle peut sous sa couette, ajoute un plaid sur ses pieds. Des courbatures l'assaillent. Elle a mal au cœur. Elle se retourne sur le ventre, écrasant son oreiller. Les images passent dans sa tête comme un film muet. Ce qu'elle voudrait comprendre c'est la raison qui a entraîné Paul à faire une chose pareille.

Si elle en a une petite idée, elle n'est pas prête à l'accepter.

Comment réagir à l'idée qu'elle vit peut-être avec un assassin ? Cette nuit aurait pu se terminer encore plus tragiquement. Elle lui en veut au point de se demander si c'est bon qu'ils restent ensemble. Il y aura toujours ces moments d'une rare violence, ces colères noires. Elle marche sur une corde au-dessus du vide. Un pan entier de sa vie s'est écroulé. Si son corps est épuisé, son cerveau tourne à plein régime.

Paul est-il fou ?

En se souvenant de ce qu'elle a découvert dans la cave, elle serait tentée de le croire. Il a eu tout au fond de lui l'intention de tuer et cette envie est en lui depuis longtemps. Il est tordu ou vraiment malheureux. Elle le déteste de lui avoir fait ça.

Maintenant qu'elle n'attend plus rien, sa situation est-elle plus enviable ?

Si elle a refusé d'aller à l'hôpital, c'est pour attendre Valérie, la fille de Marie, arrivée à l'aéroport Charles-de-Gaulle en fin de matinée. Au téléphone, elle lui a proposé de dîner et de dormir ici. La jeune femme avait refusé. C'est son choix et elle aurait sans doute fait la même chose. Ce qui est arrivé a été si soudain, si violent. On ne règle pas la perte de quelqu'un qu'on aime comme on règle une addition. Elle avait eu envie de lui demander si elle avait de la peine avant de se rendre compte que sa question était ridicule. Comment ne pas pleurer sa mère ?

Maintenant que tout le monde est parti, elle trouve sa chambre triste. Elle vient de passer un œil dans le jardin. Tout est sens dessus dessous. Paul n'est pas là pour voir ça et c'est très bien. Des tuiles ont glissé du toit, le jardin est dévasté. La brèche dans le mur de la terrasse est plus importante que ce qu'on avait bien voulu lui dire. Il faudra qu'elle pense à faire une déclaration aux assurances. C'est ce que Paul aurait fait. Elle doit le faire. Sa routine quotidienne lui manque déjà. Ces petits rituels sont tout ce qu'il lui reste pour passer le temps.

Elle vient d'appeler l'hôpital.

Paul est en soins intensifs. Il faudra téléphoner en fin d'après-midi pour avoir de ses nouvelles. Il est si proche et si loin. Pour lui parler, le rassurer, elle devrait être auprès de lui. Elle n'a plus que lui, et même s'il n'est pas parfait, elle l'aime. Ça ne s'explique pas. Elle n'a pas besoin de tout connaître de lui. On n'est pas obligé d'être heureux tout le temps, encore moins de faire comme tout le monde. Leur amour ne se voit pas mais il est là. Elle ne peut pas se résoudre à faire comme s'il n'existait pas. On ne lui enlèvera pas cette idée de la tête. Il lui faut pour ça de l'obstination et elle n'en manque pas. Qu'ils se laissent encore une chance, la dernière.

Elle soupire, va à la cuisine, met les deux verres dans la machine et donne un coup d'éponge sur la table. Elle peut bien redonner un coup de serpillière. Les deux policiers venus l'interroger ont foutu de la terre partout. L'un des inspecteurs sentait la cigarette. L'odeur est restée. Elle ouvre une fenêtre, fait des allers et retours de la cuisine à la chambre. Les minutes n'avancent pas. C'est l'ennui. Rien à entreprendre. Elle tourne en rond et s'apprête à retourner dans la chambre quand elle décide de faire chauffer de l'eau pour un thé. Sa gorge est aussi sèche qu'une boule de poussière ou de plumes comme à chaque fois qu'elle prend un Xanax.

Elle étale un morceau de beurre sur une tranche de pain de mie.

En fouillant dans le buffet, elle trouve un paquet de cigarettes. Il doit être là depuis sept ou huit ans. Fumer lui fera du bien. Elle allume une cigarette, inspire, lui trouve un petit goût de vieux et d'humidité. Elle tousse. La dernière fois qu'elle a fumé ici, Paul était rentré en annonçant son départ à la retraite. Elle s'était imaginé qu'ils allaient se rattraper, voyager, rendre visite à sa cousine à Marseille, traverser la France en s'arrêtant dans des petits hôtels, acheter un camping-car.

Elle avait fait des plans.

Un projet ou un rêve ?

Le montant du découvert autorisé à la banque était dépassé. « Il n'y aura rien de tout ça », avait marmonné Paul en triant la paperasse dans son bureau. Les femmes se font des illusions et après elles pleurent. Marie n'était pas comme ça. Marie était vivante, décidait tout pour elle, ne se laissait jamais faire. Elle avait envié sa liberté.

Quel est le salaud qui avait décidé de la priver d'elle ?

Si elle se montre aussi égoïste, c'est que sa douleur n'a pas de nom. Marie était son équilibre, sa bouffée d'oxygène, son rêve de femme. Elle peut bien se poser la question maintenant qu'elle n'est plus là.

L'avait-elle jalousée ?

Elle verse l'eau chaude sur les feuilles de thé noir. Deux minutes d'infusion et c'est prêt.

Se détendre.

Tout lâcher.

S'abandonner.

Nono la suit partout, passe et s'attarde entre ses jambes en miaulant. Pour se rapprocher d'elle, il saute sur la chaise. Elle a oublié de lui donner ses croquettes et de nettoyer la litière. Toute cette histoire l'a rendue dingue.

Elle s'apprête à retourner dans sa chambre quand elle décide d'aller dans le salon. Elle doit chercher, fouiller dans les affaires de Paul. En dépit de la douleur, elle ouvre les tiroirs de la commode, glisse la main jusqu'au fond, s'accroupit pour regarder sous le meuble, grimpe difficilement sur la chaise, descend un carton de l'armoire, une caissette grise, des clichés de radios qui datent d'une dizaine d'années quand Paul avait eu une sciatique, laisse les coupes qu'il a voulu garder après avoir arrêté la compétition. Il ne risque pas d'arriver et pourtant elle a peur. Au moindre bruit, elle se retourne.

Le mieux est de s'installer dans son lit.

Si quelqu'un arrive, elle glissera le carton sous la couverture, la caissette aussi. Valérie pourrait passer avant d'aller voir Marie. Si elle ne peut pas dire pourquoi, elle a toujours craint son jugement. Marie avait tout fait pour les rapprocher. Ça n'avait pas marché. Son œil critique l'avait toujours mise mal à l'aise.

Avant d'ouvrir le carton, elle cherche sa paire de lunettes. À l'intérieur, une chemise rouge avec ses premiers dessins au fusain, des croquis, une aquarelle peinte sur la plage du Crotoy. Du bleu pour le ciel, du jaune pour le sable, une croûte. Paul les a gardés avec des photos. Sur l'une d'entre elles, elle marche sur la digue et fait la grimace. Elle porte une robe à pois. Ses cheveux sont ébouriffés. À l'arrière de la photo, Paul a écrit « Je t'aime ». Elle est émue aux larmes, se racle la gorge. La nostalgie de ces jours colorés. Si elle avait pu appuyer sur « Pause » mais ce n'est pas possible. Elle se perd dans ses pensées, essaye de chasser des images, des batailles d'autrefois.

Elle inspire à fond, expire lentement.

Au fond du carton, elle trouve un peigne en écaille.

Elle l'avait cherché partout.

Dans une autre chemise, des papiers administratifs. Extraits de naissance. Permis de conduire, carte d'identité. Passeport. Paul avait fait des duplicatas.

Des bulletins de paie de 1970 à 2007.

Des catalogues et des factures de gaz et d'électricité. Drôle d'idée d'avoir gardé tout ça. Des abonnements à une revue de chasse, une autre de pêche. Des photos de ses parents, de sa mère décédée en 2003, de Paul enfant et adolescent. Elle retrouve la gueule de celui qu'elle a aimé plus jeune. Il était beau. Elle ne peut pas croire que Dieu ait voulu toute cette souffrance.

Elle referme le carton, grimace en ouvrant la boîte métallique, une boîte carrée. Si la petite clé est restée dans la serrure, elle n'est pas fermée. À l'intérieur, des lettres écrites avant leur mariage. Certaines sont dans une grande enveloppe fermée avec un ruban rose. Émue, elle en relit certaines à voix haute et reconnaît tout de suite sa boulimie d'amour, de fêtes, de plaisirs.

Elle avait oublié tous ces mots.

Elle voudrait couper des morceaux de phrases, en supprimer quelques-unes, alléger son histoire d'une poignée d'années. Elle veut tricher mais ne sait pas faire ce genre de choses. Se mentir est quelque chose de si difficile à faire. Certains y arrivent très bien mais pas elle. Elle entend une porte de voiture qui claque, va à la fenêtre et l'ouvre avant de passer la tête. Elle s'assure que sa porte est bien fermée à clé avant de revenir dans la chambre.

L'homme dans sa voiture lui a fichu la trouille. Elle panique. Toujours aucune nouvelle de Valérie.

Une bonne heure s'est écoulée. Elle pose ses lunettes, va à la cuisine se servir un verre d'eau. Le stress donne soif. Le plus dur reste à venir. Elle doit calmer la peur qui la ronge de l'intérieur. Elle se mouche dans un morceau de sopalin, va aux toilettes avant de s'installer sur son lit, le dos appuyé sur deux oreillers. Intimidée par la perspective de trouver ce que Paul a voulu lui cacher, elle est tiraillée un moment par un vague sentiment de honte. D'une main tremblante, elle fait défiler les lettres, les pose par petits tas jusqu'à ce que l'écriture ne soit plus la sienne. Ses battements de cœur sont plus forts. Elle sent le malaise s'accentuer. Ça dure une seconde, peut-être un peu plus, mais elle sait qu'elle est prête. Elle reconnaît l'écriture serrée comme des fourmis.

Elle n'a jamais eu peur de Marie.

Trois lettres, pas plus. Suffisamment pour avoir ce qu'elle cherche. Depuis des années, elle a occulté ce moment. Une enveloppe dans la boîte aux lettres, Paul la cachant derrière son dos quand elle le croise dans l'entrée.

Les jours qui ont suivi…

À croire que sa vie avait fait un faux pas.

Ses évitements quand elle le croisait, le lit installé dans la cave, les travaux, son humeur…

Dans un état de fièvre, elle avait oscillé entre l'espoir d'avoir imaginé la scène et la certitude dérangeante qu'il l'avait trahie.

Elle sort une première lettre et reconnaît les mots de Marie. Elle y trouve sa souffrance mais il n'y a là aucune plainte. Le ton de la lettre est simple. Si Edith s'est doutée de quelque chose, c'est plus triste encore que tout ce qu'elle avait imaginé. Elle a l'impression que la fin du monde a eu lieu et qu'elle ne s'en est pas aperçue avec dans la bouche un goût métallique. Pour empêcher ses mains de trembler, elle serre les poings. Elle se lance dans des questions en rafales et tout devient plus clair. La folie du garage, le désespoir de Paul, ses absences et son silence. Ils vont revenir demain pour fouiller la maison, vider la cave, prendre des photos, a annoncé l'inspecteur. Paul va tout perdre.

Pourquoi n'a-t-elle jamais eu accès à la cave ?

Elle vide le carton, met les lettres et les enveloppes dans un sac-poubelle, fait un nœud et décide d'aller brûler tout ça au fond du jardin. Si Paul n'a pas été honnête, personne ne doit le savoir et c'est un soulagement de ne pas avoir à expliquer qui est son mari.

Avant de sortir, elle prend une nouvelle cigarette, la laisse un moment au coin de ses lèvres, hésite à l'allumer. Elle aimait partager ça avec Marie. Fumer dehors est meilleur. Elle se sentait libre. Marie aussi.

Après la lecture des lettres, elle se trouve encore plus seule. La peine s'accumule. Paul aimait Marie et lui avait fait un enfant qu'elle avait perdu à huit semaines de grossesse, tout comme elle avait perdu le sien.

Même scénario, même drame.

Paul vit avec ses fantômes.

Marie connaissait-elle l'existence de la cave ?
L'avait-il emmenée ici ?
C'est une histoire lourde et infiniment triste.
Elle n'avait exprimé aucune gêne. Pendant toutes ces années, pas une parole hostile ne lui avait échappé.

Sa gorge se dessèche. Elle va vite boire à l'évier.
Valérie n'a pas appelé et n'est pas venue la voir.
Sa mère avait pu lui parler de sa fausse couche.
En avait-elle souffert, enfant ?
Elle se souvient maintenant de ses bras abîmés, des scarifications qui inquiétaient beaucoup sa mère. Son allure aussi. Habillée toujours en noir comme les skinheads, elle était squelettique. Marie n'en avait jamais reparlé mais maintenant elle se souvient.
La relation de Paul avec sa mère avait-elle provoqué le départ de Valérie ?
Elle aimerait lui parler, qu'elles s'expliquent, enfin.
Acceptera-t-elle son invitation ?

Madeleine

La viande est rosée et tendre, sa saveur persillée. Madeleine a cuisiné une épaule d'agneau de pré-salé, un agneau d'herbage qui se nourrit de la flore saline et iodée. Un produit de la baie. Favre félicite sa cousine pour la cuisson. C'est délicieux et les petites pommes de terre qui accompagnent la viande fondent dans la bouche. Avec son mal de dent, il mâche avec difficulté mais il doit reconnaître que tout est excellent et qu'il n'aurait pas fait mieux. Après l'agneau et le fromage, Madeleine a préparé une farandole de desserts Picard

Les Surgelés sûrement. Il sait qu'elle déteste cuisiner les gâteaux et les entremets. Ce n'est pas nouveau.

– J'ai gardé quelques framboises pour toi. La femme de ménage en emporte chez elle quand elle vient. Je ne les ramasse plus avec ma jambe. Reviens en cueillir quand tu veux. C'est trop bête de les laisser pourrir. On a une belle arrière-saison.

Elle l'avait joint le matin même. Il sortait de son lit. Pour l'occasion, il s'était rasé. Elle préférait qu'il vienne déjeuner. Le soir, elle se couche tôt. Depuis qu'elle a installé une petite télévision dans sa chambre, elle regarde *Chroniques criminelles*, des enquêtes policières et justement elle veut lui parler d'une affaire. Lui-même aime décortiquer le parcours des gens. Les voir basculer dans la criminalité est plus triste. Bien que les drames familiaux soient les plus violents, il comprend qu'elle s'y intéresse. Chaque situation est unique, chacun a en soi une part de violence maîtrisée ou pas. Il faut souvent peu de choses pour que tout bascule. Il suffit de voir le désarroi et l'étonnement des parents de criminels. Leur enfant ne peut pas avoir fait une chose pareille. Si Favre n'était pas entré dans la gendarmerie, il aurait choisi le métier d'avocat. Défendre ceux que personne ne veut défendre, voilà ce qu'il aurait aimé faire.

Après le déjeuner, ils passent au salon plongé dans la pénombre. Un volet est fermé. C'est pour éviter d'avoir à faire les carreaux, lui explique Madeleine. Avec les grandes marées, ils prennent vite les embruns qui cachent la vue sur la baie et Saint-Valery. La maison a une quinzaine de fenêtres, elle n'a pas compté exactement mais elle n'a pas trouvé un laveur de carreaux et sa femme de ménage souffre d'une arthrose à l'épaule.

Elle lui montre un fauteuil dont l'accoudoir est cassé.

– Assieds-toi là. J'ai supprimé le jardin d'hiver. Ça me prenait un temps fou. C'était une idée de ta grand-mère. Les temps ont changé.

Le café est dans un thermos sur la table basse. Le couvercle en plastique reste coincé. Il s'énerve et se brûle la main. Le café chaud se déverse sur son pantalon. Il devrait se dépêcher d'aller à la cuisine pour nettoyer les taches mais il est pressé de partir. Pour éviter que Madeleine bouge, il fait le service et lui propose un sucre.

Le café est âcre, presque froid.

La maison est silencieuse. Dans la pièce, il y a l'odeur douce-amère des fleurs pourrissantes. Sur une grande table, un puzzle de cinq cents pièces. C'est tout ce que Madeleine doit faire dans sa journée. Elle a eu une vie facile, un mari adorable mais coureur. Il se souvient de son rire, une grande gueule. Les enfants en avaient peur. Ça devait filer droit. Après avoir fait l'École des ponts et chaussés pour devenir ingénieur, l'homme était dans les affaires. Un parcours atypique. Au bureau, il avait de l'envergure. En vacances, il avait peur d'en manquer. Il fixait deux anneaux métalliques autour de ses jambes de survêtement, enfourchait son vélo, pédalait la tête baissée jusqu'à Cayeux-sur-Mer ou Le Hourdel où il s'arrêtait pour boire un verre. L'alcool brutal cache forcément quelque chose. « Il a besoin de ça pour aller bien », disait Madeleine qui le voyait rentrer saoul en fin de journée jusqu'à ce qu'il se taille un jour au bout du monde sans rien dire pour être certain qu'on ne le retrouve pas. Après des études de lettres, Madeleine avait été bibliothécaire. Elle avait toujours aimé lire.

Elle sort un digestif de l'armoire, un alcool de poire et des albums photos, les souvenirs d'enfance, leurs jeux sur la plage. Il reconnaît chaque mètre carré de terre, de pierre, chaque sentier. Affublé d'un bob sur la tête, il fait des châteaux avec sa cousine habillée d'une robe à carreaux rouges et blancs. Quand il était enfant, il la trouvait ennuyeuse à mourir. Épaule contre épaule, rires exagérés pour la photo. Pelles, seaux, râteaux, tout le matériel est là sous le regard attendri des parents protégés du vent et du soleil par un parasol. Très jeune, sa mère, un livre sur les genoux, porte un bikini bleu et un foulard blanc dans les cheveux. Elle fait un signe avec la main. Il la trouve magnifique, remarque le bracelet qui ne quittait jamais son poignet.

Les photos ne sont pas bonnes, légèrement floues. Des jeunes jouent au beach-volley. À cet âge-là, Favre voulait habiter toute l'année au Crotoy. Fixant un petit point sombre dans le ciel, il restait allongé sur le sable et faisait des vœux pour ne pas rentrer avec ses parents dans leur horrible appartement. Il ne voulait pas obéir aux mêmes règles que les autres. Il n'aimait pas l'école, encore moins la ville et n'avait pas d'amis. En septembre, il devait quitter son vaste domaine de jeux et de plaisirs, une terre d'aventures. Les parties de foot sur la plage, la pêche à la crevette, aux coques. Elle se pratiquait au filet maillant ou dérivant. Il aimait la part de surprise à chaque remontée du filet, sans oublier les courses folles dans les dunes, les pique-niques sur la plage, le retour des moutons après le pâturage en baie, les grands rassemblements d'oiseaux, les départs et les arrivées avec les migrations, la buse qu'il avait réussi à apprivoiser, le clap-clap des serres sur le rebord de la fenêtre de sa chambre, son cri avant de la voir voler jusqu'au pin. Il suppliait ses parents de déménager pour vivre en pleine nature, avait prétexté une maladie jusqu'à ses 12 ans.

Il se souvient d'une nuit, dans la grande maison. Il était resté dormir. Au petit matin, accompagnés des parents, ils étaient tous partis en expédition pour voir quelques phoques isolés. Aujourd'hui, les pêcheurs se plaignent. Il y en a trop.

– Te souviens-tu de notre première cigarette, là-haut dans la chambre bleue ?

– À la fenêtre. Tu avais peur que la fumée parte vers la chambre des parents. On mettait les mégots dans l'armoire à linge jusqu'à ce que ta mère les découvre.

Madeleine sourit.

Sa cousine n'a pas changé, toujours aussi prévisible. Ils ont le même âge. Elle en fait bien dix de plus. Elle sent déjà le vieux, la maison aussi. Il flotte une odeur de pomme et de moisissures, de camphre. La façade a souffert et il faudrait repeindre les volets. La déco n'a pas bougé depuis des années.

– Tu vois comme on a vieilli. C'est terrible, dit-elle enfoncée dans son fauteuil Directoire. Tu devrais faire comme moi, boire des jus de légumes. Je suis retournée aux dunes de «*La Bassée*» pour cueillir des baies d'argousier. C'est excellent pour la santé. Aujourd'hui, je marche moins bien...

– Ta mère les cuisinait avec du canard. Je ne sais pas où elle avait trouvé cette recette mais c'était curieux...

– Tu t'en souviens...

– Des harengs aux oignons et aux pommes à l'huile. J'aimais beaucoup.

– Je te trouve une mauvaise mine. Tu travailles trop.

La pendule, qu'il a toujours connue sur la commode, vient de sonner. Il n'a pas le temps de lui répondre.

– Pars-tu en voyage ? Ton oncle voyageait seul. Je me rattrape aujourd'hui. J'aurais dû commencer bien plus tôt, crois-moi.

Elle ouvre un album plus récent avec des photos de Louxor, d'Abou Simbel prises à bord d'une felouque ou d'un bateau de croisière. Des pyramides, surtout. L'Égypte l'a surprise. Elle était partie avec une amie.

Quand elle ferme l'album, elle pose quelques questions sur son enquête. Elle aimerait qu'il lui parle. Le village est au courant. Ça jase autour d'elle mais elle ne veut pas médire. Dommage pour Favre qui aurait bien aimé en savoir plus. Il ne va pas la brusquer.

Madeleine a gardé la maison familiale mais depuis la mort de son mari, il y a deux ans, elle a beaucoup de mal à entretenir cette bâtisse imposante. D'ailleurs, elle a un souci dans la cave. Elle aimerait qu'il aille voir la chaudière. Elle a de plus en plus de mal à descendre l'escalier. Il doit faire attention à ne pas se cogner la tête, le plafond est bas.

Favre n'a pas osé lui dire non, mais il vient de recevoir un SMS. Le couple de Parisiens a demandé à le voir dans la soirée. Ils doivent passer à la gendarmerie. Du grand classique. Les gens veulent bien parler quand on vient tout juste de les quitter. C'est une perte de temps considérable. En y réfléchissant, ils n'ont pas encore interrogé le mari de cette Bedia. Il faut l'entendre et savoir d'où il vient, ce qu'il fait dans la vie, les raisons de son retour au pays. Avant ça, ils ont rendez-vous avec la fille de la victime, Valérie Lesage, et l'ambulancier qui n'a toujours pas été entendu.

Il est déjà 14 h 40.

Il se tortille sur sa chaise, ne sait pas comment annoncer qu'il doit partir.

Madeleine lui montre du doigt une boîte en merisier ou cerisier, il ne sait pas bien, posée sur un guéridon et lui demande de l'ouvrir. Depuis qu'elle est veuve, elle s'accorde des plaisirs, des gâteaux et des cigarillos. Ce serait gentil de lui en allumer un et de lui donner parce qu'elle a très mal à la jambe. Elle doit se faire opérer d'une varice mal placée qui la gêne pour marcher. Heureusement Monique qui l'aide à la cuisine lui fait les courses le matin avant d'arriver.

Madeleine tire sur le cigarillo, bloque sa respiration avant d'avaler la fumée. Elle se détend, attrape un pouf pour allonger ses jambes.

– Tu connaissais Marie Lesage ?

– Un peu. Elle a eu beaucoup de mal avec sa fille. Elle a fait ce qu'elle a pu quand son mari est parti. Pourquoi me demandes-tu ça ?

– Tu connais beaucoup de monde.

– Tu peux le dire et tu n'as aucune idée du manque de discrétion de son entourage. Ils se disaient beaucoup de choses.

– Par exemple ?

– Sa fille avait 14 ans ou un peu plus, je ne me souviens plus. Des invitations à la mort volontaire à travers les réseaux sociaux ont poussé des gamins au suicide dans la région. Des paris fous, des défis morbides. Un macabre jeu de piste. Il faut fermer tout ça, les blogs, Instagram, Facebook et tout le reste. Je n'y connais rien mais c'est un vrai danger. Tu es de la police, tu sais ça mieux que moi.

– Le Crotoy n'a connu ni suicide ni mentor.

– Il s'en est fallu de peu.

– Je l'aurais su. On t'a dit n'importe quoi. Cette affaire est partie de Russie. L'hystérie créée autour des *groupes de la mort* détournerait l'attention des véritables raisons du mal existentiel dont souffrent les jeunes Russes aujourd'hui. On a parlé de vingt mille mineurs candidats au suicide rien qu'à Moscou. C'est exagéré.

– C'était il y a plus de dix ans, à l'adolescence de la petite.

– Impossible. Cette affaire est récente.

– On a beaucoup vu cette pauvre femme en ville, surtout au café. Quand elle buvait, elle se confiait et ton oncle aimait bien traîner là-bas avant d'aller dîner chez *Mado*. Elle s'est vraiment battue pour sa fille. J'admire les femmes qui luttent contre l'adversité. Elle avait réussi à s'en sortir jusqu'à aujourd'hui. Peux-tu me passer le cendrier, là sur la table ?

Favre ne veut surtout pas l'interrompre.

– Je sais par ma femme de ménage qu'elle avait trouvé quelqu'un.

– Qui est cet homme ?

– On ne l'a jamais vue accompagnée. Après son accident elle ne pouvait plus sortir, la pauvre.

– Et cet accident ?

– Un homme ivre. Il a raté son virage. La route glissante a fait le reste. Il est venu la faucher. C'est terrible !

– Tu dois savoir ce qui s'est passé chez les Dubois cette nuit.

– Ma femme de ménage est passée tout à l'heure. Son mari travaille sur le chantier. Il a vu Paul Dubois partir avec le Samu.

– Elle sait quelque chose ?

– Elle pense que Dubois est incapable de tuer une mouche, encore moins sa voisine. C'est ce qu'elle m'a dit et je veux bien la croire.

Favre se lève, sort son trousseau de clés de sa poche pour activer son départ.

– Il faut que je te laisse. Je dois retourner là-bas.

– Dis à Solange que je l'attends.

Sa sœur n'avait pas voulu venir. Elle ne se sentait pas bien. Avant de partir, elle avait voulu prendre sa température. 38°, une fièvre qui traîne et l'inquiète.

– Depuis son opération, elle n'est pas en forme. Elle ne veut voir personne.

– Elle n'a jamais eu de santé. Souviens-toi… Ne me dis pas qu'elle ne fait rien de ses journées.

– Elle aime tricoter.

– Pour qui ? Elle n'a pas d'enfants.

– Pour une association. Je n'en sais pas plus. Elle lit beaucoup. Des livres sur le bien-être, comment améliorer sa santé. Les régimes. Selon les tendances, elle aime en changer.

– Les seuls écrivains qui gagnent de l'argent. Ils sont trois ou quatre à être dans la liste des meilleures ventes en ce moment. Les gens aiment prendre soin d'eux. Ils sont à la recherche de conseils pour vivre mieux. Ta sœur a beaucoup de chance de t'avoir. Je pense souvent à vos parents, ma tante que j'aimais beaucoup, mais tu le sais bien.

Favre dodeline de la tête.

– Elle aurait aimé avoir des petits-enfants. Aucun de vous deux ne s'est marié. La pauvre est partie bien trop tôt.

Il est bien d'accord. Cela va faire onze ans qu'elle les a quittés. Un cancer du poumon. Elle avait en permanence une cigarette à la bouche.

– Je ne me souviens pas quand ton père est mort. C'est loin.

– L'année de la chute du mur de Berlin, il y a vingt-huit ans.

– Cette affaire a été terrible. Un accident de chasse stupide. Embrasse ta sœur pour moi. Dis-lui que je l'attends.

– Je lui dirai. Je t'invite à dîner. Le restaurant *Les Tourelles* est à deux pas d'ici. Tu n'auras pas à faire la cuisine.

Favre refuse qu'elle le raccompagne. Il claquera la porte derrière lui.

Son téléphone vibre. La fille de Marie Lesage, Valérie, vient d'arriver. Elle est très choquée. On l'attend. Après avoir déposé un malade à l'hôpital d'Abbeville, l'ambulancier passera faire sa déposition.

Il aimerait rentrer chez lui plus tôt ce soir.

Ça n'en prend pas le chemin.

Sa sœur a déjà téléphoné deux fois pour savoir si elle devait préparer un dîner.

* *
*

La mise sous scellés de la maison a obligé la fille de Marie Lesage, Valérie, à prendre une chambre à l'*Auberge de la marine*, une demeure crotelloise typique du début du XXe siècle. Une table réputée dans la région. Elle n'a pas le temps d'y passer pour se changer. Son voyage a été interminable. Une grève des agents au sol. Il n'a pas été facile de trouver un vol pour Paris. À l'aéroport Charles-de-Gaulle, elle a loué une voiture pour quelques jours.

À son arrivée à la gendarmerie, elle accepte un verre d'eau, s'excuse pour son retard et demande les toilettes. Son front est plissé. L'angoisse est là. Si elle a craqué en arrivant, elle fait preuve d'un courage stupéfiant.

Après toutes ces heures en avion, ses jambes sont lourdes, ses mains poisseuses. Une douleur sourde dans les reins la gêne. Sous son maquillage, on devine ses traits tirés et ses yeux rougis. Si Favre n'avait pas bien vu la victime, sa fille est une femme élégante. Habillée d'un tailleur, perchée sur des talons hauts, une partie d'elle est encore dans une vie qu'elle vient de quitter avec ses amis et son travail. Démunie devant le drame qui la touche, il y a chez elle comme une douceur d'enfance qu'il trouve touchante. Son visage dégage quelque chose, une grâce étonnante. Son ton est maîtrisé. Avant de se lever, elle pose sa veste sur le dos de la chaise. L'un de ses bas noirs est filé.

Favre lui présente ses condoléances.

Ils attendent beaucoup d'elle. Elle téléphonait chaque samedi à sa mère et peut donc se souvenir de quelque chose. On a situé l'heure de la mort de Marie Lesage entre 10 h 50 et 11 h 10. La jeune femme a appelé sa mère à 9 heures, soit deux heures avant sa mort.

On ignore le nom de l'homme avec qui Marie Lesage entretenait une relation. Personne ne s'est encore présenté. À moins d'être loin d'ici ou de vivre à l'étranger, l'homme ne peut pas ignorer sa mort. Son silence est suspect. On a regardé dans l'agenda de la victime, vérifié ses appels sur son portable, fouillé la maison entièrement, sans résultat. Du sperme a été trouvé dans le lit à l'étage. De nombreuses traces de sang aussi.

La jeune femme revient s'asseoir face à l'inspecteur Favre posté devant son écran. Elle sait que ça ne se fait pas mais demande si elle peut fumer. Favre accepte après avoir consulté Lejeune qui se tient toujours à ses côtés et n'a encore rien dit.

– Nous avons des questions à vous poser.

– Je suis là pour ça. Je ne comprends pas ce qui a pu arriver à maman… ma mère, excusez-moi. Elle s'entendait avec tout le monde. C'était une femme simple qui détestait les histoires !

Elle sort un mouchoir de sa poche pour essuyer une larme. Favre lui confirme que c'est ce qui est ressorti des premiers témoignages. Sa mère était aimée de ses voisins et du village.

– Nous sommes désolés, vraiment.

– Nous étions très proches…

Un balbutiement. Une pâleur. La jeune femme se tait.

– Prenez votre temps.

– Ça va aller. Je ne réalise vraiment ce qui s'est passé que depuis mon arrivée.

– Que faites-vous au Canada ? intervient Lejeune.

– Après mes études à Vancouver j'ai cherché un travail. J'ai décidé de rester là-bas. Ça fera sept ans, en novembre. Si j'avais fait ma vie ici, ma mère n'aurait pas refait la sienne. J'étais heureuse de savoir qu'elle avait trouvé quelqu'un…

– Votre père ?

– Je ne sais pas comment le contacter. Je n'ai pas son adresse.

– Votre mère avait-elle gardé un contact ?

Elle secoue la tête, sceptique.

– Elle me l'aurait dit.

– Savez-vous s'il a quitté la région ?

– Il a souvent parlé de quitter la France pour créer sa propre société.

– Où ça ?

– La Nouvelle-Calédonie ou la Martinique pour ne pas avoir le barrage de la langue mais mon père parlait beaucoup et ne faisait rien. Il avait une addiction au tabac et à l'alcool.

La jeune femme est pâle. Posée sur son genou, sa main tremble. Favre aperçoit une cicatrice de scarification sur le bras droit. Un tatouage vient en cacher une autre sur le bras gauche. Sa cousine avait raison. Il lui propose encore un verre d'eau, un café, mais la jeune femme veut passer chez Edith Dubois, demande qu'on fasse au plus vite. Elle pourra revenir demain matin.

– Pouvez-vous nous confirmer que vous avez eu votre mère au téléphone ce samedi à 9 heures.

– Il était minuit à Vancouver, je me couche tard. 9 heures, ici. Elle venait de décider de présenter son ami à Edith Dubois. Elle était excitée, en pleine forme. Elle a parlé de refaire sa vie ailleurs et je lui ai répondu que je pouvais comprendre sa décision. Quitter cette maison aurait été une très bonne chose pour elle.

– Connaissez-vous l'homme rencontré par votre mère il y a quelques mois ?

– Quand je lui posais la question, elle restait secrète. Je crois que ça l'amusait de ne rien dire. Elle m'avait promis…

La jeune femme s'arrête de parler pour boire une gorgée d'eau.

– … de l'inviter à Noël si j'étais là et elle a beaucoup insisté pour que je vienne.

– Pourquoi Noël ?

– Depuis sa séparation, ma mère était prudente. Peur de s'emballer, d'aller trop vite. J'ai senti qu'elle n'avait plus envie de se cacher. C'était bien la première fois.

– Pourquoi maintenant ?

– Je vous l'ai déjà dit. Elle se sentait prête à changer de vie.

– Vous êtes sa fille…

– Cela peut paraître étrange mais je n'ai pas essayé d'en savoir plus. Ma mère pouvait sortir avec qui elle voulait. Je la sentais en paix et j'étais heureuse pour elle.

La jeune femme cherche un cendrier. Lejeune disparaît un instant pour lui rapporter un pot de yaourt en verre. C'est tout ce qu'il a trouvé dans la cuisine de la gendarmerie. Il fait chaud et Favre n'aime pas se retrouver dans la fumée de cigarette. Il demande qu'on ouvre la fenêtre.

– Quelles étaient les relations de votre mère avec le couple Dubois ?

– Pourquoi cette question ?

Favre la sent décontenancée.

Elle se passe les doigts dans les cheveux, respire à fond pour cacher ses larmes. Elle transpire comme si elle avait de la fièvre.

– Après l'avoir détestée, ma mère aimait beaucoup Edith Dubois. Elles ont appris à se connaître mais sur le tard. J'étais déjà partie de la maison.

Favre lui raconte la tempête, comment ils ont retrouvé le couple dans la cave, la mise en scène de Paul Dubois, les dessins et les photos d'enfants, son hospitalisation après une nuit à lutter dans l'eau et le froid, une vilaine blessure à la jambe, le mystère autour du couple.

Triste d'apprendre ces nouvelles, elle confie avoir gardé de très bons souvenirs de Paul Dubois. Un homme qui s'est beaucoup occupé d'elle, enfant, après que son père a quitté la maison. Ça n'avait pas été toujours comme ça. Elle l'avait vu prendre de la distance avant de revenir vers elles. À cette époque, sa mère elle-même disait qu'il était devenu insupportable. Paul Dubois leur avait beaucoup apporté. Sans cet homme, sa mère aurait fait une dépression.

– Comment expliquez-vous ce comportement et la réaction de votre mère ?

– J'aimerais que vous posiez cette question à Edith Dubois. C'est difficile pour moi. Je ne comprends pas l'histoire de la cave. Ma mère m'a toujours dit qu'il était fait pour avoir des enfants.

– Comment expliquez-vous ça ?

– Je vous l'ai dit, je ne sais pas mais ce n'est pas étonnant. Beaucoup d'hommes veulent avoir des enfants.

La jeune femme se plaint d'être fatiguée. Le voyage a été long. Elle a mal au dos et demande une pause. Elle fait trois pas dans le couloir avant de revenir s'asseoir. Favre sort un tube de Dafalgan, lui propose d'aller chercher un verre. Elle le remercie mais il faut encore qu'elle aille faire une visite à Edith Dubois et ce n'est pas fini. Elle va devoir s'occuper d'organiser les obsèques. Favre lui annonce qu'elle ne pourra pas récupérer le corps de sa mère avant deux ou trois jours.

Sous le coup de la surprise, la jeune femme craque.

Favre est touché. Lejeune l'est aussi. Ils ont, l'un et l'autre, envie de l'aider sans avoir les moyens de le faire. Il lui propose une aide psychologique qu'elle refuse immédiatement.

– Nous allons faire notre possible pour retrouver l'assassin de votre mère. Il n'a pas pu disparaître comme ça. On a déjà signalé un véhicule suspect, la rassure Favre.

– Ne restez pas seule ce soir, ajoute Lejeune. Ce n'est pas bon.

Un gendarme vient annoncer l'arrivée de l'ambulancier, M. Lemaitre. Il n'a pas beaucoup de temps, une malade à transporter jusqu'à l'hôpital d'Amiens. Il a proposé de revenir demain matin.

Favre demande qu'il attende comme tout le monde. Ils vont avoir fini.

Il donne un numéro de téléphone à la jeune femme.

– N'hésitez pas à nous appeler. Encore une chose. Véronique, la cousine de votre mère. Nous aimerions l'interroger. Nous savons qu'elles passaient Noël ensemble et qu'elle restait quelques jours en baie de Somme.

– Je ne l'ai pas vue depuis mon départ au Canada. Je ne revenais qu'en juillet et pour deux semaines, dit-elle en se levant pour partir.

– Attendez. D'autres personnes que nous pourrions interroger ?

– L'ami de ma mère mais je ne peux pas vous aider à le trouver.

– Ami ou amant ? questionne Lejeune qui joue avec son stylo.

– Si cet homme était un ami, ma mère ne m'aurait pas caché son nom.

La jeune femme cherche le numéro de téléphone de Véronique Lesage. Noël en famille est une tradition. Sa mère n'aurait jamais lâché sa cousine. Elle vivait seule à Caen. Ses enfants ne l'invitaient jamais pour les fêtes.

Ils veulent raccompagner la jeune femme jusqu'à sa voiture. Elle leur demande de ne pas bouger. Elle trouvera la sortie.

– Ça va aller ? demande une dernière fois Favre en se levant.

L'ambulancier en blouse blanche est assis dans l'entrée, une barre de céréales dans la bouche.

– Une pause, dit-il en sortant un portable de sa veste.

L'homme jette un rapide coup d'œil sur ses messages. Il y a des jours comme ça. Ça n'arrête pas. L'enquêteur lui fait signe de finir. Ils ne sont pas à deux minutes près.

Favre a dû s'absenter du bureau.

Avant de commencer sa déposition, l'ambulancier leur fait part de sa tristesse. Marie Lesage était une femme bien. Les transports chaque jour pour la conduire à ses séances de kiné les avaient rapprochés. Forcément, on parle dans l'ambulance. De tout et de rien mais avec Marie Lesage le courant était passé. Cette femme s'intéressait à tout et à tout le monde.

– Pouvez-vous nous dire ce qui s'est passé, hier matin ?

– J'avais pris du retard sur ma conduite de 10 heures. Après l'orage, les routes étaient mauvaises et ma cliente n'était pas prête. J'ai téléphoné pour prévenir Marie Lesage que je ne serai pas à l'heure. Elle savait qu'elle devait se tenir près de la porte d'entrée.

– Elle était ouverte.

– C'est ce que m'a dit votre collègue. Avec moi, cela n'est jamais arrivé. Je devais sonner ou frapper.

– Arrivait-il à Marie Lesage de dormir dans sa chambre ?

– La montée des escaliers était trop pénible pour elle.

– Des exceptions ?

– Pas que je sache. Je l'ai toujours trouvée en bas, habillée pour sortir.

L'ambulancier sort un mouchoir de sa poche pour s'essuyer le front. Il fait orageux.

– Vous est-il arrivé de rester chez Marie Lesage ?

– Je ne comprends pas la question.

– Réparer quelque chose, l'aider à trouver un papier, par exemple, lui préparer une boisson. On sait que vous pouvez être amené à rendre ce genre de service.

– Je suis ambulancier, pas garde-malade. Je vais la chercher chez elle et je la reconduis. Ça s'arrête là.

L'homme a monté le ton. Il est pressé.

– Je suis ici pour quoi au juste ?

– Une femme que vous voyiez tous les jours s'est fait assassiner. Avez-vous croisé quelqu'un en venant la chercher ?

L'ambulancier sort un kleenex de sa poche, prend le temps de se moucher et s'excuse.

– C'est arrivé. M. Dubois habite à cinq minutes de chez elle. Il lui rendait service. Lui et sa femme, Edith. Marie Lesage me parlait souvent du couple. Ils se fréquentaient depuis des années.

– Que disait-elle ?

– C'était rassurant d'avoir cette présence près de chez elle.

– Et M. Dubois ?

– Elle en parlait peu.

– Un autre homme ?

– Je ne suis pas au courant.

– Nous recherchons un véhicule utilitaire gris. L'avez-vous vu ce matin-là ?

– Il y en a beaucoup, ici.

– Sur le chemin ?

– Quand je suis arrivé, il n'y avait que les véhicules du chantier que je vois tous les jours ou presque.

– Quelle heure était-il ?

– Près de 11 heures. J'ai regardé l'heure quelques minutes avant d'arriver chez Marie Lesage. Je l'avais fait attendre.

– À quelle heure auriez-vous dû la prendre ?

– 10 h 30 pour être à 11 heures chez son kiné.

– Qu'avez-vous comme voiture ? demande Favre qui n'a encore rien dit.

– Un pick-up.

– De quelle couleur ?

– Grise. Je vous l'ai dit, c'est courant par ici. Il faut pouvoir rouler partout, surtout pour un chasseur. Il est au garage pour un contrôle technique.

– Depuis quand ?

– Hier soir.

– L'endroit ?

L'ambulancier donne la carte du garage.

– C'est fini ? Je peux partir ?

– Nous vous recontacterons.

Favre regarde son cou qu'il a très fort. Un cou de taureau.

Quand Lejeune revient dans le bureau, il lui parle de son soupçon. Il faut téléphoner au garage et demander à voir le pick-up.

– Tout concorde. Les heures, la couleur de la voiture.

– Il ne manque que la raison, fait remarquer Lejeune. Ce n'est pas une petite affaire.

Quand on ne veut pas être soupçonné, on ne reste pas à quelques dizaines de mètres du lieu du crime.

Quelque chose ne colle pas.

– Il faudrait savoir le temps qu'il lui restait après avoir déposé sa cliente de 10 heures chez elle. L'accident du pare-brise s'est produit après le meurtre de Marie Lesage. Edith Dubois vient de quitter le jardin potager quand elle entend le choc sur le pare-brise du pick-up. Paul Dubois a très bien pu tirer.

Il pense au cabanon au fond de son jardin potager. Une carabine ou un fusil pouvait s'y trouver. Ça ne prend pas plus de deux ou trois minutes pour aller la chercher et tirer. L'homme est furieux qu'on vienne le déranger. D'après sa femme, il n'est pas heureux à l'idée d'avoir de nouveaux voisins. Tout l'emmerde. Il pète un câble.

– La ligne de tir est parfaite. Je ne vois pas qui d'autre aurait pu faire ça. Les ouvriers sur le chantier étaient trop exposés.

– Il faudrait y passer avant qu'il ne fasse nuit, propose Lejeune.

– Cette cabane n'a pas été fouillée, vous en êtes certain ?

– La cave a pris beaucoup de temps, la maison aussi. Paul Dubois devait être évacué au plus vite. Nous avons eu l'interrogatoire d'Edith Dubois, la visite du couple de Parisiens. Tout ça s'est fait dans la précipitation.

– C'est regrettable.

– Je suis bien de votre avis mais il y avait des urgences et nous n'étions pas nombreux sur place.

– Si Paul Dubois chasse, il a un fusil. Téléphonez à l'hôpital. Demandez des nouvelles.

– Nous avons téléphoné il y a un quart d'heure. Il faudra attendre avant de pouvoir l'entendre.

Paul Dubois aurait-il tué Marie Lesage ?

– Il quitte son jardin potager sans que sa femme le voie partir. Il connaît l'heure à laquelle elle finit son ménage, 10 h 45. Il a le temps d'aller chez elle par la plage et de revenir. Reste à savoir pourquoi cet homme aurait fait une chose pareille.

– Sa fille nous a dit qu'il s'entendait très bien avec sa mère et qu'il avait été là pour elles après le départ de son père. C'est un familier.

– L'un n'empêche pas l'autre. Commandez-nous deux pizzas. On en a encore pour un moment et j'ai faim.

Bedia

Thomas est rentré à 16 heures. La veille, pendant le dîner, Bedia avait eu un comportement étrange. Difficile de définir ce que dégage un visage. Ça ressemblait à de la provocation. Elle avait joué avec ces deux hommes, des étrangers qui lui avaient donné l'impression d'ourdir un complot contre elle. Leur appropriation des lieux l'avait gêné. Comme quand on rit à une blague que personne ne comprend, Bedia avait eu un sourire figé avant d'adopter une attitude qui se voulait décontractée. Il y a sûrement une explication rationnelle à ça. Il a bien une hypothèse mais il la trouve tordue.

S'il sait quelque chose, Maxime ne dira rien.

Ils viennent de rentrer avec des sacs en papier kraft remplis de sandwichs et de tapas pour le soir, des tranches fines de jambon de Parme et des roulés aux saucisses encore chauds qu'ils ont achetés chez le boulanger.

Bedia veut prendre un bain et se changer. Ils ont décidé d'aller voir les phoques. À marée basse, les veaux marins sont entraînés dans les chenaux. Après la pêche, ils se regroupent pour se sécher au soleil. Pour rejoindre le Trou Noyé, après le Pont-Vanne, Thomas a marché deux cents mètres le long de l'estran. Il en a aperçu une vingtaine au loin, près de la Maye. La lumière est belle en fin de journée. Le paysage ne lasse jamais. Après les derniers jours de tempête, il fait doux. Si Bedia est fatiguée, il sera toujours temps de rentrer. Avec toutes ces affaires, l'ambiance est tendue. Son regard reste inquiet. Il crie dans l'escalier. S'ils veulent voir quelque chose avant la tombée de la nuit, il est temps de partir. Les jours raccourcissent.

Maxime, lui, est d'une humeur impatiente. Un désir exacerbé de continuer, de rester en mouvement. Il ne sait pas pourquoi mais il a l'impression que tout peut s'arranger. La peau couverte de taches de rousseur, Bedia étale minutieusement sa crème solaire. Il ne tient plus en place. Les premiers jours de septembre, le soleil n'est pas méchant. Elle a une peau fragile. Elle cherche un chapeau de paille dans les affaires qu'elle a sorties sur le lit. Il y en a partout, des chaussures dépareillées, des tops de toutes les couleurs jusqu'aux petites culottes. Le maquillage (des crayons pour les yeux, du fard à paupières, un recourbe-cil, des vernis à ongles) est éparpillé dans la salle de bains. L'air est saturé de parfum.

– Calme-toi, ça va aller, lui dit Maxime avant de décider de l'attendre en bas, dans le salon. Prends quelques minutes pour toi mais ne fais pas trop attendre Thomas.

Elle pose la tête sur son épaule.

– Je suis impossible.

Il dépose un baiser sur son front, un autre baiser. Il se dépêche de sortir de la chambre. Il n'aime pas le parfum de sa nouvelle crème pour le visage, une crème bon marché sûrement. Elle sent le concombre.

Tout est brouillon autour d'elle.

Elle n'avance plus. Chaque chose lui demande un effort. Ses forces regagnées en quelques mois ont disparu. Il y a comme des cordes tendues qui emprisonnent son corps. Son cœur lui fait mal. De la limonade aux stéroïdes, voilà ce qu'il lui faudrait. On la distribuait dans des godets dans les camps. Des images reviennent plus précises. Le danger est là, près d'elle, elle le sait. Elle cherche ce qu'elle a pu voir pour être dans cet état. Elle n'est pas là par hasard. Elle se sent comme un astronaute projeté vers quelque planète inhospitalière. Comme la plupart du temps, elle doute. Les allées et venues des flics dans le jardin, les coups portés à Edith Dubois, la folie de son mari, la terreur de ces enfants torturés sur les draps comme ceux restés accrochés aux barbelés des camps. Imaginaires ou pas, leurs yeux révulsés et les croûtes de sang séché lui rappellent les cadavres. Sa poitrine est de plus en plus compressée. Un sentiment de malaise l'envahit. Elle pensait être délivrée, elle est de nouveau perdue.

Elle se passe de l'eau sur le visage, se lave les mains, ébouriffe ses cheveux. Elle a envie de mettre ses fesses dans un transat pour ne plus en bouger. Où qu'elle aille, elle transporte avec elle le malheur comme une plaie infectée qui ne veut pas guérir.

Il n'est pas question de ces hommes qui la poursuivent et se montrent insistants, « des détraqués sexuels », comme l'a si bien dit Maxime. Là, c'est autre chose. Elle a vu les larmes briller dans les yeux d'Edith Dubois et si elle avait pu la prendre dans ses bras, elle l'aurait fait. Les signes qu'elle reçoit n'ont aucun lien entre eux mais ils la tétanisent. La voix lui parvient de loin. Elle reconnaît celle d'Ülkü quand elle lui criait dans la cour de donner à manger aux poules et de rentrer avant la nuit. Ülkü fuyait les ombres, fermait la serrure à double tour, vérifiait les fenêtres avant d'aller se coucher quand Jeroslav voulait laisser tout ouvert. Il étouffait dans sa chambre, l'été. Chaque soir, c'était la même chose. Ça criait. Il fallait attendre cinq minutes avant que le calme revienne dans la maison.

Un goût amer dans la bouche, après un léger vertige, elle s'assoit sur le lit.

Deux ombres avancent dans la mer. Deux silhouettes accolées comme des frères siamois. Une indéfinissable attraction les pousse à s'enfoncer dans l'eau. Un corps s'ébat. Un autre surgit des ténèbres. Deux ombres bougent par saccades, deux lithographies grises, noires et bistrées s'empoignent. Les épaules ondulent, les mains s'agitent et cognent, un violent coup de front. La mer est un ring. Des taches noires comme des naufragés flottent sur l'eau avant d'être avalées. Comme un écho lointain, elle entend son nom. Elle connaît ce visage, celui de sa mère, la terreur dans son regard, émerge à la surface de l'eau comme un bouchon de flottaison.

Hallucinations. Synopsies. Palpitations.

Le bruit d'un froissement de robe, quelque chose l'effleure, quelque chose de doux comme les cheveux d'une femme. Elle est là, les traits gommés. Il lui a fallu du temps pour comprendre. Pendant toutes ces années, Ülkü l'avait suivie. Une vérité qu'elle porte en elle depuis qu'elle a quitté son pays. Guidée par sa mère, elle sent bien qu'elle avance mais il lui reste une dernière chose à faire avant de la quitter pour toujours.

Elle ne peut pas rester là à attendre.

Elle doit retourner chez Edith Dubois, leur voisine.

De la chambre, elle entend parler et rire les deux garçons. Elle arpente le couloir, s'assoit sur la plus haute marche de l'escalier, agrippe ses genoux. Leur flegme la dérange, parfois. Elle pense au bébé qui grandit en elle. Il devrait lui apporter la paix. Bientôt elle le sentira bouger dans son ventre.

Thomas se prépare un cocktail. Un verre de whisky avec du sucre de canne et du citron. Il ajoute deux glaçons. Maxime préfère un café.

– Fais comme chez toi. J'avais besoin d'un réconfortant.

Il parle de la mort de Marie Lesage, de leurs voisins Dubois, de l'enquête qui part dans tous les sens. Il n'a pas envie de lui dire qui est Bedia. Il a des informations par bribes. Ça reste brouillé. Il va devoir remettre de l'ordre dans tout ça.

– Elle m'a dit des choses.

– Quelles choses ? Si j'ai un conseil à te donner, ne lui dis jamais les tiennes. Mariées ou pas, les femmes ne pardonnent pas.

– C'est ton opinion, pas la mienne.

– Tu ne peux pas refaire le monde. Elles sont toutes comme ça. Pourquoi lui raconter ta vie ? C'est risqué.

– Tu es cynique. Il est temps de te marier.

– On va voir les phoques et on en parle demain. Prends un pull, un coupe-vent. Il fera frais en rentrant.

Maxime prend un air de préadolescent.

– Tu es aussi chiant que l'était Françoise. Souviens-toi.

– Ta mère était une sainte.

– Si elle t'entend, elle doit bien se marrer. Ils ont lancé des avis de recherche. On cherche un véhicule.

– Ce n'est pas ce qu'il fallait à Bedia. Nous passerons demain matin à la gendarmerie. La promenade en baie va lui faire du bien.

– Je la trouve fatiguée.

– Tu sais que vous pouvez rester ici. Prenez tout votre temps avant de vous installer. Ce qui arrive est effrayant.

Ces deux affaires sont à peine croyables. Le coin est si calme !

L'escalier grince.

Les pieds nus, Bedia se tient sur la première marche. Elle les dévisage et se tortille avant de glisser la main derrière son dos.

– On doit téléphoner à la gendarmerie. Demander à parler à l'inspecteur Favre, les interrompt-elle en se cabrant légèrement.

Des émotions contradictoires passent sur le visage des deux garçons. Elle voit bien qu'ils s'interrogent.

– Tes médicaments…, explique Maxime. Le stress du déménagement…

Passé le moment de confusion, il s'emporte.

– Tu paniques pour rien, continue-t-il, en colère. Je fais chauffer de l'eau pour un thé.

Des mots accusateurs, toujours.

Des interrogations rabâchées.

Elle entend ces mots comme hachés.

– Je te dis ce que je vois et ce que j'entends !

Thomas est sonné, très mal à l'aise. Il vide son verre qu'il pose sur la table. Un coup de poing dans la figure lui aurait fait moins mal.

– C'est quoi, ton problème, de qui parles-tu ? insiste Maxime. Ce n'est pas bon de rouvrir des vieilles plaies. La guerre est terminée depuis longtemps. Il y a d'autres psychothérapeutes. On n'a pas choisi le meilleur…

– Ça n'a rien à voir.

Sans croiser leurs regards, elle lisse les plis de sa chemise avant de hausser les épaules. Peu importe d'où viennent les signaux. Ça ne servirait à rien d'expliquer ce qu'elle ressent.

Thomas a filé dans la cuisine. Elle le rejoint.

– Je vous demande d'appeler.

Puis, plus fort :

– Merde. Ce n'est pas grand-chose, répète-t-elle, le visage pincé.

Elle a l'impression de tomber en morceaux. Maxime doit bouger maintenant, lui prendre la main. À hésiter comme ça, il s'éloigne encore un peu plus d'elle. Elle promet de se soigner. Elle va reprendre ses médicaments dès ce soir. Il doit la croire.

Un silence est tombé sur la pièce.

Après une tentative de sourire ratée, son visage conserve une expression dure. Elle comprend qu'il ne sait pas quoi dire. Thomas l'observe. Elle pose sa main droite sur son ventre, l'enveloppe bien comme il faut.

Il lui dit qu'elle est folle, comme si la folie pouvait expliquer la monstrueuse incompréhension qui s'installe entre deux êtres épuisés de devoir rester ensemble et c'est peut-être vrai.

– Ça devient impossible de vivre comme ça, continue Maxime.

Il a bien essayé de comprendre mais tout est compliqué. Il faut qu'elle se montre raisonnable pour le bébé. Tout ça n'est pas bon pour elle et pour lui…

– Tu devrais t'arrêter tout de suite, le coupe Bedia.

Maxime parle d'elle comme on le fait d'une personne gravement malade. C'est insupportable. Pour ne plus rien entendre, elle s'éloigne et se bouche les oreilles. Elle ne s'attendait pas à ça. À la première occasion, au premier effort, les masques tombent, l'autre apparaît tel qu'en lui-même.

Doté d'une assurance nonchalante, Thomas fait semblant de ne pas voir ce qui se passe autour de lui. Son visage est dénué d'expression. Peut-être qu'il est content de ce qui arrive. On peut penser qu'il veut les séparer. Maxime devrait s'approcher d'elle, l'attraper par le bras et l'emmener plus loin. Il n'a pas bougé et reste les bras croisés à la fixer. De longues minutes s'écoulent. Dans un coin tordu de son cerveau, elle se dit qu'il y a quelque chose qui ne va pas. Son corps tout entier est tendu par la nervosité et la colère. Il n'y a rien à quoi elle peut se raccrocher.

– Tu es sûre que c'est ce que tu veux faire ?

– Je dois aller là-bas.

C'est une épreuve de force. Elle ne peut pas retenir un geste d'agacement.

– Écoute-moi bien. Je l'ai vue comme je te vois, crie-t-elle en levant la main comme elle le fait pour éviter une dispute.

Déjà, elle est dans le salon, attrape les clés de la voiture posées sur la table basse.

– On va arranger ça. Donne-moi ces clés.

Il semble bouleversé mais c'est trop tard.

Il ne fait toujours pas un pas vers elle et donne l'impression de vouloir négocier.

Elle attrape son sac.

Thomas est resté silencieux et ça ne la surprend pas.

Si elle ne lui demande pas de la comprendre, il aurait pu dire quelque chose pour essayer de calmer Maxime.

Elle n'aime pas son air condescendant.

Elle sèche ses larmes et prend une profonde inspiration avant de quitter la pièce.

* *
*

La journée a été longue. Après le témoignage de deux ouvriers du chantier, Favre a reçu le kinésithérapeute, un homme affable, très affecté par la mort de sa patiente. Il s'est occupé de la rééducation de Marie Lesage, une femme courageuse qui en voulait. Elle venait d'accepter une hospitalisation à l'hôpital de Berck avec son plateau technique de pointe, sa piscine d'eau de mer, un bassin de marche en eau douce et son nouveau système de rééducation Vector Elite. Avec cette prise en charge, Marie Lesage devait retrouver l'usage de sa jambe et ne pas finir sa vie avec une béquille pour l'aider à marcher. Une vraie chance pour elle. Il avait rempli son dossier. Elle devait commencer dans huit jours. Cette femme avait de l'énergie à revendre et aimait la vie. « Un exemple », avait-il ajouté avec un tic malheureux trahissant son trouble. Il était toujours heureux de la voir arriver et elle allait lui manquer. Cette femme était un don du ciel et le village ne va pas manquer de la pleurer. L'ambulancier n'avait pas prévenu de son retard et ça n'était encore jamais arrivé. Il avait bien pensé à une panne ou à une crevaison. Ce sont des choses qui arrivent et il s'était vite occupé d'une autre patiente sans prendre le temps de téléphoner. La période est chargée. Beaucoup d'enfants en bas âge souffrent de bronchiolites.

Favre l'a rassuré. Son coup de fil n'aurait sans doute rien changé.

De nombreux appels téléphoniques à la gendarmerie ont mobilisé les équipes. Des renseignements anonymes sur un inquiétant profil Facebook. Le garçon fait l'apologie du terrorisme depuis plusieurs mois. « Le châtiment de Dieu frappera. C'est pour bientôt... » Ce n'est pas un scoop. Ses écrits ont provoqué une enquête poussée en décembre et il n'y a aucun rapprochement à faire avec la victime. Une autre affaire a fait du bruit. Après un contrôle des gendarmes du peloton de surveillance et d'intervention, le PSIG, un passeur a pris la fuite et terminé sa cavale dans le canal de la Somme. Les recherches n'ont rien donné. L'homme court toujours.

Des témoins l'ont vu traîner depuis deux jours dans les rues du Crotoy, sale, les cheveux hirsutes, le visage buriné de quelqu'un qui passe sa vie dehors. Il portait un sac à dos. Pour Favre, il est loin. D'autres affaires encore vieilles d'une dizaine d'années. Il vient d'avoir au téléphone la Communauté de brigades de rue. Les contrôles de véhicules ont été renforcés jusqu'à Abbeville.

Il épluche les réponses aux appels à témoins, souvent des tordus ou des cinglés. Le côté ennuyeux d'une enquête mais qui finit souvent par payer. L'adjudant Lejeune s'apprête à quitter la gendarmerie. On lui passe un dernier appel. Edith Dubois serait en danger. Bedia (un prénom impossible à retenir) a martelé au téléphone qu'il fallait faire vite. Dans une heure, ce sera peut-être trop tard. Avec ses mots et son accent particulier, Lejeune a eu bien du mal à comprendre ce qu'elle avait voulu dire.

– Ce n'était pas pour un rendez-vous galant, je vous le promets, confie-t-il détendu, en rejoignant Favre occupé à classer des dossiers dans des chemises de couleurs.

Il y a longtemps que Lejeune ne se sert plus de tout ça. Tous ses dossiers sont dans son ordi. Fini le temps des classeurs et des fiches.

Il lui fait part du coup de fil.

Favre grimace, anxieux. Si cette femme a un esprit brumeux, quelle raison peut justifier un tel appel ?

Il se passe plusieurs fois la paume de la main sur le menton avant de tourner une gomme entre ses doigts. S'il saisit mal le but du coup de fil, il n'a pas oublié l'air inexpressif de la jeune femme, son aura de mystère et la façon dont son mari avait voulu la protéger lors de son interrogatoire. Il la sait fragile et elle n'est pas un être dominant. Se mêler d'une affaire qui ne la concerne pas ne correspond pas à l'idée qu'il se fait du personnage.

Quelque chose ne tourne pas rond.

– Ou cette femme est folle et dans ce cas nous risquons de perdre notre temps, ou elle dit vrai et nous devrions déjà être en route.

Difficile de prendre une décision quand un avertissement vient d'une victime souffrant de stress post-traumatique. Ils n'ont aucun élément pour justifier le danger que court sa voisine. Constamment en alerte, un post-traumatisé perçoit des choses que personne ne voit. Un bruit de chaudière, le sifflement d'une cocotte-minute suffisent à lui faire penser à autre chose. Des choses qui n'ont le plus souvent rien à voir entre elles. Favre a déjà approché des personnes pratiquant la voyance. Une enquête aux frontières de l'occulte. Lors d'une session, on avait demandé au voyant de visualiser l'endroit et la scène du crime, des informations directement exploitables.

Son bureau est rangé. Il fait une pile avec les dossiers en cours. Les urgences sur le dessus pour les traiter en arrivant le lendemain matin. Il lui reste un dernier rapport à rédiger avant de quitter son bureau.

L'atmosphère est pesante. Favre hésite.

– Les symptômes de l'ESPT modifient les perceptions, donnent une impression constante de danger imminent. On ne peut pas prendre le risque de ne rien faire.

Bedia Leconte peut se trouver elle-même en danger et faire n'importe quoi. Des angoisses de cette nature peuvent conduire une personne fragile au suicide.

– On la rejoint. Appelez-la et dites-lui de ne pas bouger. A-t-elle dit autre chose ?

– Je vous rappelle que le mari d'Edith Dubois, le premier suspect, est dans le coma. Je ne vois pas…

Lejeune bute sur les mots.

– Raison de plus. Sa femme est seule chez elle. On ne doit rien négliger.

– C'est absurde. Une voix aurait prévenu Bedia Leconte d'un danger, une noyade sur la plage du Crotoy, en direction de la Maye. Ne me dites pas que vous croyez à cette histoire ?

– Notre boulot n'est pas de croire mais de s'assurer que personne n'est en danger. Je n'ai pas envie d'avoir une nouvelle victime sur les bras.

En l'entraînant dans un coin du jardin, Maxime, son mari, lui avait parlé de Sarajevo et de la guerre qu'avait vécue la jeune femme. Comment une aussi petite tête pouvait garder autant de pensées et d'images dramatiques ? Après les attentats à Paris, à Nice, en Angleterre, ces troubles sont devenus un problème de santé publique. Les victimes sont suivies, certaines pendant des années. Avec l'impression d'être sales et l'envie de vomir, la menace les suit partout le jour et la nuit, à travers la foule, dans une manif, le métro, au cinéma. Si la vie continue, elle ne sera jamais plus comme avant.

Il se sert un verre d'eau. Le bureau a gardé l'odeur de la cigarette. Il y a ces deux hommes au restaurant *Les Tourelles*. Les photos de nus, suffisamment explicites. Le mari de Bedia n'est pas venu déposer une main courante comme il lui avait conseillé de le faire. 90 % des femmes harcelées ne portent pas plainte. Après avoir montré ces photos, ce détraqué sexuel serait capable d'exhiber son sexe devant des gamines.

Son regard se tourne vers la fenêtre.

– Impossible de rentrer chez moi maintenant. J'ai eu un coup de fil d'Edith Dubois il y a plus d'une heure. Elle s'étonnait de ne pas avoir vu la fille de Marie Lesage. J'ai cru comprendre qu'elle la cherchait. On emmène un de nos hommes et on y va. Je téléphone tout de suite chez moi. Vous devriez faire la même chose.

Arrogant jusqu'à maintenant, Lejeune est envahi par le doute. Il traîne dans le couloir en grommelant. Lui, qui n'a pas caché son agacement, cherche un collègue pour les accompagner chez Edith Dubois.

– Deux, rectifie Favre prudent, et un café pour nous réveiller.

Il envoie un texto à sa sœur.

Le vent se lève. La météo est changeante.

Comme avant chaque intervention, Favre commence son debriefing. L'un d'entre eux restera chez Edith Dubois. Si la porte est fermée, ne pas essayer d'entrer à moins d'entendre des cris à l'intérieur. Deux hommes iront chez Marie Lesage en passant par la plage. Même chose. Attendre devant la maison. Ne prendre aucun risque. Rappeler Bedia Leconte pour savoir où elle se trouve exactement.

Pour sa part, il laissera sa voiture plus loin pour revenir jusqu'au Crotoy en longeant la plage. Ils devraient se retrouver devant la maison de Marie Lesage.

Il estime le temps qu'il faut pour que tout le monde soit en place. Il leur faut vingt minutes, peut-être un peu plus.

La nuit est tombée. Il faut partir.

– Que se passera-t-il si on ne trouve rien ? demande Lejeune sur le parking.

Saisi d'une certaine jubilation à cette idée, il a un léger rire de défi. Ça a fusé malgré lui et Favre fait semblant de ne pas avoir entendu. Cette familiarité lui déplaît et il aimerait bien lui faire ravaler son sourire.

Sans prendre la peine de se retourner, il émet un claquement de langue contrarié et lève une main apaisante. Ce n'est pas le moment de dire quelque chose. Il s'en chargera plus tard.

Avant de monter dans leur voiture, ils échangent un regard fugace. La pluie a repris.

La nuit est tombée. Valérie n'est pas passée.

Est-elle en danger ?

En y pensant, Edith a une boule dans la gorge et n'arrive plus à empêcher son cerveau de s'emballer. Elle ne sait même pas s'il y a réellement de quoi avoir peur. Après la mère, la fille ? Elle espère que Valérie n'est pas retournée chez Marie pour récupérer quelque chose, un souvenir qui l'attacherait à sa mère en attendant de voir son corps.

De qui a-t-elle peur ?

Elle lui envoie un SMS.

STP. Viens-tu ici, dans la soirée ? Je t'attends pour dîner à la maison. Ne reste pas seule dans ta chambre d'hôtel.

Elle a physiquement besoin de la voir, de la toucher, de sentir son odeur sucrée et suave, son huile essentielle d'amande amère, proche du sirop d'orgeat avec une pointe de foin. Elle essuie une larme. Valérie, c'est un peu Marie. La jeune femme n'aura sans doute rien mangé ou un sandwich infect dans l'avion. Elle a l'idée de faire une charlotte aux poires comme celle qu'elle a apportée à sa mère l'autre jour. Elle va et vient, attrape les ingrédients. Il lui reste quatre œufs. Elle doit faire attention de ne pas mettre trop de sucre. Sa blessure à la main la gêne, son pansement humide s'est défait. L'inspecteur avait raison. La blessure saigne. Son corps entier la démange, son côté droit est couvert de bleus. Elle reprend une dose d'arnica. Elle le veut ce gâteau et elle l'aura.

Ça sent incroyablement bon. Elle s'applique, surveille la cuisson. Elle aurait pu travailler dans une pâtisserie, ça lui aurait plu. Voir la tête des gamins devant les gâteaux, c'est déjà un plaisir. Elle sort du congélateur des pains aux raisins et une brioche pour le petit déjeuner du lendemain. Il y a un pot de gelée de groseilles dans le placard et sa confiture de mûres.

Valérie peut changer d'avis et rester coucher ici.

Elle serait heureuse de l'avoir auprès d'elle.

Les aiguilles de la pendule avancent. Son portable ne sonne pas. Elle n'aime pas le silence. Les bras croisés sur la table, elle s'ennuie. Pourtant elle n'a envie d'aller nulle part pour ne pas mettre un pied dehors, même pas au bout de la rue. Elle veut rester dans son cocon, bien au chaud.

Elle ne sait pas si Paul a le droit de recevoir des visites. Il est parti sans affaires, sans brosse à dents. Si elle peut marcher, elle ira demain. Il faudra qu'elle prenne le car. Elle veut lui dire qu'elle n'a plus envie de rester ici. Si tout est à sa place, la maison est différente, étriquée.

Elle veut avoir une vie ordinaire et s'installer à Marseille, se rapprocher de sa cousine, prendre ses distances. Elle aime le soleil. Est-ce qu'elle pourra encore considérer qu'ils forment un vrai couple ? Elle ne peut pas répondre à la question. Elle se sent en partie responsable. Elle dissèque tout ce qui s'est passé. Ils sont deux personnes à savoir ce que c'est d'être brisé.

Pourquoi n'a-t-elle pas insisté pour voir la cave ?

La réponse évidente est souvent la meilleure. Elle a eu peur d'y trouver quelque chose qu'elle ne voulait pas voir.

Il lui arrive de penser que s'ils avaient eu un enfant, rien ne serait arrivé. Marie serait encore en vie.

Aussi gentille soit-elle, sa nouvelle voisine ne la remplacera pas. Paul n'aime pas les étrangers et ça pourrait entraîner de nouvelles disputes. L'extension de la maison qu'elle a vue à travers la haie ne peut pas lui plaire.

Elle allume la télévision, cherche la chaîne régionale. Parle-t-on d'un crime au Crotoy ? Elle a vu dans l'après-midi un photographe prendre des photos autour de sa maison et celle de Marie. La pièce est maintenant plongée dans l'obscurité. La nuit tombe vite. Elle déteste quand les jours raccourcissent. Les jours prochains seront tristes, affreusement tristes. Si Paul ne revient pas, restera-t-elle seule, ici, plus d'une semaine ? Un mois ? Plus peut-être s'il y a des complications ? Elle ne doit pas penser à ça.

La mort de Marie, la folie de Paul entraînent une sensation d'insécurité qu'elle n'a jamais connue avant ce soir. Elle s'assure que la porte d'entrée est bien verrouillée, ferme les volets avant de tirer les rideaux.

C'est à elle maintenant de prendre le relais, de se préoccuper de la fille de Marie. Elle a appelé l'inspecteur Favre pour savoir si elle était bien passée à la gendarmerie. Elle est partie il y a une heure pour venir ici. Elle s'est renseignée aussi auprès de l'*Auberge de la marine* pour savoir si Valérie Lesage était bien arrivée. Personne ne l'a encore vue. Elle avait prévenu qu'elle ne serait pas là avant 20 heures. Elle lui envoie un nouvel SMS. Ça l'inquiète de la savoir dans la nature à une heure pareille. Les rues sont vides. Quelque chose lui dit qu'elle aura tenu à aller chez sa mère. Si c'est le cas, c'est une folie. Elle attrape sa veste accrochée à la patère, enfile une paire de grosses chaussettes en laine et ses bottines en caoutchouc. Il lui faut encore une lampe torche. C'est une nuit sans lune et la terre a été remuée par la tempête. Elle passera par la plage.

Elle ne sent plus la douleur.

Au moment de partir, Nono vient se frotter à ses pieds. Il s'étire et miaule et ça la retourne. Il lui manque une présence et Nono est là. Elle doit partir, hésite encore. Elle ne peut pas laisser cette petite dans la nuit. Elle ira directement chez Marie. Elle imagine sa fille pleurant, seule sur la terrasse, face à la mer, une cigarette à la bouche.

C'est ce qu'elle aurait fait pour se rapprocher d'elle.

Marie aimait rester à ne rien faire, allongée dans un transat ou une chaise pliante à regarder la mer. Une vieille couverture en laine à portée de main. Au loin, le petit port du Hourdel où les touristes affluent pour voir la colonie de phoques, les couchers de soleil magnifiques sur la baie. Quand il faisait chaud, elle se servait un verre de rosé ou une bière et pouvait rester là jusqu'à la nuit tombée. Depuis son accident, elle lisait beaucoup. Ces derniers temps, elle commandait ses livres sur Internet. Elle préférait aller chez le libraire, toucher le papier, le sentir, caresser la couverture, mais c'était devenu difficile pour elle d'aller là-bas. Pour être certaine de ne pas en manquer, elle en avait toujours quatre ou cinq sur sa table de chevet.

La peur lui lie les jambes.

Comme pour un marathon, Edith se prépare. Peu à peu, la fatigue quitte son corps. Il y a si longtemps qu'elle n'a pas été utile à quelqu'un. Elle a l'impression d'exister, d'être une autre. Tout ça n'est plus de son âge mais elle doit bouger. Étranglée par la souffrance, elle pousse un cri avant de fermer la porte derrière elle, descend les cinq marches. Le chemin est raviné par les pluies d'orage. Avant chaque pas, elle regarde où elle pose les pieds. Elle en a bien pour six ou sept minutes en passant par la plage. Le moindre bruit la fait sursauter, un battement d'ailes, un bout de bois qui craque sous son pas, le vent dans les roseaux. Elle sent l'odeur de la terre humide après toute cette pluie.

Pour être certaine de ne pas être suivie, elle se retourne, parle à voix basse. Même si elle a mal au ventre, elle ne doit pas s'arrêter, continuer quoi qu'il arrive. Elle passe devant le chantier. Une pelleteuse est restée là au milieu des trous noirs, des boyaux souterrains. De vastes zones d'ombre pleines de dangers. Des masses obscures pointues et carrées. Elle éprouve une sensation de nausée qui l'épuise. Elle a envie de vomir. En marchant, elle pense à sa mère. Quand les choses avaient-elles dévié ? C'est ça qui avait tout fichu par terre. Elles n'avaient pas su se parler et maintenant elle sent son absence. Peut-être qu'elle n'avait pas fait ce qu'il fallait. Ça lui ronge l'estomac de ne pas l'avoir revue avant sa mort. Ça n'aurait pas dû se passer comme ça. « T'aimes bien te faire du mal, avait dit Paul quand elle avait voulu prendre un billet de train pour aller là-bas. Tout ce qui l'intéresse c'est le pognon et on n'a rien à lui donner. Laisse tomber. Dis-toi qu'elle est sortie de ta vie. »

Et si Paul l'avait manipulée ?

Quel tour aurait pris l'existence si elles avaient continué à se voir ? Elle a tant de choses figées dans sa vie sans qu'elle les ait vraiment décidées.

Ses pieds s'enfoncent dans le sable.

Elle sent le mouvement de l'eau, sa lumière.

La baie est intacte, secrète.

Sa jambe lui fait mal, sa hanche aussi. Elle ne doit pas s'écouter. Bientôt, elle trouvera Valérie. Elle lui dira pour le bébé. Si Paul ne l'a pas fait, elle lui doit des excuses. À l'idée qu'elle puisse être à quelques mètres de là, seule et désespérée, Edith allonge le pas.

Le silence est plus meurtrier que la vérité.

Paul avait-il eu peur de la perdre ?

En se taisant, il pouvait la garder à ses côtés.

Il faudra qu'elle lui demande s'il l'avait aimée.

Elle est en colère, pense aux meilleurs moments.

Elle fait quelques pas dans l'eau en agitant les pieds. Elle pourrait aussi se foutre en l'air. Si seulement la mer pouvait l'avaler. Entrer dans l'eau et se laisser aller avec le courant. Elle veut la sentir se refermer au-dessus d'elle. La mort arrive vite et personne ne s'inquiétera de son absence. Un promeneur la retrouvera le lendemain matin comme l'aigrette qu'elle a trouvée la veille. Le visage paisible, couchée sur le sable. La joue écrasée au sol comme une bouse de vache dans la pâture.

On conclura à un suicide.

Se retrouver avec un tétraplégique, elle ne sait pas si elle sera capable d'endurer ça. Il lui en a déjà fait assez baver comme ça.

Son ventre se serre.

Elle a pris le meilleur, il reste le pire à venir.

Sans Marie, elle n'est plus rien.

Sa fille va repartir au Canada.

On va fermer la maison et puis quoi ?

Du jour au lendemain, personne à qui parler.

Des hivers sinistres avec un mari absent, dans son monde.

Comment imaginer une chose pareille ?

C'est impossible. Elle ne va pas végéter ici sans rien faire.

Que vont dire les gens au village quand ils connaîtront la vérité. C'est fou ce que la vie peut vite basculer.

Ce trajet, elle l'a fait souvent pour aller chez Marie. Il y a quelque chose de nostalgique à être plongée dans la pénombre. Une brume laiteuse voile l'horizon. L'eau est noire, en deuil. Les ténèbres semblent se densifier. Elle a froid. L'humidité est tombée sur ses épaules.

Coucher avec Marie, lui faire un enfant, le perdre, ne rien lui dire pendant toutes ces années.

Un chagrin lui arrache des sanglots.

Au loin, une silhouette se dirige vers elle, s'agite dans une lumière à peine perceptible. Sa lampe manque de puissance. Sa pile doit être vide. Elle crie, pisse de trouille.

L'urine ruisselle le long de sa jambe mais elle ne sent rien.

Elle n'a plus envie de se battre.

Ses larmes se mêlent au sel de la mer. Elle sent l'odeur de Paul, a envie de coller sa bouche contre la sienne. Elle crie son nom. Sans cesser de parler, elle court. Se laisser flotter, les jambes et les bras en croix, avant d'être aspirée.

Il ne m'a jamais aimé.

Tout ce qui reste en elle est un sentiment de tristesse, d'amertume et de colère.

Elle veut mourir. En finir.

Sans la moindre trace de combativité, elle se jette à l'eau comme une bête en colère.

Le froid lui coupe le souffle.

Elle retient un cri.

Une vague l'assaille de plein fouet. L'eau est glacée. Elle entre dans son nez et sa bouche.

Ses bottes la gênent. Elle voudrait les enlever mais c'est trop tard. Ses bras s'agitent tout seuls. Elle boit la tasse, refait surface avant d'atteindre le fond.

C'est si facile de mourir.

* *
*

La route est mauvaise, la visibilité réduite. Le nez contre le pare-brise, Favre slalome pour éviter les trous d'eau. Il allume ses feux. Un lapin détale devant la voiture. Il fait lourd. Une bière blanche fraîche lui ferait du bien. Depuis ce matin, une agitation s'est emparée de la ville. Il n'a encore jamais rencontré un personnage comme Paul Dubois. Artiste ou pas, ce qu'ils ont découvert à la cave est l'œuvre d'un schizophrène paranoïde ou d'un maniaco-dépressif. Si Bedia Leconte a eu une hallucination, il est plus prudent d'aller voir ce qui se passe chez Edith Dubois. Avant de partir, il a téléphoné une nouvelle fois à l'hôtel. Aucune nouvelle de la fille de Marie Lesage. Elle s'est comme volatilisée.

Personne ne peut rien contre la météo. Un orage se rapproche. Il n'aurait pas dû s'engager dans un chemin pareil. Il roule au pas jusqu'à ce que la voiture s'immobilise. Les deux roues avant sont embourbées dans une ornière. Il enclenche la marche arrière. Les roues patinent. Règne un calme exaspérant autour de lui. Il est seul, pas une âme qui vive. La malchance lui colle au train. Il se fait peut-être des idées mais il se dit que Lejeune serait ravi de le savoir dans la merde. Cette pensée le consume. Lejeune et lui, c'est une vieille histoire. Il faut peser chaque mot, lui passer de la pommade au moment où il faut. Ce mec le fait chier.

Pas d'arbres, pas de branchages, encore moins une planche à mettre sous les deux roues. Il est contrarié, s'accroupit pour enlever la boue, remonte dans la voiture pour essayer une dernière fois de se sortir de là.

Il a mal à la tête. Sa langue est pâteuse. Il pue la sueur. Déterminé à se débrouiller seul, l'idée fait son chemin. Il l'a déjà vu faire en regardant à la télévision *Les Routes de l'impossible*. Il sort son tapis de sol avant d'attraper celui du passager et les glisse sous les deux roues. Ça lui prend bien cinq ou six minutes. Il passe la première. Bon Dieu. Il faut que ça marche. Ce serait trop bête d'être coincé là. Il allait devoir se faire les deux kilomètres à pied. Un oiseau de nuit passe près de lui en battant les ailes. Rien d'effrayant. À quatre pattes dans la boue, sous l'averse, il replace les deux tapis, les glisse un peu plus loin sous les roues. Au troisième essai, le pied plaqué sur la pédale, il les sent mordre le caoutchouc. La voiture avance.

Il frappe le volant, les joues brûlantes d'excitation. Il est heureux comme un gosse et en pleurerait presque. Il regarde l'heure à sa montre. Il n'est plus dans le timing et ça l'inquiète. Lejeune doit être arrivé. Nerveux, il se triture les sourcils. Il voulait être le premier arrivé sur les lieux.

La voiture garée, il rejoint à pied Le Crotoy par la plage. Il laisse derrière lui les clôtures du parc du Marquenterre pour reprendre le bord de l'estran. Il est seul et il aime ça. Le vent s'est calmé. La nuit est noire. La nature sauvage de la lande s'étend devant lui. Il marche à travers les prés salés et les plantes halophiles avant de trouver le sable gris et détrempé. C'est un lendemain de tempête. La marée a laissé derrière elle une traînée de déchets pareille à celle de la crasse dans la baignoire après un bain. Un mélange de terre imbibée de végétaux mous, des plaques lourdes. Compactes. Des bouts de filets de pêche emmêlés. Certains trouvent la plage triste. D'autres, comme lui, aiment ce désert de sable. Il marche vite avant de se mettre à courir. La sueur lui démange le haut du front.

Rien ne lui échappe.

III

* *
*

Au son de la portière claquée, il rase le mur et reste tapi derrière la maison. Il y a une quinzaine d'années qu'il n'a pas osé approcher cet endroit. Il répète en boucle les trois syllabes de son prénom. Deux chauves-souris volent à tire-d'aile au-dessus de lui. Luisant de sueur, il écrase son mégot de cigarette, se sent les doigts avant de se gratter violemment la tête. Il a peur des rats. Ses pieds sont dans les orties. Une branche casse sous son poids. Il pourrait rester prisonnier jusqu'à l'éternité au milieu de vieilles planches, du métal rouillé et des clous. Il avait réparé les fenêtres, plus tard la terrasse, changé quelques tuiles du toit à l'endroit des fuites. Le premier hiver, il avait protégé l'isolation avec une bâche en plastique, installé une douche extérieure pour que Marie enlève le sel au retour de la plage. Il en avait eu des idées et s'il était resté ici, tout serait fini aujourd'hui. Pour que la maison soit confortable, il avait travaillé dur. La salle de bains était bien équipée. La cuisine aussi. Un peu petite avec un enfant.

Une vieille binette traîne au milieu du tas de ferrailles. Il fourre sa main blessée dans sa veste. En planque, il a envie de gémir mais quelqu'un pourrait l'entendre. Le bas de son jean est déchiré. Il a une crampe au mollet. Il est chez lui, condamné à rester dans la pénombre. Il traverse une sale période mais ça devrait s'arranger. Depuis deux jours, avec cette saleté de temps, il est à bout de nerfs. Au déjeuner, il n'a rien avalé. Tout restait coincé dans sa gorge.

Il monte trois marches, l'aperçoit accoudée au muret de la terrasse. On dirait un portrait de Théodore Géricault. Il la regarde de haut en bas, scrute chacun de ses gestes. Elle est nu-pieds, porte une robe ample qui s'arrête aux genoux. Ses cheveux sont longs. Jeune, elle les avait courts, une coupe sportive, à la garçonne. Elle n'avait pas besoin de les coiffer, le matin. Il a très envie maintenant de voir à quoi ressemble sa fille depuis qu'elle est partie. L'étranger ça vous change. Quand on voit du pays, on ne voit plus les choses comme avant. Le rougeoiement de sa cigarette est plus fort quand elle aspire. Peut-être qu'elle pleure ou peut-être pas. Il ne voit pas bien dans la nuit. Le pull sur la tête, il avance à petits pas vers la terrasse. Ses sanglots ont pris un rythme régulier. Comme peut le faire un autiste, Valérie se balance légèrement d'avant en arrière. Elle est grande et fine. Quel âge peut-elle avoir ? Longtemps, il reste là à contempler sa fille, à essayer de retenir le souvenir de son visage. Le vent souffle dans ses cheveux. Elle n'est pas assez couverte. Il a beau essayer de se raisonner, il ne voit pas pourquoi il aurait gardé une relation avec elle. Cette gosse, il n'en avait pas voulu. Marie avait insisté et parce qu'elle n'avait pas été fichue de se protéger, c'était arrivé.

La semaine dernière, Marie l'avait appelé pour lui dire qu'elle allait venir à Berck pour des soins, une bonne occasion pour se voir. Il habitait à deux cents mètres de l'hôpital. Elle avait lâché au téléphone qu'elle avait quelqu'un dans sa vie et qu'elle aimerait vendre la maison. Cette nouvelle l'avait scié. Ça ne pouvait pas se faire comme ça, elle resterait sa femme. Il n'était pas question qu'il accepte le divorce qui laisse un goût amer, même dans les cas les plus simples. Il n'est plus le même homme. Il soigne son hygiène de vie, a trouvé un travail. Il a mûri. Ils avaient tenu comme ça depuis des années, il ne fallait rien changer. Il n'est pas le seul homme à avoir eu une maîtresse qu'il avait vite oubliée et elle en avait fait tout un plat. Rares sont les couples qui ne passent pas par là. C'est elle qui l'avait quitté. Il était venu lui dire ce qu'il avait sur le cœur et parler de leur avenir. Une discussion était nécessaire. Si seulement on savait s'aimer autant que se fâcher. Il l'avait trouvée sur le divan avachi recouvert d'un vieux dessus-de-lit du salon, prête à sortir. Rien n'avait changé dans la pièce. L'étagère était la même, des livres ajoutés dans les rayonnages, peut-être, un peu plus de bibelots trouvés dans les brocantes sûrement. Elle portait des chaussures fines, ça l'avait frappé parce qu'elle n'aimait pas porter des talons. Avec son bandage sur la jambe, c'était ridicule. Ses cheveux étaient coiffés. Elle portait du rouge à lèvres. Marie n'avait pas pris une ride. Sa silhouette n'était pas celle d'une femme de son âge. Il s'était approché d'elle. « Alors tu es toujours en vie », avait-elle dit, un rien dégoûtée, en observant ses poils gris et son estomac de buveur de bière sans lui demander comment il allait.

Elle serrait les lèvres.

Elle était sa femme et il n'en avait pas eu d'autres.

Pour la monter à l'étage, il l'avait prise dans ses bras. Pendant un instant, il s'était autorisé à espérer qu'elle n'attendait que lui et qu'elle aimait ses caresses. Il avait écrasé sa bouche sur la sienne et s'était délecté de cette sensation mais elle l'avait frappé avant de l'agonir d'injures. Elle ne voulait pas qu'il la touche et il avait vu rouge.

Malgré sa blessure à la jambe, elle s'était débattue. Il l'avait clouée au lit, tenu fortement ses bras en arrière pour qu'elle ne bouge plus. Comme une marionnette, elle avait agité les mains et ça l'avait agacé. C'était ridicule de se mettre dans un état pareil pour une aussi petite chose. Il avait toujours été réglo avec elle. Elle n'avait pas voulu l'écouter. Ce qui est arrivé dans cette chambre est entièrement de sa faute. Le mur de haine et de mépris dressé devant lui était une insulte. Ils étaient mariés. Elle lui appartenait. Il avait pris sa taille entre ses mains. Sans la déshabiller, il avait embrassé son ventre, le ventre de sa femme. Cette pétasse avait cru qu'elle pouvait lui échapper. Quand il avait poussé en elle, il n'avait pas eu peur. Il avait voulu voir ses yeux mais elle les avait gardés fermés. Ses cris ne s'arrêtaient pas, elle braillait comme une démente. Jusqu'à ce qu'il plaque sa main sur sa bouche, il avait eu un brusque accès de sauvagerie. Ses mains s'étaient mises à lui balancer des claques de façon désordonnée. Il l'avait frappée violemment sans vouloir la tuer. Quand sa tête était venue cogner le coin de la commode, elle avait explosé comme un fruit trop mûr. Il y avait du sang partout, sur ses mains et son pantalon. C'était sale et ça sentait une drôle d'odeur dans la chambre, l'odeur aigre d'un produit médical. Pour ne pas surprendre son regard, il avait posé un oreiller sur ses yeux jusqu'au dernier soubresaut avant d'aller boire un grand verre d'eau à la cuisine. Dès qu'elle avait coulé dans sa gorge, il s'était étranglé avant de dégueuler.

Il n'avait rien fait pour la sauver. Ça le renvoie à sa solitude. Il a besoin de voir des visages, d'entendre des voix et il n'y a pas une seule personne sur cette saloperie de planète qui se soucie de son sort. Il fait de son mieux pour tenir à distance les idées noires et ça depuis des années.

Non. La vie n'est pas drôle. Le monde entier est ligué contre lui. Qui a eu pitié de lui quand il avait été obligé de partir ?

Il a descendu son corps à la cuisine, l'a allongé sur le carrelage, ouvert la porte pour faire croire à un cambriolage. Par manque de temps, il a juste enlevé les draps du lit, les oreillers et le tapis qu'il a rapportés chez lui. Ses vêtements, il les a brûlés au fond du jardin. Sa chemise d'abord et le jean après. Un bout de tissu enflammé a volé dans la nuit. Ça a pris du temps avant que tout ne disparaisse.

Une semaine plus tôt, il avait croisé l'ambulancier dans la ville. Il était 10 heures du matin et, à sa façon de marcher, il aurait juré qu'il sortait du café défoncé par l'alcool ou le cannabis. Il avait entendu dire qu'il fumait de l'herbe et qu'il avait des problèmes au boulot. Il l'avait trouvé vulgaire. Sa tête est massive, ses épaules aussi avec le regard d'un psychopathe et un sourire de prédateur. Les femmes seules sont des proies faciles. Comment Marie avait-elle pu tomber amoureuse d'un mec pareil et croire les promesses de ce frimeur ? Les hommes qui s'approchaient d'elle étaient tous des ratés. Marie méritait mieux qu'un ambulancier qui avait bien caché son jeu. Ils devaient s'envoyer en l'air dans l'ambulance alors qu'on plaignait cette pauvre Marie qui était bien obligée de se débrouiller seule maintenant que sa fille était partie.

Valérie, sa fille, se lève, va chercher sous l'auvent un pliant qu'elle traîne jusqu'à la plage. Depuis qu'il est parti, rien n'a changé. Combien de fois avait-il fait ce geste pour rejoindre Marie, le soir, après le dîner ? Combien de fois avait-il regardé le soleil se coucher sur la baie, la voûte étoilée ? L'intensité ou la pâleur de son éclat lui indiquait les changements de temps à venir. Ensemble, ils suivaient le troupeau de nuages blancs, le vol de tadornes ou d'oies cendrées, le déplacement des colverts. Un rayon de lune éclairait sa nuque et ses épaules nues. Elle le regardait avec un intérêt auquel il n'était pas habitué. Le temps devenait extrêmement lent et distendu. Ces moments étaient inoubliables et elle avait tout gâché en l'obligeant à partir. Son départ avait fait d'elle une femme sans équilibre et la maison était vide comme un désert. Du temps où ils étaient heureux, ils n'auraient jamais pu s'en rendre compte. Aujourd'hui, il donnerait tout pour reprendre sa place, rentrer de l'usine et prendre une bière dans le frigo, regarder la télé et après le dîner se glisser dans son lit et poser ses mains partout sur elle. Il sent sa bouche sur sa joue, sur ses lèvres. Elle serait revenue vers lui et ils auraient vieilli ensemble si elle n'avait pas tout gâché comme ça et mis fin à tout.

L'ambulancier serait retourné chez lui vite fait bien fait.

Maintenant qu'il a vu sa fille, il peut partir. Il passera le reste de sa vie dans l'obscurité.

Sa vie sociale est déjà limitée.

On finira bien par l'oublier.

Il inspire l'air de la mer, plusieurs fois.

Entre deux averses, les scintillements constellent la nuit.

La lune éclaire le jardin. La mer haute est entrée dans la baie. Elle est partout. Le bruit des vagues couvre celui de ses pas. Le dos de Valérie tressaute. Il croit bien qu'elle pleure encore. Il arrive derrière elle, s'octroie le frisson de la surprise. Elle se frotte le visage, pivote sur elle-même. Elle est là, devant lui. Distante et fière comme l'était Marie, sa mère. Son visage déterminé a perdu son côté enfantin. Ses yeux se troublent d'une terreur indicible. Ils le transpercent. Elle demeure muette, la bouche ouverte. Il vaudrait mieux qu'elle ne s'affole pas.

Par-dessus ses sanglots, il plante ses doigts sur ses épaules, avant d'attraper l'un de ses bras. Il s'étonne de sa force. Pour l'amadouer, il se donne un air mélancolique, sinon au bord des larmes. Il est juste son père. Maintenant que Marie les a quittés, elle a besoin de sa protection.

Il voudrait qu'elle vienne avec lui. Qu'elle n'émette pas de jugement, qu'elle n'exprime pas d'émotion, surtout pas. Il doit garder la tête claire pour mettre les choses à plat. Il veut qu'elle soit sage, qu'elle le laisse faire. Tous les signaux se mettent au rouge. Il est incommodé par des picotements d'angoisse et de colère. Le drame est une question de minutes.

Il donne un coup de pied dans le sable.

– Pourquoi as-tu fait ça ? hurle-t-elle en se redressant d'un bond.

Il veut fuir ses accusations et se casser d'ici. Son esprit ne va pas bien. Ses acouphènes reviennent. Il ne doit pas sortir de ses gonds mais écouter sa fille. Prendre un ton joyeux pour lui répondre, rester concentré, se raccrocher à quelque chose de sensé.

– Pourquoi me regardes-tu comme ça ?

Elle lui échappe et court sur la plage. Très vite, elle devient une silhouette abstraite. Il la perd alors qu'il doit lui dire qu'il n'a pas voulu tout ça, qu'il a aimé sa mère, que cette fille à l'usine était une erreur, l'aventure d'un soir, peut-être deux ou trois, il ne sait plus très bien. C'est si vieux. Ce n'était pas un adultère mais une liaison qui n'avait pas compté pour lui.

Elle lui manque et ils ont encore de bons moments à passer ensemble. Qu'avait-il fait d'aussi condamnable pour que sa fille ne veuille plus le voir ? Il veut lui raconter toutes ces années sans elle. Sa mère avait dû être plus heureuse qu'il ne l'avait été. Il était temps d'effacer un passé trop chargé et elle doit l'aider. On le croit au bout du monde alors qu'il a refait sa vie à trente kilomètres d'ici à côté de Berck.

Il a passé l'Authie, c'est tout.

Ce serait mieux pour elle de croire tout ce qu'il va lui dire.

Elle court vite.

Il a du mal à la rattraper.

Il sent bien qu'il s'essouffle.

Elle va crier.

Elle sait trop de choses pour qu'elle lui échappe. Il va s'occuper de tout et remettre de l'ordre. Il n'a aucun antécédent judiciaire et personne ne pensera à lui. Alors, il redouble de vitesse pour reprendre du terrain, s'accroche à son épaule. Poussée en avant, elle s'écroule sur le sable. Elle n'a que ses bras pour parer les coups mais il reste là, la tête levée pour regarder la mer. Il y a des lumières comme des lucioles dans l'eau. Il balaie de son regard les environs comme s'il avait peur qu'on l'épie. Valérie se relève et se met à courir. Elle sait qu'il n'a pas appris à nager et qu'il ne prendra pas le risque d'aller la chercher dans cette eau noire. Dans sa famille, on est chasseur de père en fils, de la hutte au gabion. Le marais, la nuit, est à lui. Il est seul au monde. Il n'a pas besoin de parler. La mer a toujours été un danger. Il en a vu des moutons noyés dans l'eau d'une bassine. Il met les pieds dans l'eau, hurle qu'elle doit revenir, qu'ils ont des choses à voir ensemble. L'eau est glacée et il sait qu'il n'ira pas plus loin. Il est temps pour lui de partir d'ici. En passant par la Maye, il ne croisera personne. Il a chassé par là et il aime bien le coin. Marie l'avait privé de tout ça et il n'avait pas su se défendre. Il va reprendre la maison et s'installer chez lui mais en pensant ça, il sait déjà que ça ne se fera pas.

Il n'a aucune chance de se sortir de là.

Prendre un nouveau départ ?

C'est impossible.

Il n'a pas un sou de côté pour partir à l'étranger. Personne n'est préparé à tout quitter comme ça. Peut-on refaire sa vie à plus de 70 ans ? Ses yeux se mouillent. Au fond, il n'a pas envie de quitter la région. Il marche vite en direction du parking. Il y a trop de monde sur la plage. Un homme vient dans sa direction. Il ne sait pas ce qui s'est passé, ici. Il entend une sirène, voit des lumières clignotantes approcher. Il va traverser le chantier, se planquer quelque part en attendant que la plage se vide.

Une pluie fine tombe.

Le tonnerre gronde.

Il souffre de coliques, une douleur au gros intestin, et voudrait hurler à la face du monde qu'il est malade et seul comme un chien, seul à crever. Fumer une cigarette lui ferait du bien.

* *
*

Là, il y a quelque chose. Favre le sent. Une odeur de charogne flotte dans l'air, un oiseau mort sans doute. Ses mouvements trahissent sa nervosité. Il recule avant de balayer du regard la plage sauvage et désolée. Le bruit de la mer lui semble assourdi et distant. Un corps titubant comme monté sur échasse se dirige vers le chantier. Il faut être inconscient pour aller là-bas la nuit. Il tâte la poche de son pantalon pour sentir son arme. Il est tendu. Avant de décider d'y aller seul, il s'accroupit un moment. L'homme peut disparaître dans la nature. C'est maintenant qu'il faut le choper. Les murs blancs de la maison ressortent dans la nuit noire, le sol caillouteux couleur plâtre aussi. L'avancée au milieu des tranchées n'est pas facile. Des ornières de boue si profondes qu'elles pourraient l'engloutir tout entier. Il enjambe une petite barrière grillagée enfoncée dans le taillis.

Les minutes s'écoulent lentement. Il appelle Lejeune pour demander du renfort. La couverture nuageuse s'est déchirée. Il voit mieux. On dirait que tout est prêt pour qu'il intervienne. Une pelleteuse est restée là. Il la contourne pour rejoindre la terrasse de la villa. L'homme a pu filer par l'arrière et rejoindre le chemin mais il aura manqué de temps. La peur lui noue le ventre. Les trous noirs sont nombreux, le terrain est glissant. Il sait qu'il est là, quelque part. Il le sent, le respire. L'odeur du mal, ça ne s'invente pas. Ça se déplace et ça vous prend aux tripes. Le vent lacère les nuages. Il avance, l'arme à la main, tourne sur lui-même. Défilent devant ses yeux des formes imprécises, un outil déplacé par la tempête, un seau. L'homme est peut-être armé ?

Il entend quelqu'un ou un animal traverser les fourrés à vive allure, un craquement de brindilles. Il est là comme un con à avoir peur d'une ombre. Quelques gouttes de sueur lui tombent dans les yeux. Il ferme les paupières et décide d'attendre. Les moustiques tourbillonnent autour de lui. Il les chasse d'un revers de main mais il sait bien qu'ils vont revenir. Sa peau les attire.

Lejeune vient de le rejoindre. Ils avancent d'un pas prudent, vont fouiller chaque recoin de la maison. On ne sait pas si l'homme a un couteau ou une arme sur lui. Leurs pas résonnent dans la cage d'escalier et ce qui sera sûrement le salon. Ils progressent ensemble, montent à l'étage avant de descendre à la cave. La maison est grande. Lejeune est plus rapide. Ses gestes sont précis, son calme impressionnant. Il ne laisse rien paraître.

En sortant dans le jardin, l'adjudant veut refaire le tour de la maison. Il ratisse large avant de passer au peigne fin les talus. De retour sur la terrasse, il s'agenouille pour regarder sous un gros tas de planches. Une forme recroquevillée. Terré comme un lapin, l'homme est parfaitement immobile, comme endormi au milieu des gravats. Ses yeux se ferment, s'ouvrent, se referment encore. Les cheveux gris en bataille, les vêtements maculés de sable mouillé et de ciment, le type remue sous les débris et balance une planche qu'il envoie balader. Alors que Favre l'oblige à se lever, il n'oppose aucune résistance. Les yeux baissés, il reste prostré et quand il les relève, des larmes coulent sur ses poings serrés. L'homme semble soulagé et, sans qu'on ait besoin de lui demander, passe les doigts dans ses cheveux poisseux avant de croiser les mains derrière sa tête.

Il a bu et pas qu'un peu.

Il n'a pas voulu tuer Marie, sa femme.

Très vite, il cherche une excuse à son geste. Il avance en dodelinant de la tête. Tout est de la faute de l'ambulancier et il répète ça à chacun de ses pas, la voix faussement douce. De toute façon il va crever. Parce qu'il n'en a plus rien à foutre de la vie, il a décidé de se tirer une balle dans la tête.

Pouvait-on appeler ça une vie ?

À moitié délirant, il crache une bordée d'injures avant de se mettre à renifler.

Exténué, Favre tire la langue. Il a mal dans tous les muscles et a très envie d'une bonne douche avant de se coucher dans des draps propres.

La pluie menace à nouveau.

Il garde une voix mesurée et calme quand il veut avoir des nouvelles d'Edith Dubois. Lejeune doit bien reconnaître que Favre a eu du nez et ça l'emmerde. Il marque une pause étudiée.

– Ne jamais rien lâcher, lui envoie Favre à la figure.

Il n'a pas aimé sa réflexion en quittant la gendarmerie et Lejeune comprend qu'il se fout de sa gueule.

Un collègue se dirige vers eux. On a retrouvé le véhicule gris. Une fissure dessine une toile d'araignée de la taille d'un poing au milieu du pare-brise. Le rétroviseur a explosé. La voiture appartient bien au représentant de commerce. Il aurait suivi Bedia Leconte jusqu'au chantier. L'homme a de la suite dans les idées. Le couple doit impérativement faire un dépôt de plainte à la gendarmerie et le plus vite possible pour qu'elle soit transmise au procureur de la République.

– Furieux du dérangement, Paul Dubois a tiré pour faire peur. Sa femme nous a bien dit qu'elle l'avait trouvé énervé dans le jardin potager.

– Il faudra attendre qu'il puisse parler pour savoir ce qui s'est réellement passé et trouver le fusil.

– Art brut ou folie ? s'interroge Favre.

Dans tous les cas, Paul Dubois reste un artiste.

– Vous croyez ?

– Rappelez-vous Lejeune. Réparer l'inacceptable de la condition humaine. Avoir envie d'un monde meilleur. Cet homme ne peut pas être mauvais.

Lejeune ne comprend rien à tout ça. Cela le dépasse complètement.

– Tout ce qu'on ne connaît pas fait peur, c'est bien connu, continue Favre. En attendant, l'ambulancier s'est bien foutu de nous.

Pourquoi avoir caché sa liaison avec Marie Lesage ?

Cet homme n'avait peut-être jamais eu l'intention de quitter sa femme.

Ils doivent l'entendre très vite.

Les propos du suspect peuvent être diffamatoires. S'il a dit vrai, l'enquête a bien avancé. Tout se tient mais ils ont déjà vu des histoires comme celle-là tomber à l'eau.

Favre demande l'heure.

20 h 05.

Il crève la dalle et il va falloir encore attendre avant de pouvoir avaler quelque chose.

* *
*

Une forme animale râblée et trapue s'était approchée d'elle. Plongé dans le noir, il paraissait plus petit que dans son souvenir. Quand son père avait prononcé son prénom, Valérie avait tout de suite compris qu'il avait bu. Les mâchoires contractées, les yeux exorbités, la peau tachée de rouge, il avait soufflé son haleine fétide sous son nez. Son regard et sa violence contenue l'avaient tout de suite effrayée. Sa respiration était sifflante. Il était au bord de lui dire quelque chose mais elle avait bien vu qu'il cherchait ses mots. Ses paroles étaient restées muettes jusqu'à ce qu'il perde le contrôle. Il était arrivé qu'il l'accompagne à la plage mais jamais il n'avait mis un pied dans l'eau. Alors, elle avait avancé dans la mer jusqu'à la taille et attendu qu'il s'en aille.

En sortant de l'eau, elle a l'impression de se relever après un séisme. Les pensées tournoient dans sa tête. Pour être en sécurité, elle rejoint le groupe installé sur le sable. Ça s'agite dans tous les sens et Edith est là, allongée sur la plage. Un homme est penché au-dessus d'elle, une femme d'une trentaine d'années, peut-être plus, qu'elle n'a jamais vue lui tient la main et lui parle comme si elles se connaissaient depuis toujours. On dirait qu'Edith va mal, un malaise sûrement. Elle tremble et réclame à boire. Elle doit rester assise encore un moment avant de pouvoir se lever.

Un gendarme apporte une couverture.

Elle va vers lui, lui explique qui elle est et ce qui vient de se passer mais il paraît au courant. Elle a froid. Il faut que tout ça s'arrête. Ses forces reviennent en même temps que sa colère. Elle se met à genoux, met l'autre main d'Edith dans la sienne. Ses cheveux ont blanchi. Elle est peut-être un peu plus forte mais elle la retrouve comme elle l'avait quittée. Les trois femmes, des guerrières, se regardent, échangent quelque chose qu'elles ne connaissent pas. Le sentiment de ne pas être tout à fait étrangères à ce malheur qui s'est abattu sur chacune d'entre elles. C'est étrange mais ça lui fait du bien de savoir qu'elle n'est pas seule.

Que s'est-il passé ?

Pourquoi sont-elles là ?

Elle s'affole de nouveau quand Edith se redresse pour lui parler. Frissonnante, elle étend les jambes devant elle, s'appuie sur ses mains et lui adresse un léger sourire.

– Tu m'as manqué, dit-elle, simplement, des larmes plein les yeux. Je suis désolée.

De quoi est-elle désolée ? Qu'est-ce qui ne va pas ?

Pourquoi est-elle trempée comme ça ?

Comme elle, elle va attraper la mort. Elle répète qu'elle a des choses à lui dire, Paul, Marie, le bébé… Quel bébé ?

Elles verront ça plus tard, quand elle ira mieux. Il faut lui laisser le temps de récupérer. Elle va rentrer chez elle. Elle insiste sur ce point. Marie était une amie.

– Elle me manque déjà, répète Edith.

Un gendarme l'aide à se relever.

Edith refuse le brancard. Elle choisit de s'appuyer sur l'épaule de Valérie avant de passer le bras derrière son cou. Transie de froid, la troisième femme les suit sans rien dire, devant quelques curieux venus voir ce qui se passe dans cette baie si tranquille après deux jours de tempête. Une procession de femmes qu'on regarde passer avec curiosité et respect. Un calme peuplé de présences invisibles les entoure.

La situation est irréelle.

Maxime

Dans la nuit, le silence est oppressant. Il a une épaisseur particulière. Bedia a risqué sa vie pour sauver Edith Dubois de la noyade. Maxime attend en faisant les cent pas autour de la voiture. Un gendarme est venu leur demander d'attendre là. Il y a trop de monde sur la plage. Ça gêne les secours. Une barrière inefficace a été placée un peu plus loin. Il cherche ce qu'il va pouvoir lui dire. On ne peut pas passer sa vie à se taire et fuir ses erreurs. Il est allé trop loin. Ce soir, il se sent minable. Il n'a pas l'énergie pour chercher des réponses à toutes ses questions. Il repense à son comportement incohérent depuis deux jours.

Il peut comprendre la colère de Bedia.

Comment arranger ce gâchis ?

Il entend la mer mais ne la voit pas, le roulement et le chuintement du ressac, des voix qui se rapprochent. Quand le groupe arrive, une vague d'émotion le submerge. Il reste là, statufié, pendant une seconde. Sa respiration ralentit. Il prononce son prénom mais ne montre pas son inquiétude. Il avance pour lui prendre la main, la serre dans ses bras avant de poser sur ses épaules une couverture qu'il referme sur elle pour la réchauffer. Ses cheveux sont mouillés. Il n'y a ni cri d'indignation, ni explosion de remords. Ça ne servirait à rien. Il est désolé de ne pas lui avoir fait confiance. Leur histoire est lourde mais belle. Ils sont jeunes et enthousiastes. Le cauchemar est fini. Ils vont aller de l'avant, oublier tout ça mais il sait que ce ne sera pas assez pour la retrouver complètement.

Il a besoin de Bedia.

Ses sentiments le surprennent.

Quelque chose s'est mis en marche en lui.

Jusqu'à maintenant, il n'avait eu qu'une envie : profiter de son corps. Une affection goulue et égoïste. Là, il va devoir l'écouter encore, qu'elle lui raconte son histoire. Le sourire qu'elle lui adresse est tendu. Ses yeux lui reprochent de ne pas l'avoir protégée. Elle écarte ses cheveux de son visage, les met derrière ses oreilles. Il voit bien qu'elle n'a pas envie de parler.

– Désolé, dit-il en la prenant par la taille.

– Qui t'a prévenu ?

– Quand tu es partie, j'ai appelé l'inspecteur Favre. J'avais peur qu'il t'arrive quelque chose. J'ai paniqué.

Elle est agitée d'un tremblement, son regard est ailleurs. Il sent qu'elle n'est pas tout à fait avec lui. Ses traits sont tirés.

– Ülkü s'est glissée en moi, je la voyais partout. Elle m'a guidée, se confie-t-elle comme si tout ce qui venait d'arriver était normal et peut-être bien que ça l'était.

Avoir sauvé sa voisine de la noyade l'a rapprochée d'Ülkü.

Elle était là, à ses côtés.

Elle peut partir maintenant pour la laisser à sa nouvelle vie.

Maxime ne dit rien. Leur intimité renaît, timide.

Il ne comprend pas grand-chose à tout ça mais il doit bien reconnaître que Bedia avait vu juste. Il a eu une trouille bleue pour elle et le bébé. Il la trouve belle et forte et il le lui dit. Il a envie de partager avec elle un bon dîner, une nuit, une longue promenade, de parler d'eux. Se taire n'est peut-être pas la seule façon de la garder auprès de lui. Maintenant que son pays s'est ouvert, il a très envie de partir sur les traces de son enfance. Elle lui agrippe le bras avant de lui prendre la main. Tout en se hâtant vers le pick-up, il la frotte contre la sienne. Elle lui parle de ses photos. Elle va vite s'y mettre.

L'inspecteur Favre vient vers eux, demande si ça va avant de féliciter Bedia pour son sang-froid. Sans elle, Edith Dubois se serait noyée.

Des curieux sont massés sur la plage. Certains promènent leur chien. Légèrement en retrait, Thomas est là aussi, les cheveux soulevés par le vent. Il ne lève pas les yeux mais allume une cigarette pour calmer son angoisse. Il s'en veut bien sûr et s'excuse à sa façon. Il cherche des réflexes, des mots réconfortants et, pour l'embarquer dans son monde, lui parle avec enthousiasme de sa terre, de ses senteurs, des chevaliers gambettes sur leurs pattes élégantes teintées de rouge vif et de la route des migrations, du soleil qui se lève sur les mollières. Des mots prometteurs qui apaisent.

Il a manqué d'ouverture d'esprit et de bienveillance.

Le temps de l'enquête, ils peuvent rester chez lui.

Surtout ne rien précipiter.

Edith

Valérie est venue dormir chez Edith qui n'a rien voulu lui cacher. Elle ne voulait plus attendre et lui a donné les lettres qu'elle avait trouvées dans les affaires de Paul. La jeune femme doit tout savoir, tout connaître, essayer de comprendre les silences de sa mère. Avant de se coucher, elle a allumé une bougie dans sa chambre et sorti des albums photos. Après ça, elle l'avait prise dans ses bras en se demandant ce qu'elle pouvait bien lui dire.

Ce matin, elle a pris le temps d'écouter la fille de son amie, de la regarder au petit déjeuner. La jeune femme est magnifique. Elle ressemble à sa mère. La même taille, les mêmes yeux verts qui changent de couleur à la lumière, la même générosité. Edith a fait un café, sorti un yaourt et une orange du frigidaire. Sa main lui fait encore mal, son épaule aussi mais tout ça lui semble déjà loin. Elle étire ses membres douloureux. C'est la première fois depuis bien longtemps que la maison vit. Les bruits sont là, des bruits sains, différents de ceux que Paul avait pris l'habitude de faire. Aucun geste mal placé, aucun cri, aucun reproche. Elle vient d'avoir de ses nouvelles. Il ne devrait pas garder de séquelles importantes mais il lui faudra des soins pendant de longs mois. Il est en vie et c'est tout ce qui compte. Elle ne va pas le laisser tomber en se demandant lequel des deux a commencé à emmerder l'autre. Valérie lui a proposé d'aller le voir dans l'après-midi. Après ça, elles prépareront les obsèques de Marie. Si elle ne pratiquait pas, elle souhaitait avoir un service religieux. Le respect des traditions, peut-être ou peut-être pas. Quelque chose de simple, bien sûr. Pas l'ombre d'une hésitation pour les deux femmes. C'est troublant. Elles échangent, parlent d'un souvenir, pleurent avant d'éclater de rire. Elles savent que la perte de Marie ne se fera pas sentir tout de suite. Des moments leur reviennent, des histoires de la petite enfance de Valérie, les souvenirs avec Paul qui l'avait aidée à grandir. Elle s'en souvient, comprend mieux sa mère et les épisodes impossibles de sa vie.

Marie, fatiguée, abattue.

Marie dans son monde.

Tout ce malheur était trop pour elle.

Quel âge avait Valérie ? 14 ans, presque 15. Un âge difficile. Ses scarifications, son attitude punk parlent de libération. Sa volonté d'être qui elle veut, son anorexie s'expliquent. Ses mauvaises fréquentations, ses fugues aussi.

Sa mère ne lui avait jamais parlé de cette fausse couche.

Alors que l'existence l'avait malmenée, elle ne s'était jamais plainte. Elle avait choisi de boire, fumer, écouter les pêcheurs au bistrot ou sur le port, parler avec nostalgie des temps anciens et des naufrages, du fouet des embruns, des désordres climatiques et de la colère des tempêtes. L'éboulement de la falaise d'Ault les faisait parler encore et encore…

En écoutant les marins chaque soir, ses blessures avaient fini par guérir. Elle avait dansé, ri, fréquenté d'autres hommes…

– Ta mère t'aimait comme seule une mère peut aimer. Elle s'inquiétait pour toi. Elle a fait ce qu'elle a pu. Tu peux être fière d'elle.

Ces mots semblent dérisoires mais Edith ne sait pas quoi dire. Valérie ne cherche pas une mère de substitution. Elle doit simplement trouver les mots justes et ne pas trop en faire.

La jeune femme regrette de ne pas être revenue pour les fêtes de fin d'année. Un sanglot se coince dans sa gorge. Les larmes viennent. Edith la rassure. Sa mère n'était jamais seule. Avant son accident, elle débordait d'activité. Elle s'étonne aussi qu'elle ait gardé pour elle l'adresse de son père. Il avait vécu toutes ces années à quelques kilomètres d'ici sans qu'elle lui en ait touché un mot. L'aurait-elle fait un jour ? Même déséquilibré et violent, il reste son père. Marie avait voulu la protéger mais sa fille aurait très bien pu décider de ce qui était bon pour elle. Elle se fait des idées en pensant qu'elle aurait pu changer quelque chose.

Les yeux plissés par la lumière aveuglante, Edith regarde le jardin.

Le vent est tombé.

C'est une belle journée.

Avec le mauvais temps et les grandes marées, la baie était devenue folle. Ils ont connu le chaos. Les bateaux vont pouvoir repartir en mer. Elle doit passer à la gendarmerie, demander si elle peut débarrasser la cave, foutre à la benne toutes ces horreurs. Paul devra apprendre à vivre sans ses fantômes. Ce matin, l'inspecteur Favre est venu lui parler du fusil de Paul. Il a confirmé que le père de Valérie avait bien tué sa femme, Marie. Ne reste plus qu'à trouver l'homme à la voiture grise, le représentant de commerce. La gendarmerie a mis en place les moyens d'y parvenir.

Edith veut recevoir chez elle ses nouveaux voisins. Avant ça, elle doit entamer le nettoyage de sa maison, sortir son service en porcelaine dont elle ne se sert jamais. Si elle s'en est tirée, elle le doit à cette étrangère qui l'a sortie de l'eau quand elle se noyait. Elle a voulu mourir et, ce matin, entièrement tournée vers l'avenir, elle déborde d'énergie. Elle a vidé son congélateur, préparé un filet mignon avec les courgettes du jardin et une salade, cuisiné un gâteau aux pommes. Valérie est impressionnée par le temps qu'Edith a consacré aux préparatifs. Elle voit son visage et les bleus sur ses bras.

– Pourquoi me regardes-tu comme ça ?

– Il t'a bien abîmée.

– Pour être tout à fait honnête, je crois pouvoir dire que je ne l'ai pas loupé.

– Tu n'y étais pour rien.

Elle lui sourit, reconnaissante.

– C'était lui ou toi, insiste-t-elle.

– Ça manque un peu de sel, fait remarquer Edith en léchant la cuillère. Ta mère était une grande cuisinière. Je ne te parle pas des dîners de Noël. Elle y passait la journée.

Valérie décide d'aller faire un tour sur la plage. Edith lui parle de l'aigrette qu'elle a trouvée sur le sable. Elle avait compris qu'il allait se passer quelque chose. Personne ne peut dire que l'étrangère est folle parce qu'elle n'est pas d'ici. On ne connaît pas son histoire.

– Elle attend un bébé. Ça va apporter de la vie, dit-elle en enlevant son tablier.

Et c'est vrai qu'elle est excitée. Captivée par ce sentiment d'exister, tout neuf et tellement exaltant, loin de la routine et de l'ennui qu'elle a connus pendant des années. Ce qu'elle a fabriqué est fade. Si ce n'est pas le sien, il y aura un enfant à quelques mètres d'elle. Son ventre se noue, une veine palpite sur sa tempe.

Elle ne veut rien montrer pour ne pas alourdir leur relation naissante. La jeune femme est forte. La veille, avant d'aller se coucher, elle avait décidé de rester jusqu'à la fin du mois.

– Je n'ai pas vu le corps de Marie et il y aura beaucoup de rangement à faire dans la maison.

Elle lui dit aussi qu'il faudra bien qu'elle aille la voir.

Un petit gémissement s'échappe de sa gorge.

Elle a du mal à avaler sa salive.

Toutes ses émotions remontent une nouvelle fois à la surface. Elle devra s'habituer à son absence.

– Je vais me remettre à la peinture, décide-t-elle en proposant à Valérie de l'accompagner sur la plage.

C'est un nouveau départ.

Elle fera son atelier dans la cave.

Il lui reste du matériel, un chevalet, des toiles vierges et des pinceaux auxquels elle n'a pas touché depuis plus de trente ans mais elle a très envie de s'essayer à la peinture au couteau. Ses doigts sentent déjà la peinture et les solvants.

Elle ravale ses larmes.

Pour Valérie, elle va tenter de rendre la journée la moins triste possible. Pleine d'énergie, elle sera vraiment là, à ses côtés, souriante. Elle n'attendra rien des autres.

Ce qu'elle désire, elle l'obtiendra seule. Libre d'imaginer une autre vie que celle qu'elle a aujourd'hui.

* *
*

Le papier peint de la salle de bains s'est décollé. Juste un bord, à côté de la douche. Incapable de s'en occuper, Solange lui a demandé de passer à *Bricomarché* pour acheter un rouleau de bande adhésive. Elle était d'une humeur massacrante. Ça ne marchera jamais sur du papier humide mais il en profitera pour acheter un pack de bières et un pain de mie tranché pour le petit déjeuner. Un Paris-Brest pour le dîner.

Il fait chaud. Après la tempête, la baie a retrouvé ses couleurs habituelles. Elle offre un visage reposé. Aucun souffle de vent ne vient troubler l'eau. Le silence est total. Des aigrettes fouillent la vase à petits coups de bec. Ça sent la marée. Attablé au café *La Terrasse*, place des Pilotes, Favre ne se lasse pas du paysage. Devant l'immensité de la baie, il s'apaise. Ralentir le rythme et profiter de chaque moment. C'est ce qu'il devrait faire plus souvent. Le monde est devenu violent. Il pouvait s'être écoulé dix minutes comme il pouvait s'en être écoulé vingt depuis qu'il est là, à ne rien faire. Tournant le dos à la baie, un homme monte les marches de l'ancien tribunal de commerce. Il croit reconnaître Thomas, le guide du parc naturel qui semble traverser le monde en traînant ses bottes en cuir. Le garçon se retourne. C'est bien lui. Il a une tête sympathique. La fromagère vient d'ouvrir la porte de sa boutique. Il lui fait un petit signe de la main. La tomme à fleurs goûtée la veille est surprenante.

L'enquête l'avait embarqué jusqu'au Crotoy, ce qui a ravivé ses souvenirs d'enfance. Il a été heureux de voir sa cousine mais ça lui a foutu un coup de vieux. Pour lui éviter d'avoir à préparer un déjeuner, il a prévu de l'emmener aux *Tourelles*. Pour le déjeuner, il a très envie d'une saucisse-purée avec un verre de rouge, un saumur-champigny fera l'affaire.

Sa voisine de table est jolie. Elle porte un jean et des Converse aux pieds. Quel âge a-t-elle ? 20 ans ? Elle se tient droite et garde les yeux baissés sur son portable posé sur ses genoux. Ses doigts courent sur l'écran avec une rapidité stupéfiante. Elle laisse échapper un rire espiègle. Il aime la finesse de son cou, l'ovale de son visage, ses cheveux blonds relevés sur le dessus de la tête. Elle ne porte pas de maquillage mais a de très longs cils. Une fille à l'apparence sage avec une expression gourmande. Son pull moulant de la couleur de ses yeux lui va bien. Elle lève la tête et ils échangent un regard. Quand elle lui demande les horaires du petit train de la baie pour se rendre au Crotoy, elle lui fait un sourire et ça va tout de suite mieux. Il aurait aimé avoir une fille comme elle, plus tard des petits-enfants. Il lui manque une famille. Aurait-il réussi à combler une femme, à élever une marmaille ? Brusquement, il a envie de musique, de danse et de fêtes, comme réclamait sa mère au même âge. Elle retirait ses chaussures. Les yeux fermés, elle faisait des glissades et tournait dans le salon avec sa robe à grosses fleurs. Des coquelicots, il s'en souvient. C'est si important la danse. Sa mère sentait l'ambre solaire à la fleur de Tiaré, la cigarette et les larmes aussi. Tel un mirage ou un rêve, elle surgit devant ses yeux. La visite à sa cousine l'a rendu nostalgique. Ras le bol de fréquenter des vieux. La vieillesse l'a toujours répugné et il s'en approche dangereusement. Et merde. S'il faut être honnête, sa sœur le gonfle. Elle disperse ses affaires, ses aiguilles à tricoter et sa boîte à couture dans le salon. Il a du mal à identifier ses sensations mais ils ressemblent à un couple en dérive. Cette pensée le terrifie. Il paie son café et laisse son journal. Un gros nuage et la pluie tombe en gouttes fines et serrées. Il peut déposer la jeune femme à la gare. Sa voiture est garée devant le café. Elle le remercie et accepte. Il s'étonne de la voir seule mais quelqu'un l'attend, un petit ami, au départ du train et il s'en réjouit. Elle lui souhaite une bonne journée avant de fermer la portière.

Le garçon est déjà là.

Il doit passer à la gendarmerie. Après s'être rétracté, le mari de Marie Lesage est passé aux aveux. L'homme ne voulait pas divorcer et a tué par jalousie. Cette femme, Bedia, avait été bien inspirée en leur demandant de venir sur la plage. Elle restera un mystère, Paul Dubois aussi. Deux personnages étranges guidés par leurs voix intérieures et leurs hallucinations. En entrant dans la cave du couple Dubois, une impression d'ensemble ne laissait que deux possibilités : être paralysé d'ahurissement ou saisi d'une bouffée d'empathie. Pour ne pas mourir idiot, il ira à la Halle Saint-Pierre, au pied de la butte Montmartre à Paris, un musée consacré à l'art brut. Il emmènera sa sœur, Solange. Un jour de décembre. Elle déteste l'hiver qu'elle trouve trop long, trop froid, sinistre pour les vieux. Depuis son opération, elle se plaint de ne pas assez bouger et le sujet lui plaît. La meilleure façon de comprendre est de s'ouvrir à ce que réalisent les autres. Ce petit grain de folie mêlé au talent et à l'imagination pour arriver à sortir des douleurs contenues trop longtemps ne lui déplaît pas. Chacun tisse et raconte sa vie à sa manière et c'est ce qui le fascine. Dépourvu d'imagination, il envie les artistes capables de tomber le masque.

Il regarde sa montre.
9 h 50.
Lejeune doit fulminer en l'attendant. On a trouvé le fusil dans le cabanon avec la carcasse d'un chat dans une poubelle. C'est bien Paul Dubois qui a tiré dans le pare-brise du véhicule stationné dans le chemin. Si ce gars-là est un fou furieux, il n'est pas un criminel.
Son avenir reste confus.
Tout peut voler en éclats et à tout moment.
« Cent milliards de neurones, dix mille connexions par neurone, un million de milliards de connexions parcourues d'influx électriques à la vitesse de trois cents kilomètres/ heure. »
Une vérité insaisissable et terrifiante.
Avant la fin de la semaine, il ira à l'Herbarium, un jardin propice à la méditation. Voir les artichauts pointer le bout de leur nez au sommet de leur tige ou respirer le parfum de la ciboulette et de la coriandre, loin du monde et de la folie des hommes.

Épilogue

Ce mercredi 22 novembre 2017, Bedia a appris par la presse que l'ancien chef de l'armée serbe poursuivi pour génocide, crimes contre l'humanité et crimes de guerre a été condamné à perpétuité.

« Les heures sombres du "Boucher des Balkans" »

Ratko Mladic, ancien commandant de l'armée serbe en Bosnie-Herzégovine, âgé aujourd'hui de 74 ans, est le dernier grand accusé du Tribunal pénal international pour l'ex-Yougoslavie créé en 1993.

Plus de vingt ans après les derniers conflits qui ont déchiré l'ex-Yougoslavie, Ratko Mladic, surnommé le « Boucher des Balkans », est accusé d'avoir réalisé le nettoyage ethnique d'une partie de la Bosnie en vue de créer un État serbe ethniquement pur. Son procès aura duré cinq ans. Il aura vu défiler plus de six cents personnes et dix mille preuves irréfutables.

Le Monde, 22 novembre 2017.

Achevé d'imprimer chez SoBook le 16-03-2021

Linselles - France

N° impression : 684 976